लेखक के बारे में

सातोशी यागीसावा का जन्म चिबा, जापान में 1977 में हुआ था। *डेज़ एट द मोरीसाकी बुकशॉप* उनका पहला उपन्यास है, जिसके लिए उन्हें चियोदा लिटरेचर पुरस्कार प्राप्त हुआ है। यह उपन्यास पहली बार 2010 में जापान में प्रकाशित हुआ था और उसके क्रम में लिखा गया अगला उपन्यास अगले वर्ष प्रकाशित हुआ था। प्रसिद्ध जापानी फ़िल्म *मोरीसाकी शॉटेन नो हिबी*, इसी उपन्यास पर आधारित है जो 2010 में प्रदर्शित हुई थी।

मोरीसाकी बुकशॉप के खुशनुमा दिन

सातोशी यागीसावा

अनुवाद : मदन सोनी

MANJUL

मंजुल पब्लिशिंग हाउस

First published in India by

MANJUL

Manjul Publishing House
Corporate and Editorial Office
• 2nd Floor, Usha Preet Complex, 42 Malviya Nagar, Bhopal 462 003 - India
Sales and Marketing Office
• C-16, Sector 3, Noida, Uttar Pradesh 201301, India
Website: www.manjulindia.com

Distribution Centres
Ahmedabad, Bengaluru, Chennai, Kochi, Kolkata,
Hyderabad, Mumbai, New Delhi, Pune

Days at the Morisaki Bookshop by Satoshi Yagisawa – Hindi Edition

Originally published in Japanese language as
MORISAKI SHOTEN NO HIBI by SHOGAKUKAN

Hindi language edition arranged with SHOGAKUKAN,
through Emily Books Agency.

This Hindi edition first published in 2026

ISBN 978-93-7317-128-9

Cover art by Ilya Milstein
Cover design by Milan Bozic

Translated by Madan Soni

Printed and bound in India by Thomson Press (India) Private Limited.

भाग एक

1

गर्मियों के आख़िरी दिनों से लेकर अगले वर्ष वसन्त ऋतु के शुरुआती दिनों तक मैं मोरीसाकी बुकशॉप में रही। अपनी ज़िन्दगी का वह वक़्त मैंने दुकान की दूसरी मंज़िल के ख़ाली पड़े कमरे में ख़ुद को पुस्तकों में डुबो देने की कोशिश करते हुए बिताया। उस तंग कमरे में बमुश्किल ही रोशनी आती थी, और वहाँ की हर चीज़ सीली हुई-सी लगती थी। वहाँ निरन्तर सीलनभरी पुरानी पुस्तकों की गन्ध बसी रहती थी।

लेकिन, मैं वहाँ बिताए गए दिन हमेशा याद रखूँगी। क्योंकि वहीं मेरी असली ज़िन्दगी की शुरुआत हुई थी। और इसमें मुझे ज़रा भी सन्देह नहीं कि अगर वे दिन ना रहे होते, तो मेरी बाक़ी ज़िन्दगी नीरस, उबाऊ और अकेलेपन से भरी होती।

मोरीसाकी बुकशॉप मेरे लिए बेशक़ीमती है। यह वह जगह है, जिसे मैं कभी नहीं भूलूँगी।

आज भी आँखें बन्द करते ही वहाँ की यादें ताज़ा हो उठती हैं।

इस सब की शुरुआत कुछ इस तरह हुई थी, जैसे साफ़ नीले आसमान से अचानक बिजली गिर पड़े। नहीं, जो कुछ हुआ था, वह उससे भी ज़्यादा चौंकाने वाला था - इस क़दर चौंकाने वाला, जैसे आसमान से मेंढकों की बारिश होने लग जाए।

अपने जिस बॉयफ्रैण्ड हिदेआकी से मेरा साल भर से मिलना-जुलना चल रहा था, वह एक दिन अचानक बोला, "मैं शादी कर रहा हूँ।"

जब मैंने पहली बार उसकी यह बात सुनी, तो मेरा दिमाग़ सवालों से भर उठा। अगर वह कहता, “चलो, हम शादी कर लेते हैं,” तो उसकी बात समझ में आती। या, अगर उसने कहा होता, “मैं शादी करना चाहता हूँ,” तो भी मुझे उसकी बात समझ में आती। लेकिन “मैं शादी कर रहा हूँ,” तो अजीब ही बात थी। शादी, आख़िरकार, आपसी सहमति पर आधारित अनुबन्ध है, इसलिए व्याकरण की दृष्टि से, उसका वाक्य पूरी तरह ग़लत था। और फिर जिस लापरवाह अन्दाज़ में वह बोला गया था, उसके बारे में क्या कहा जाए? वह बहुत ही खटकने वाला था। उसका लहज़ा एकदम वैसा ही था, जैसा वह तब होता अगर वह कहता, “मुझे सड़क के किनारे सौ येन पड़े मिले।”

वह मध्य जून के एक शुक्रवार की रात थी। हम काम से निपटने के बाद शिंजुकू के एक इतालवी रेस्तराँ में बढ़िया डिनर कर रहे थे। यह रेस्तराँ होटल की सबसे ऊपर की मंज़िल पर था, इसलिए हमें वहाँ से शहर का रात का ख़ूबसूरत नज़ारा दिख रहा था। तमाम तरफ़ नियॉन की बत्तियाँ जगमगा रही थीं। यह हमारी पसन्दीदा जगह हुआ करती थी।

हिदेआकी कम्पनी में मुझसे तीन साल वरिष्ठ था, और जिस दिन से मैं उस कम्पनी में काम पर लगी थी, तभी उसके प्रति मुझे मन-ही-मन एक गहरा लगाव विकसित हो गया था। उसके साथ होने मात्र से मेरा दिल मेरी छाती के भीतर ट्रैम्पोलाइन की मानिन्द उछलने लगता था। उस रात हम बहुत दिन बाद अकेले मिल रहे थे, इसलिए वाइन पीने के बाद मेरा मूड ख़ास तौर पर बहुत अच्छा था।

लेकिन फिर...

मैंने बिना कुछ सोचे जवाब दिया, “अच्छा?” मैंने सोचा, शायद मैंने उसे ग़लत सुन लिया हो। लेकिन उसने अपनी बात को बहुत ठण्डे ढंग से दोहराया। “लगता है, अगले साल तक मेरी शादी हो जाएगी।”

“शादी? कौन किससे शादी कर रहा है?”

“मैं कर रहा हूँ। उससे।”

“अच्छा?” मैं अभी भी उलझन में थी। “कौन है वो?”

और फिर उसने कम्पनी के एक अलग विभाग की एक लड़की का नाम लिया। उसकी आवाज़ में अपराधबोध का ज़रा भी संकेत नहीं था। उस लड़की की नौकरी भी उसी समय लगी थी जब मेरी लगी थी, और वह इतनी ख़ूबसूरत लगती थी कि मैं उसे बाँहों में भर लेना चाहती थी।

मैं उसके मुक़ाबले लम्बी ज़रूर थी, लेकिन ज़्यादा साधारण दिखती थी। यह बात मेरी समझ से परे थी कि जब वह इतनी ख़ूबसूरत लड़की के साथ था, तो उसने मेरे साथ मेलजोल बढ़ाने के बारे में सोचा भी क्यों था।

जब मैंने उससे इस बारे में पूछा, तो उसने बताया कि वे दोनों पिछले ढाई साल से साथ थे। दूसरे शब्दों में, वे उससे ज़्यादा समय से साथ थे, जितने समय से वह मेरे साथ था। ज़ाहिर है, मुझे इस बात का ज़रा भी आभास नहीं था कि उसका किसी और के साथ मेलजोल था। मुझे कभी सन्देह नहीं हुआ था। मैंने इस सम्भावना के बारे में कभी सोचा भी नहीं था। ऑफ़िस में हमने अपने रिश्ते को गुप्त रखा था, लेकिन मैं मानकर चल रही थी कि इसका उद्देश्य यह था कि ऑफ़िस के दूसरे लोग असहज महसूस ना करें। तब भी, अब समझ में आ रहा था कि एकदम शुरुआत से ही मैं उसकी पहली पसन्द कभी नहीं थी, मैं तो बस एक खिलौना थी, जिससे वह खेल सकता था। मुझे यह बात समझ में क्यों नहीं आई? या तो मैं ही कमअक़्ल थी या फिर उसमें ही कुछ ख़राबी थी।

जो भी हो, वे दोनों एक-दूसरे के अभिभावकों से मिल चुके थे। अगले महीने सगाई होने वाली थी। मेरा दिमाग़ चकरा गया। जैसे किसी भिक्षु ने मेरे मस्तिष्क के भीतर मन्दिर की घण्टी बजा दी हो। मैं लगभग उसकी गूँज सुन सकती थी।

"इसलिए, जून में शादी हो जाती तो बहुत अच्छा होता, ठीक है, लेकिन उसने नहीं कहा, और अब, इस साल के लिए बहुत देर हो चुकी है, यही वजह है कि..."

मैं वहाँ हैरान-सी बैठी उसके मुँह से निकलते शब्दों को सुन रही थी। फिर, मैं बुदबुदाई, "ओह, यह तो अच्छा है।" अपनी इस बात से मैं तक अचरज में थी।

"ओह, शुक्रिया, लेकिन इसके बावजूद हम कभी-कभार एक-दूसरे से मिल सकते हैं," उसने भरपूर मुस्कराते हुए कहा। यह उसकी सामान्य मुस्कराहट थी - क्या ही खिलन्दड़ापन था। उसे तो जैसे किसी बात की परवाह ही नहीं थी।

अगर यह मेलोड्रामा होता तो यह वह क्षण था, जब मैं उठकर अपने गिलास की वाइन उसके मुँह पर मार देती। लेकिन अपने जज़्बातों का इस तरह इज़हार करना मुझे कभी नहीं आया। यह तो जब मैंने अकेले में चीज़ों पर विचार किया, तब जाकर मैं समझ पाई कि मैं वास्तव में कैसा महसूस कर रही थी। और इसके अलावा, मेरे मस्तिष्क में बजती घण्टी की गूँज इतनी तेज़ होती जा रही थी कि मेरे लिए सोच पाना मुश्किल हो रहा था।

मैं अभी भी सन्न थी, जब मैंने उसे गुडबाय कहा और अपने अपार्टमेंट में अकेली वापस लौट आई। और जब अन्ततः मैं पूरी तरह होश में आई, तो अचानक दुःख की एक लहर मुझ पर टूट पड़ी। ग़ुस्से से ज़्यादा मैं दुःख महसूस कर रही थी। दुःख, जो इस क़दर आक्रामक था, जो इतना तीव्र और जीवन्त था कि लग रहा था मानो मैं उसे हाथ बढ़ाकर छू सकती थी।

मेरी आँखों से आँसुओं की झड़ी लग गई। लगता था, वे अब कभी नहीं थमेंगे। लेकिन मैं कितना ही क्यों ना रो लेती, मैं ख़ुद को सँभाल पाने में असमर्थ थी। मैंने लाइट तक नहीं जलाई। बस कमरे के बीचों-बीच ढेर हो गई और फूट-फूटकर रोने लगी। एक मूर्खतापूर्ण ख़याल मेरे दिमाग़ में आया कि काश ये आँसू तेल के होते तो मैं अमीर हो जाती, लेकिन यह ख़याल इतना मूर्खतापूर्ण था कि मैं और ज़्यादा रोने लगी।

कोई मेरी मदद करे, मैंने मन-ही-मन सोचा। मैं गम्भीर थी। लेकिन मेरे गले से आवाज़ नहीं निकल सकी। मैं रोने के अलावा और कुछ नहीं कर पा रही थी।

उसके बाद, एक-के-बाद-एक विचित्र चीज़ें होती गयीं।

चूँकि हम एक ही ऑफ़िस में काम करते थे, इसलिए उसके प्रति अपनी इतनी नफ़रत के बावजूद मुझे उसे लगातार देखना पड़ रहा था।

और वह हमेशा की तरह मुझसे सम्पर्क बनाता रहा, जोकि अत्यन्त दुखदायी था। हालात इससे और भी ज़्यादा बदतर हो रहे थे, क्योंकि ब्रेकरूम और कैफ़ेटेरिया में उसकी प्रेमिका मुझसे बार-बार टकरा जाती थी। जब भी ऐसा होता, वह एक दमकती मुस्कराहट के साथ मुझे अभिवादन करती, और मैं समझ नहीं पाती थी कि उसे हमारे बारे में पता था या नहीं।

जल्दी ही यह नौबत आ गई कि मेरी भूख मर गई। मैं रात को सो नहीं पाती थी। मेरा वज़न तेज़ी-से गिरने लगा। और, बावजूद इसके कि मैं मेकअप से उसे छिपाने की कोशिश करती, मेरा चेहरा इस क़दर पीला पड़ गया, जैसे वह किसी मुर्दे का चेहरा हो।

काम के बीचों-बीच, अचानक मेरे चेहरे पर आँसू बहने लगते। मैं ना जाने कितनी बार बाथरूम के एक केबिन में छिपकर अपनी सिसकियों की आवाज़ को दबाने की कोशिश करते हुए रोई होऊँगी।

दो हफ़्ते तक इस सिलसिले के जारी रहने के बाद, मेरी शारीरिक और मानसिक सहनशक्ति जवाब दे गई। आख़िरकार मैं अपने सुपरवाइज़र के पास गई और उसे अपना इस्तीफ़ा सौंप दिया।

काम के आख़िरी दिन, हिदेआकी मेरे पास आया और चहकते हुए स्वर में बोला, "महज़ इसलिए कि तुम नौकरी छोड़ रही हो, इसका यह मतलब नहीं कि हम साथ में डिनर नहीं कर सकते, ठीक है ना?"

मैंने एक ही झटके में अपना बॉयफ्रैण्ड और अपनी नौकरी गँवा दी थी। मुझे ऐसा लग रहा था, जैसे मुझे किसी ने उठाकर अन्तरिक्ष में फेंक दिया हो।

मैं क्युशू की रहने वाली हूँ और दक्षिण के एक स्थानीय कॉलेज में पढ़ाई पूरी करने के बाद काम करने के लिए टोक्यो आई थी। इस वजह से, शहर में, मैं केवल उन्हीं लोगों को जानती थी, जो मेरे ऑफ़िस में काम करते थे। और चूँकि मैं स्वभाव से शर्मीली हूँ, इसलिए मैं कभी भी दोस्त बनाने के क़ाबिल नहीं रही। सारे टोक्यो में, ऐसा कोई नहीं था, जिसे मैं अपना क़रीबी कह सकती।

जब मैं वापस मुड़कर देखती हूँ, तो इस मुक़ाम तक की, सारे-के-सारे पच्चीस वर्षों की मेरी ज़िन्दगी को समेटने वाला मुझे एक ही शब्द सूझता है : "पर्याप्त"। मैं एक पर्याप्त रूप से सम्पन्न परिवार में पैदा हुई, मैंने पर्याप्त रूप से अच्छे स्कूल में शिक्षा पाई, मुझे एक पर्याप्त रूपसे अच्छी कम्पनी में नौकरी मिल गई।

उस समय हिदेआकी से मिलना मेरे लिए बहुत मायने रखता था। मेरे जैसी एक निष्क्रिय स्वभाव की लड़की के लिए उसके जैसे प्रेमी का मिल जाना किसी चमत्कार से कम नहीं था। मैं उसे इस क़दर पसन्द करती थी कि मैं इसे सह नहीं पाती थी। लेकिन इसका बुरा पक्ष यह था कि मैंने कभी इस सदमे की कल्पना नहीं की थी, और मुझे बिलकुल भी मालूम नहीं था कि अब इससे कैसे निपटा जाए।

निपटने का जो तरीक़ा अन्तत: मुझे मिला, वह था अपना जीवन नींद के लिए समर्पित कर देना। मुझे ख़ुद आश्चर्य था कि मैं किस क़दर नींद में डूबी रहती थी। मैं जानती हूँ कि इस तरह शायद मेरा शरीर वास्तविकता को टालने में मेरी मदद कर रहा था, लेकिन जैसे ही मैं कम्बल के नीचे ख़ुद को छिपाती, वैसे ही मैं तुरन्त सो जाती थी। मैंने अपने उस छोटे-से कमरे में कई-कई दिन गहरी नींद में गुज़ार दिए, मानो मैं इस तरह विशाल अन्तरिक्ष में तैरती रहती थी।

मैंने इस तरह शायद एक महीने का वक़्त बिताया होगा। मैं अपने फ़ोन को नज़रअन्दाज़ कर रही थी और तभी एक रात जब मैं जागी, तो एक वाइसमेल की ओर मेरा ध्यान गया। मैं स्क्रीन पर दिखते नम्बर को तो नहीं पहचान सकी, लेकिन तब भी मैंने उस मेल को सुना। सहसा, मुझे एक चहकती हुई आवाज़ सुनायी दी, "हे, हे!"

"तकाको? तुम्हारे क्या हाल हैं? ये मैं हूँ, सातोरू! मैं बुकशॉप से बोल रहा हूँ। मुझे कॉल बैक करना, बाद में भी कर सकती हो। ओह, एक ग्राहक आ गया है। मुझे जाना होगा। जल्दी ही बात करेंगे।"

मैं पल भर को हैरान-सी बैठी रही। *सातोरू? कौन?* मुझे बिलकुल भी अन्दाज़ नहीं था। उसने मेरा नाम लिया था, इसलिए वह रॉंग नम्बर नहीं हो

सकता था। यह कौन-सी बुकशॉप थी? बुकशॉप... मैं बार-बार इस शब्द को अपने दिमाग़ में उलटती-पलटती रही - और तब आख़िरकार वह मुझे सहसा समझ में आया।

यह मेरे मामा सातोरू थे! सोचा तो याद आया कि कुछ समय पहले मेरी माँ ने बताया था कि उन्होंने जिम्बोचो की उस बुकशॉप को सँभाल लिया था, जिसकी शुरुआत मेरे परनाना ने की थी। आख़िरी बार जब मैंने उन्हें देखा था तब मैं हाई स्कूल के अपने आख़िरी वर्ष में थी, इसलिए हम लगभग दस सालों से एक-दूसरे से नहीं मिले थे, लेकिन मुझे पूरा यक़ीन था कि वह उन्हीं की आवाज़ थी।

और तब मुझे थोड़ा-सा शक हुआ कि इसके पीछे मेरी माँ होंगी। हाँ, वही होंगी। वे एकमात्र व्यक्ति थीं, जिन्हें मैंने यह बताया था कि मैंने अपनी नौकरी छोड़ दी है और मेरे बॉयफ्रैण्ड के साथ का मेरा रिश्ता टूट चुका है। उन्हीं ने उनसे मेरी मदद करने को कहा होगा, क्योंकि वे मुझको लेकर बहुत चिन्तित थीं। लेकिन तब भी, यह पर्याप्त अच्छी वजह नहीं थी।

ईमानदारी से कहूँ, तो मुझे सातोरू मामा से वास्तव में उतना लगाव नहीं था। वे इतने आज़ादख़याल थे कि उन्हें समझ पाना मुश्किल था। वे अत्यन्त स्वच्छन्द, मुक्त और सहज भाव से आचरण करने वाले थे, भले ही उनके आसपास कोई भी क्यों ना हो। वे हमेशा हल्के-फुल्के चुटकुले सुनाते रहते थे और ख़ुद ही हँसते-मुस्कराते रहते थे। यह सब अजीब लगता था और उन्हें कुछ-कुछ सनकी-सा बना देता था, जो मुझे परेशान करता था।

लेकिन जब मैं छोटी थी, तो मुझे उनकी शख़्सियत प्यारी लगती थी। जब मेरी माँ मुझे लेकर टोक्यो में उनके परिवार से मिलने जाती थी, तो मैं उनके कमरे में उनके साथ खेला करती थी। लेकिन जैसे-जैसे मैं किशोरावस्था में पहुँची, मुझे उनका सनकीपन अखरने लगा और मैंने चुपचाप उनसे बचना शुरू कर दिया। और फिर, अचानक से उन्होंने शादी कर ली - बावजूद इसके कि उनके पास कोई टिकाऊ रोज़गार भी नहीं था। उसके बाद से, वे किसी-न-किसी कारण परिवार में परेशानी का कारण बनते रहे।

यही वजह रही कि जब मैं टोक्यो आई, तो मैंने कभी उनसे मिलने के बारे में नहीं सोचा। मैं कोशिश कर रही थी कि मैं उनके साथ किसी तरह का लेना-देना ना रखूँ।

जिस दिन मुझे उनका वॉइसमेल मिला, उसी दोपहर मैंने बेमन से उन्हें फ़ोन किया। मैं कल्पना कर सकती थी कि अगर मैं उन्हें वापस फ़ोन ना करती तो मेरी माँ ग़ुस्से से पागल हो जातीं। जब मैं ग्रेड स्कूल में थी, उस समय मेरे ये मामा पच्चीस के आसपास रहे होंगे, जिसे देखते हुए अब उन्हें चालीस से ऊपर की उम्र का होना चाहिए था।

पहली घण्टी पर ही किसी ने जवाब दिया।

"हैलो, मोरीसाकी बुकशॉप।"

"हाय, मैं तकाको बोल रही हूँ।"

"ओह, अरे!" लाइन के दूसरी ओर से मैंने अपने मामा की तेज़ आवाज़ सुनी। वही पुराना जोश जो मुझे पुराने दिनों से याद था। मैंने झटके-से फ़ोन को अपने कान से दूर खींच लिया।

"बहुत समय बीत गया! तुम ठीक रहीं?"

"ओह, हाँ, मैं ठीक रही..."

"मुझे मालूम था कि तुम टोक्यो में थीं, लेकिन तुम मुझसे मिलने कभी नहीं आईं।"

"उसके लिए माफ़ी चाहती हूँ। मैं काम में उलझी रही," मैंने सहज ही माफ़ी माँगी।

"लेकिन तुमने तो अब नौकरी छोड़ दी है, है ना?"

वे सीधे मुद्दे पर आ गए। मैंने बुदबुदाते हुए कुछ जवाब दिया। यह वह इन्सान नहीं था, जिससे आप नफ़ासत की उम्मीद करते। मामा लगातार बोलते रहे, बिलकुल पुराने दिनों की तरह, रुकने का नाम ही नहीं लेते थे। और फिर अचानक बोल पड़े, "सुनो, मैं सोच रहा था, अगर तुम्हारा ठीक इस वक़्त काम करने का मन ना हो, तो यहाँ आकर रहने के बारे में तुम्हारा क्या ख़याल है?"

"क्या?" उनकी इस आकस्मिक पेशकश ने मुझे चौंका दिया।

लेकिन मामा जवाब देने के लिए मुझ पर लगातार ज़ोर डालते रहे। मकान के किराए और दूसरी चीज़ों पर तुम जो पैसा ख़र्च कर रही हो, वह कोई मामूली बात नहीं है। अगर तुम यहाँ आ जाओगी तो सब कुछ मुफ़्त होगा। मेरा मतलब है, तुम बुकशॉप में मेरी थोड़ी-बहुत मदद कर सकती हो।"

जब मैंने उसके बारे में उनसे पूछा, तो उन्होंने बताया कि वे अकेले ही दुकान सँभाल रहे थे। उन्हें किसी ऐसे आदमी की ज़रूरत थी, जो सुबह उस वक़्त दुकान खोलकर बैठ सके, जिस दौरान वे अपने पीठ दर्द का इलाज कराने अस्पताल जाते थे। मेरे मामा कुनीताची के एक मकान में रहते थे, इसलिए जब दुकान बन्द हो जाती तब मेरे पास रुकने के लिए जगह होती। उन्होंने मुझे आश्वस्त किया कि मेरे पास पूरी तरह प्राइवेसी होगी। यह कुछ साल पहले तक रिहायशी जगह हुआ करती थी, इसलिए उसका बाथरूम पूरी तरह ज़रूरी सुविधाओं से सज्जित था।

मैंने पल भर ठहरकर सोचा। मैं जानती थी कि मेरी मौजूदा व्यवस्था हमेशा के लिए नहीं बनी रह सकती थी। अगर मैं इस तरह रहना जारी रखती, तो जल्दी ही मेरे पैसे ख़त्म हो जाने वाले थे। दूसरी ओर, मुझे यह बिलकुल भी ठीक नहीं लगता था कि कोई भी व्यक्ति मेरी ज़िन्दगी में दख़ल देता।

"लेकिन मुझे यक़ीनन लगता है कि मैं बोझ बन जाऊँगी," मैंने उनकी पेशकश को ठुकराने की कोशिश करते हुए कहा।

मामा ने इस इशारे की ओर ज़रा भी ध्यान नहीं दिया।

"बोझ? क्या बेवक़ूफ़ी की बात करती हो। तुम्हें अपने साथ रखना मेरे लिए बहुत सुखद बात होगी।"

क्या मोमोको मामी भी इसके लिए राज़ी होंगी? मैं यह सवाल पूछना शुरू करने ही वाली थी, लेकिन फिर मैंने झट-से ख़ुद को रोक लिया। यह सही है। उनकी पत्नी, मोमोको तो वर्षों पहले उन्हें छोड़कर जा चुकी थीं। यह हमारे परिवार की बहुत बड़ी घटना थी। उनके घर छोड़कर चले जाने से मेरे मामा इतने उदास दिखाई दे रहे थे कि मेरी माँ को सचमुच चिन्ता होने लगी कि कहीं उनकी सेहत पर भी इसका बुरा असर ना पड़े। मुझे याद है कि जब मैंने यह

ख़बर सुनी थी तो मुझे अपने मामा पर तरस आया था, लेकिन इस घटना ने मेरे भीतर एक अजीब-सा अहसास भी छोड़ दिया था। बात समझ से परे लग रही थी। उनकी शादी के समय, वे दोनों बहुत गहरे प्रेम में डूबे लग रहे थे। मोमोको मामी बहुत दयालु और भली लगती थीं। उन्हें देखकर लगता ही नहीं था कि वे घर छोड़कर चली जाएँगी।

मैं यह सब याद करते हुए बुदबुदाते हुए बातचीत को निभा रही थी। उधर मेरे मामा योजना को आगे बढ़ाने की कोशिश में लगे हुए थे। "बहुत बढ़िया। तो तय रहा।"

मैंने एकबार फिर उन्हें रोकने की कोशिश की। "लेकिन मेरे सारे सामान का क्या होगा?" मैंने कहा, लेकिन उन्होंने मुझसे कहा कि कुनीताची वाले उनके घर में उस सारे सामान के लिए पर्याप्त जगह होगी। मैं सारा सामान वहाँ भेज सकती हूँ और कुछ छोटे बैग अपने साथ दुकान पर ले जा सकती हूँ।

मैं हर मोर्चे पर मात खा गई लग रही थी।

"मुझ पर भरोसा करो, तकोको। यह तुम्हारे लिए भी अच्छा होगा।"

लेकिन मैं उस इन्सान पर कैसे भरोसा करती, जिसे मैंने दस बरस से देखा तक नहीं था?

"ख़ैर, मैं यहाँ तैयारियाँ शुरू करता हूँ," मामा ने कहा, और मेरे जवाब का इन्तज़ार किए बग़ैर कहा कि "अभी-अभी एक ग्राहक आ गया है, इसलिए हम बाद में बात करेंगे," और फिर उन्होंने फ़ोन काट दिया।

मैं कुछ देर हैरान-सी बैठी डायल टोन को सुनती रही।

2

दो हफ़्ते बाद, मैं जिम्बोचो स्टेशन पर खड़ी थी। यह सब कैसे हो गया? पल भर में मेरी ज़िन्दगी इस क़दर तेज़ी-से बदल गई थी कि मैं अभी भी चकराई हुई थी।

मामा के साथ हुई उस बातचीत के बाद, मैंने अपनी माँ से फ़ोन पर बात की। "तो अब क्या करने वाली हो?" उन्होंने पूछा। "क्युशू वापस आओगी या सातोरू के यहाँ जाओगी?" मैंने बेमन से अपने मामा के यहाँ जाने का विकल्प चुना। मैं जानती थी कि अगर मैं वापस घर गई, तो मेरे ऊपर दबाव डालकर मेरी शादी कर दी जाएगी, और फिर मैं यहाँ कभी वापस नहीं आ सकूँगी। टोक्यो आने के लिए मैंने जो तमाम तकलीफ़ें उठाई थीं, उनके बाद मैं उस तरह वापस लौटना और यह स्वीकार कर लेना बर्दाश्त नहीं कर सकती थी कि वह सारी की सारी एक नाकाम कोशिश थी।

लम्बे अरसे बाद घर से बाहर निकलने की वजह से मुझे अपने पैर डगमगाते महसूस हो रहे थे। लेकिन तब भी मैं ट्रेन पकड़कर जिम्बोचो पहुँच ही गई थी। लेकिन जैसे ही मैं सबवे से ऊपर आई, मैं तीखी धूप में नहा गई महसूस करने लगी। जिन दिनों मैं सोती रही थी, उस दिनों में बारिश बीत चुकी थी और गरमी का मौसम आ गया था। मेरे सिर के ऊपर, सूरज किसी किशोर लड़के की तरह घूरता हुआ चमक रहा था। जब मैंने नौकरी छोड़ी थी तो गर्मियों की वास्तविक तपिश बहुत दूर लग रही थी। यह सोचकर मैं थोड़ी उदास हो उठी - जैसे मौसम भी मेरा साथ छोड़ रहे थे।

यह पहली बार था, जब मैं जिम्बोचो आई थी। मेरे नाना का मकान कुनिताची में था, पश्चिम की दिशा में एक घण्टे की दूरी पर। शायद इसी वजह से हमारा कभी इस ओर आने का संयोग नहीं बना।

कुछ देर मैं चौराहे पर ट्रैफ़िक सिग्नल पर खड़ी चारों तरफ़ नज़रें दौड़ाकर देखती रही। बार-बार गर्दन घुमाकर सब कुछ आत्मसात करने की कोशिश करती रही।

सब कुछ अजीब लग रहा था।

मैंने मुख्य सड़क को देखा (जिसे मेरे मामा ने यासुकुनी स्ट्रीट बताया था)। उस सड़क के दोनों ओर कतार से पुस्तकों की दुकानें थीं। जहाँ भी देखो, पुस्तकों की एक और दुकान नज़र आती थी।

सामान्य तौर पर एक सड़क पर एक दुकान काफ़ी होती। लेकिन, यहाँ तो ज़्यादातर दुकानें पुस्तकों की थीं। नज़र सबसे पहले शायद सान्सेइदो या शोसेन जैसी बड़ी दुकानों पर ठहरती, लेकिन असली आकर्षण छोटी-छोटी पुरानी पुस्तकों की दुकानों में था। उन्हें एकसाथ एक कतार में देखना मन पर सूक्ष्म, गहरी छाप छोड़ता था। सड़क के दूसरी ओर, सुइडोबाशी की तरफ़ दफ़्तरों की कुछ बड़ी इमारतें खड़ी थीं, लेकिन उनकी मौजूदगी इस जगह को और भी विचित्र-सी शक्ल दे रही थी।

अभी भी उलझन में डूबी हुई मैं उस चौराहे को पार कर गई, जो लंच-ब्रेक पर निकले हुए सफ़ेदपोश कर्मचारियों से भरा हुआ था, और पुस्तकों की दुकानों वाली सड़क पर चल दी। मामा द्वारा दिए गए निर्देशों का अनुसरण करते हुए, मैंने मुख्य सड़क छोड़ दी और साकुरा नाम की एक छोटी-सी गली में मुड़ गई। यह पुरानी पुस्तकों की दुकानों का इलाक़ा था।

मैं मन-ही-मन बुदबुदाई, “पुरानी पुस्तकों का आश्चर्यलोक।”

जिस वक़्त मैं तीखी धूप में तपती खड़ी सोच रही थी कि मैं अपने मामा की दुकान कैसे ढूँढ़ूँ, तभी मैंने देखा कि एक आदमी मेरी ओर देखता हुआ हाथ हिला रहा था। उसके बाल बिखरे हुए थे, आँखों पर मोटे फ्रेम वाला काला चश्मा था, और उसका शरीर इतना दुबला-पतला और छोटा था कि उससे लड़कपन झलक रहा था। उसने चेक की आधी बाँह वाली शर्ट और ढीली सूती पतलून और सैण्डल पहन रखी थी।

मैंने उस चेहरे को देखते ही पहचान लिया। वे मेरे मामा सातोरू थे।

उनका चेहरा पूरी तरह खिल उठा, और वे बोले, "अरे, तकाको, आख़िरकार तुम आ ही गईं।"

क़रीब से देखने पर मैंने पाया कि मेरे मामा काफ़ी बुढ़ा गए थे। उनकी आँखों के चारों ओर की गहरी झुर्रियाँ छिपी नहीं रह गई थीं। उनकी वह त्वचा जो कभी परीकथा की दुर्भाग्यशाली नायिका जैसी सफ़ेद रही थी, अब धूप के असंख्य दाग़ों से भर चुकी थी। लेकिन चश्मे के पीछे आप अभी भी उनकी आँखों की अजीब-सी बालसुलभ चमक देख सकते थे।

"क्या तुम सारे समय दुकान के सामने खड़े मेरा इन्तज़ार कर रहे थे?"

"मैंने सोचा कि यही वह वक़्त है, जब तुम नमूदार होगी। तुम देख ही रही हो कि इस पूरे इलाक़े में एक-के-बाद-एक पुरानी पुस्तकों की दुकानें हैं - मुझे लगा तुम कहीं रास्ता ना भटक जाओ, इसलिए मैं दुकान से बाहर आकर तुम्हारा इन्तज़ार करने लगा। इस सारे समय मैं यूनिफ़ॉर्म पहने एक स्कूली लड़की की उम्मीद कर रहा था, लेकिन फिर मैंने सोचा कि तुम काफ़ी बड़ी हो गई होगी।"

बात समझ में आने वाली थी। पिछली बार मैंने उन्हें तब देखा था, जब मैं हाई स्कूल के पहले साल में थी। हम अपने नाना की पहली बरसी पर टोक्यो आए थे। तब से अब तक दस साल बीत चुके थे। वे, हालाँकि अभी भी जस-के-तस थे। वे अब चालीस से ऊपर के रहे होंगे, लेकिन उनके भीतर वही हल्की-फुल्की बेफ़िक्री थी। किसी भी संजीदा पुरुष की परिभाषा से एकदम उलट। यही वह चीज़ थी, जो अपनी किशोरावस्था में मुझे बिलकुल भी नहीं भाती थी। मैं उस उम्र में, अपने और दूसरों के बीच की दूरी को लेकर बहुत संवेदनशील हुआ करती थी।

मामा को घूरना बन्द कर, मैंने दुकान की ओर नज़र घुमाई।

"तो यही है वह दुकान जिसे मेरे परनाना ने शुरू किया था।"

मैंने उस दुकान को देखा, जिसके साइनबोर्ड पर लिखा था, मोरीसाकी बुकशॉप : स्पेशलाइज़िंग इन लिटरेचर ऑफ़ मॉडर्न इरा। उस दृश्य को देखकर मैं हल्की-सी भावविह्वल हो उठी। बावजूद इसके कि मैं अपने परनाना से

कभी नहीं मिली थी फिर भी मेरे लिए यह बात मतलब वाली लगी कि मामा हमारे परिवार की तीसरी पीढ़ी से थे, जो इस परम्परा को आगे बढ़ा रहे थे।

दुकान लगभग तीस साल पुरानी थी, लेकिन वह किसी पुराने ज़माने की चीज़ जैसी लग रही थी। लकड़ी की उस छोटी-सी दो मंज़िला इमारत के काँच के दरवाज़ों से भीतर झाँकने पर सिर्फ़ किताबों का ढेर ही नज़र आता था।

"मूल दुकान ताइशो के ज़माने में सुज़ुरान स्ट्रीट पर हुआ करती थी। बेशक, वह तो अब नहीं रही, इसलिए इसे हम एक तरह से दूसरी मोरीसाकी बुकशॉप कह सकते हैं।"

"वाउ।"

"आओ आओ, अन्दर आओ।"

मामा ने लगभग झटके-से मेरा सामान मेरे हाथ से ले लिया और मुझे दुकान के भीतर ले गए। अन्दर क़दम रखते ही मुझे बासी गन्ध ने घेर लिया।

अनजाने में ही मेरे मुँह से ज़ोर-से निकल पड़ा, "बासी।"

मामा हँस दिए और उन्होंने मेरी बात को सुधारा। "मेरी ख़ातिर इसकी सुबह की बारिश के बाद की नमी की तरह कल्पना करने की कोशिश करो।"

जहाँ भी नज़र जाती, पुस्तकें ही पुस्तकें थीं। इस छोटे-से कमरे में जिसे बमुश्किल ही धूप के दर्शन होते थे, सब कुछ शोवा काल की ख़ुशबू में नहाया लग रहा था। साफ़-सुथरी अल्मारियों में पेपरबैक और हार्डकवर भरे हुए थे। सम्पूर्ण रचनाओं के बड़े संग्रह दीवारों के सहारे रखे हुए थे। यहाँ तक कि छोटे-से काउण्टर के पीछे जिस पर रजिस्टर रखा था, पुस्तकों का अम्बार लगा हुआ था। अगर कभी बड़ा भूकम्प आता, तो निश्चय ही सब कुछ धराशायी हो जाता, और आप पुस्तकों के हिमस्खलन के तले दब जाते।

"यहाँ कितनी पुस्तकें हैं?"मैंने हैरानी से भरकर पूछा।

"मोटे तौर पर कहूँ तो छह हज़ार।"

"छह हज़ार!" मैं चीख़ी।

"जगह कम है, इसलिए यही इसकी सीमा है।"

"इसका क्या मतलब है, 'स्पेशलाइज़िंग इन लिटरेचर ऑफ़ द मॉडर्न इरा'?"

"हम जापान के आधुनिक लेखकों पर फ़ोकस करते हैं। यहाँ आओ। देखो।"

मामा के आग्रह पर मैंने अल्मारियों में जमी हुई पुस्तकों के स्पाइनों पर नज़र दौड़ाई। वहाँ वे लेखक थे, जिनके नाम मैं पहचानती थी, जैसे र्यूनोसुके अकुतागावा, सोसेकी नत्सुमे, आगाई मोरी, लेकिन ज़्यादातर वे लेखक थे, जिनका नाम मैंने पहले कभी नहीं सुना था। और जिन लेखकों का नाम मैंने सुना था, वे केवल वह थे, जिन्हें मैंने हाई स्कूल में पढ़ा था।

"यानी... आप इन तमाम लेखकों की पुस्तकें एकत्र करते हो?" मैंने पूछा।

मामा हँस दिए। "यहाँ की ज़्यादातर पुस्तकों की दुकानें किसी एक ख़ास क्षेत्र या पुस्तकों की किसी ख़ास क़िस्म से ही लेना-देना रखती हैं। कुछ दुकानें विद्वत्तापूर्ण पुस्तकों की हैं। कुछ दुकानें हैं, जिनमें नाटकों की स्क्रिप्ट बेची जाती हैं। ऐसी भी दुकानें हैं, जो सिर्फ़ पुराने पोस्टकार्ड और फ़ोटोग्राफ़ जैसी चीज़ें रखती हैं। इस इलाक़े में दुनिया की सेकण्डहैण्ड पुस्तकों की सबसे अधिक दुकानें हैं।"

"दुनिया की?"

"हाँ! क्योंकि उन्नीसवीं सदी के अन्त और बीसवीं सदी की शुरुआत के मेईजी काल में यह इलाक़ा संस्कृति का केन्द्र हुआ करता था, और यह सांस्कृतिक रूपसे शिक्षित लोगों और लेखकों का प्रिय स्थान था। यहाँ इतनी सारी पुस्तकों की दुकानों के होने की वजह यह है कि उस ज़माने में इस इलाक़े में बहुत सारे स्कूल स्थापित किए गए थे, जिसका मतलब था, यहाँ अचानक ये सारी दुकानें खुल गईं, जो शोधपरक पुस्तकें बेचती थीं।"

"अच्छा, इतना पुराना है इसका इतिहास?"

"हाँ, और वह इतिहास बिना किसी रुकावट के आज तक जारी है। ओगाई मोरी और जुनइचिरो तानिज़ाकी ने तो इस जगह पर आधारित उपन्यास तक लिखे हैं। अब तो दुनियाभर के पर्यटक यहाँ आते हैं।"

मामा इसके बारे में इस क़दर गर्व के भाव से बात कर रहे थे, मानो यह सब उनका अपना हो।

"मैं टोक्यो में रह रही थी, लेकिन इस जगह के बारे में मुझे ज़रा भी नहीं मालूम था," मैंने सच्चे मन से प्रभावित होकर कहा। सच तो यह है कि मेरे छोटे-से सवाल पर मामा के इस जवाब से भी मैं बहुत प्रभावित हुई थी। जिस व्यक्ति को हमारे घर हर कोई निरुद्देश्य भटकने वाला समझता था, ऐसा व्यक्ति जिसने कभी किसी वास्तविक रोज़गार की तलाश नहीं की थी, वह इतना कुछ जानता था! इससे मुझे याद आया कि जब मैं छोटी थी और उनसे मिलने जाया करती थी, तो उनका कमरा हमेशा इतिहास और फलसफ़े की कठिन पुस्तकों से भरा होता था।

"अगली बार, तुम्हें इस इलाक़े को घूम-फिरकर देखना चाहिए। यहाँ बहुत सारी दिलचस्प जगहें हैं। लेकिन उसे किसी और दिन के लिए छोड़ते हैं। सबसे पहले मैं तुम्हें तुम्हारा कमरा दिखा देता हूँ। दूसरी मंज़िल इस संग्रह की बाक़ी पुस्तकों से दबी पड़ी है, लेकिन तुम्हारा कमरा बड़ा है।"

जब हमने दूसरी मंज़िल के उस कमरे में झाँककर देखा, तो मैं लगभग बेहोश होते-होते बची। जिस "संग्रह" का उन्होंने ज़िक्र किया था, वह दरअसल, कमरे के कोने-कोने में पुस्तकों के ऊँचे-ऊँचे ढेर थे। भीतर क़दम रखने की जगह नहीं थी। यह जैसे किसी विज्ञान-कथा-फ़िल्म के सैट से उठाकर रख दिया गया दृश्य था, एक ऐसे नगर का दृश्य जो भविष्य में बहुत दूर नहीं था। कमरे में एक प्राचीन एयरकण्डीशनर पूरी ताक़त से चल रहा था, लेकिन तब भी मेरी त्वचा पर पसीने की बूँदें उभरती चली जा रही थीं। दूर कहीं से आती झींगुरों की तीखी आवाज़ सुनाई दे रही थी।

मैंने अपने बगल में खड़े मामा की ओर घूरकर देखा। उन्होंने मुझसे मेरे लिए किस तैयारी की बात की थी? उस कमरे में तो चूहे को भी पाँव फैलाने की जगह नहीं थी।

"उफ़, मैंने सोचा था कि तुम्हारे आने से पहले सब ठीक-ठाक कर लूँगा, लेकिन..." उन्होंने शर्मिन्दगी से अपना सिर खुजलाते हुए कहा। "देखो, तीन दिन पहले मेरी कमर अकड़ गई थी। यह पुस्तकें बेचने वाले की नियति है। लेकिन आधी पुस्तकें तो मैं बगल वाले ख़ाली कमरे में पहुँचा ही चुका हूँ। इसलिए अगर तुम बची हुई पुस्तकें भी वहाँ पटक दो, तो तुम यहाँ आराम-से रह सकोगी।"

तभी हमें नीचे काँच का दरवाज़ा खुलने की आवाज़ सुनाई दी, और मामा ने कहा, "सॉरी," और वे जल्दी से सीढ़ियों से नीचे उतर गए।

मैंने कमरे में चारों ओर देखा और गहरी साँस ली। इन्हें वहाँ "पटक दो," उन्होंने कहा था। उनके लिए कहना आसान था। मुझे लगा, जैसे मुझे बेवक़ूफ़ बनाया गया हो। लेकिन अब तो मैंने अपार्टमेंट भी छोड़ दिया था, और मेरे पास रहने की और कोई जगह नहीं थी। मैंने ख़ुद को बदतर स्थिति के लिए तैयार किया और कमरे की सफ़ाई शुरू कर दी।

पूरे दिनभर, मैं पुस्तकों के ख़िलाफ़ युद्ध करती रही। पसीने से तरबतर मैं पुस्तकों के बड़े-बड़े ढेर उठाकर बगल के कमरे में पटकती रही। लेकिन अगर मुझसे ज़रा भी लापरवाही हो जाती, तो ये "बाबेल की मीनारें" किसी क्रोधित ईश्वर के धक्के से ढह जातीं। धीरे-धीरे उन पुस्तकों के प्रति मेरी नफ़रत और भी तीव्र होती गई। तब भी, शाम होते-होते मैं ज़्यादातर पुस्तकें उस ख़ाली कमरे में पहुँचाने में कामयाब हो चुकी थी। मैंने उस छोटी-सी मेज़ को भी बचा लिया जो पुस्तकों के ढेर में दबी हुई थी। बगल के कमरे में पुस्तकों के ढेर सीलिंग को छू रहे थे, और मुझे चिन्ता हो रही थी कि कहीं उनके वज़न से वह मंज़िल ही ना ढह जाए। लेकिन वह काफ़ी मज़बूत इमारत लगती थी, इसलिए मैंने ख़ुद को तसल्ली दी कि वैसा कुछ नहीं होगा। इसके बाद मैंने वैक्यूम क्लीनर उठाया और उससे सारी धूल और काग़ज़ के उन टुकड़ों को सोख लिया, जो किन्हीं दुष्ट आत्माओं की तरह वहाँ मँडरा रहे थे। जब मैंने दीवारों और तातामी चटाइयों पर जमी धूल को कपड़े से पोंछ लिया, तब जाकर कमरा सचमुच किसी इन्सान के रहने लायक़ लगा।

जब मैं अपने कूल्हों पर हाथ रखे कमरे के दरवाज़े पर खड़ी किसी हद तक सन्तोष के भाव से अपने किए हुए काम को देख रही थी, तभी मामा दुकान बन्द कर मुझे देखने सीढ़ियों के ऊपर आए।

"वाह, तुमने तो सचमुच सफ़ाई कर डाली," उन्होंने कहा। "तकाको, क़सम से कहता हूँ, अगर तुम उन्नीसवीं सदी की बाद की अर्द्धाली में इंग्लैण्ड में पैदा हुई होती, तो तुम एक शानदार नौकरानी हो सकती थीं।" वे और भी इसी तरह की बकवास करते रहे।

हे भगवान, मैंने सोचा, अब मुझे इसी इन्सान के साथ निभाना होगा।

"मैं थक चुकी हूँ और अब बिस्तर पर जा रही हूँ।"

"निश्चय ही। आराम से, जितना आराम चाहो, करो। लेकिन कल सुबह से तो मेरी मदद करोगी ना?"

जैसे ही मेरे मामा गए, मैं तुरन्त बाथरूम में नहाने चली गई, और उसके बाद अपने बाल तक सुखाए बिना अपने सीलन से गन्धाते बिस्तर में घुस गई।

जब मैंने बत्ती बुझाई, तो कमरे में अचानक पूरा सन्नाटा छा गया। मानो वे सारी पुस्तकें आवाज़ों को सोख ले रही थीं।

मैंने स्तब्ध होकर कमरे की धुँधली सीलिंग को देखा और मुझपर एक उदासी छा गई। *क्या मैं वाक़ई कुछ समय के लिए यहाँ रह सकती हूँ? मुझे लग नहीं रहा था कि मैं इसकी अभ्यस्त हो पाऊँगी।* लेकिन यह ख़याल पल भर को ही टिका रह सका। एक सेकण्ड बाद मैं खर्राटे ले रही थी।

मैंने सपना देखा, जिसमें मैं एक रोबोट नौकरानी थी, जो निकट भविष्य के एक शहर में रहती थी। इस मुहल्ले की सारी इमारतें पुरानी पुस्तकों से बनी थीं।

अगली सुबह जब मैंने अपनी आँखें खोलीं, तो मुझे समझ में नहीं आया कि मैं कहाँ थी। मैंने बगल में रखी अलार्म घड़ी की ओर देखा। वह 10:22 का समय बता रही थी।

सहसा मैं वास्तविकता में लौट आई। "आह!" मैं चिल्लाई और बिस्तर से कूद पड़ी। दुकान दस बजे खुलती थी। रात में जब मैं बिस्तर पर गई थी, तब मैंने आठ बजे का अलार्म भरा था, लेकिन किसी वक़्त वह बन्द हो गया होगा। *यह क्रूरतापूर्ण मज़ाक़ मुझसे किसने किया?* गुनहगार, बेशक, मैं ही थी।

क्या ही झमेला है! मैं हमेशा समय पर उठती रही थी। मुझे गर्व था कि कम्पनी में अपनी तीन साल की नौकरी के दौरान मैं एक बार भी काम पर देर से नहीं पहुँची थी। लेकिन यहाँ मैं पायजामे में, उलझे बालों के साथ, तेज़ी-से सीढ़ियाँ उतर रही थी, ताकि जल्दी-से सामने का लोहे का भारी शटर उठा

सकती। जैसे ही मैंने शटर उठाया, गर्मी की धूप कमरे में भर गई। सड़क की ओर खुलती सारी दुकानें पहले ही खुल चुकी थीं। साफ़ था कि मुझे देर हो चुकी थी।

मैं क्या करूँ? लगभग आधा घण्टे तक, मैं अपने पायजामे में काउण्टर पर बेवक़ूफ़ की तरह बैठी रही, घबराई हुई। लेकिन मुझे आश्चर्य हुआ कि इस दौरान कोई नहीं आया।

बाद में, लगा कि शायद कोई आने वाला नहीं है। कुछ लोग सड़क पर आ-जा रहे थे, लेकिन वे सीधे निकल जा रहे थे। ख़ुद को बेवक़ूफ़-सा महसूस करते हुए, मैं आराम-से ऊपर गई, जहाँ मैंने कपड़े बदले, बाल सँवारे, यहाँ तक कि थोड़ा-सा मेकअप भी कर लिया। फिर मैं नीचे वापस आ गई।

दोपहर के आसपास धीरे-धीरे लोग आने लगे। लेकिन ज़्यादातर, लोग पचास या सौ येन वाली सस्ती पेपरबैक ही ख़रीद रहे थे। मुझे चिन्ता होने लगी कि इस तरह दुकान चलेगी भी या नहीं। तीस बार जम्हाई रोकने के दौरान मैं बीच-बीच में ऊँघ भी गई।

लगभग एक बजे, एक अधेड़ आदमी आया। वह ठिगना, गोल-मटोल और बुरी तरह गंजा था। जैसे ही उसने मुझे काउण्टर के पीछे बैठे देखा, वह चौंक पड़ा। "क्या? सातोरू कहाँ है - इससे ज़्यादा अहम बात यह कि तुम कौन हो? क्या उन्होंने पार्ट टाइम काम करने के लिए किसी लड़की को रख लिया है? लेकिन इस दुकान की ऐसी हैसियत कहाँ है कि वह किसी को नौकरी पर रखे?"

उसने मुझ पर एक के बाद एक सवाल दागे। मैं उसका वर्णन किस तरह करूँ? वह उस क़िस्म का अधेड़ आदमी था, जो बेझिझक बात करते हैं।

"आँ, मेरे मामा क़रीब दो बजे तक आएँगे। मैं उनकी भांजी हूँ, तकाको। मैं एक तरह से पार्ट-टाइम ही काम कर रही हूँ। इस काम के बदले मुझे यहाँ रहने और खाने की सुविधा मिली है। और जहाँ तक इस दुकान की माली हैसियत का सवाल है, उसकी मुझे ज़्यादा जानकारी नहीं है।"

जिस दौरान मैं जवाब दे रही थी, वह आदमी मुझे गहरी दिलचस्पी लेते हुए देखता रहा।

"अरे वाह," उसने कहा, "मुझे कैसे पता नहीं चला कि सातोरू की इतनी प्यारी, एक नौजवान भांजी भी है।"

मैं हल्के-से मुस्करा दी। मेरी ख़ुशक़िस्मती थी कि उसने मुझे सुबह की मेरी शर्मनाक हालत में नहीं देखा था। शायद वह वाक़ई कोई नेकदिल इन्सान रहा हो। वह काफ़ी ख़ुशनुमा लग रहा था, और सबसे बड़ी बात यह थी कि उसकी अभिरुचि भी अच्छी थी।

"तो मैं सोच रहा था कि मैं एक बार फिर से नाओया शिगा को पढ़ना शुरू करूँ। पता है, मेरी बीवी ने कुछ समय पहले मेरी ज़्यादातर पुस्तकें फेंक दी थीं।"

बात करते हुए वह पुस्तकों की अल्मारियों के आसपास भटकता रहा। मुझे कैसे मालूम होता कि उसकी बीवी ने क्या किया था। मैं तो उससे आज ही मिल रही थी।

"वे फिर कहाँ चली गईं?"

"क्या कहाँ चली गईं?"

"नाओया शिगा की पुस्तकें।"

"अच्छा, हाँ, वे शायद वहाँ कहीं होंगी।"

उस आदमी ने सहसा मुझे सख़्त निगाहों से देखा, जैसे वह मेरा मूल्यांकन कर रहा हो।

"क्या तुम पुस्तकें पढ़ती हो?"

"क़तई नहीं।"

जैसे ही मैंने जवाब दिया, मेरा वह अधेड़ साथी मानो एक दैत्य में बदल गया। वह चमकती आँखों से मुझे घूरने लगा।

और तभी उसका प्रवचन शुरू हो गया। बाप रे। "आज के नौजवान, अब वे किताबें नहीं पढ़ते। वे सिर्फ़ कम्प्यूटर गेम खेलते हैं। निराश करने वाली बात है। और अगर वे किताबें पढ़ते भी हैं तो कॉमिक्स या अपने मोबाइल पर छपी सतही-सी कहानियाँ। यहाँ तक कि मेरा बेटा, वह लगभग तीस का होने को है और वह सारे समय वीडियो गेम खेलता रहता है। क्या यह ठीक है? तुम

ऐसा सोचती हो? बिलकुल नहीं। वे चीज़ों को सिर्फ़ ऊपर-ऊपर से देख रहे हैं। और अगर तुम छिछली इन्सान नहीं बनना चाहती हो, तो तुम्हें इस जगह की कुछ अद्भुत किताबें ज़रूर पढ़ना चाहिए।"

वह आदमी लगातार बोले ही जा रहा था। जब वह अन्तत: अपने घर लौटा, तब तक एक घण्टा हो चुका था। अन्त में, उसका एकेला इतना लम्बा खिंच गया कि वह बिना कुछ ख़रीदे ही चला गया। मैं भी पूरी तरह थक चुकी थी। आधे घण्टे बाद, जब मेरे मामा लौटे, तो पल भर के लिए वे मुझे उद्धारक जैसे लगे।

"कैसा रहा तुम्हारा पहला दिन? कोई परेशानी?" उन्होंने पूछा। सवाल पूछते हुए वे सीधे एकाउण्ट लैजर चैक करने बढ़ गए।

"नहीं," मैंने थके हुए स्वर में कहा। "लेकिन दोपहर के थोड़ी देर बाद एक व्यक्ति आया था। ऐसा लग रहा था, जैसे वह डैण्डेलियन हो। उसके सिर पर बस किनारे-किनारे थोड़े बाल बचे थे और बीच का हिस्सा सफ़ाचट था। वह बहुत बातें करता रहा।"

"ओह, वह साबू है। वह पिछले बीस सालों से यहाँ नियमित आ रहा है।"

मैं अनायास हँस पड़ी। साबू नाम उस पर एकदम ठीक फ़िट बैठता था।

"वह शख़्स, क्या कहूँ, वह जापानी साहित्य के महान लेखकों को सचमुच दिल की गहराई से प्यार करता है। लेकिन वह बहुत बातूनी है। मैं भी कभी-कभी फँस जाता हूँ। लेकिन अगर तुम उसे थोड़ी-सी चाय दे दो, और बीच-बीच में सिर हिलाती रहो और 'हाँ-हूँ' कहती रहो, तो वह घर चला जाता है।"

वाह, मैंने सोचा। सर्विस इण्डस्ट्री में भी बहुत-सी बारीकियाँ हैं। अब तो नियमित ग्राहक जैसी चीज़ भी दुर्लभ लगती है।

"वैसे, मामा..." मैंने उस दिन के सबसे बड़े सवाल को याद करते हुए कहा।

"क्या?"

"दुकान ठीक चल रही है? बहुत ज़्यादा ग्राहक दिखाई नहीं देते। और जो लोग पुस्तकें ख़रीदते भी हैं, वे सस्ती पुस्तकें ख़रीदते हैं..."

मामा हँस पड़े, वे ख़ुश दिखाई दे रहे थे।

"यह सही है। इन दिनों पुरानी पुस्तकें बहुत नहीं बिकतीं। पहले, जब मेरे पिता जवान थे, तब पुरानी पुस्तकों का कारोबार ग़ज़ब का चलता था। लेकिन अब हालात बदल गए हैं। मेरा मतलब है, प्रकाशन उद्योग वैसा नहीं था जैसा वह आज है, और तब कोई टेलिविज़न भी नहीं था। लेकिन हमने छह साल पहले ऑनलाइन बेचना शुरू कर दिया था। कभी-कभी कोई ऐसी पुस्तक भी बिक जाती है, जिसकी बहुत माँग होती है और जो काफ़ी महँगे में जाती है। हम किसी तरह काम चला रहे हैं। और फिर हमारे पास साबू की तरह अच्छी मात्रा में नियमित ग्राहक हैं, जो मेरे पिता के ज़माने से हमारे पास आ रहे हैं। तकाको, तुम पुरानी पुस्तकों की दुकानों पर नहीं जातीं?"

"मैं कभी-कभी बुकऑफ़ जाती हूँ। वहाँ मैं कॉमिक्स पढ़ सकती हूँ।"

"आजकल तो बस ऐसी ही बड़ी-बड़ी चेन का ज़माना है। लेकिन ऐसी जगहों पर तुम्हें दशकों पुराने लेखकों की पुस्तकें कभी नहीं मिलेंगी। उनकी माँग ही नहीं है। तब भी, इस दुनिया में ऐसे बहुत-से लोग हैं, जो पुरानी पुस्तकें पसन्द करते हैं। यहाँ तक कि तुम्हारी उम्र की भी कुछ लड़कियाँ हैं। उस तरह के लोगों के लिए यह जगह जन्नत जैसी है। और मैं ख़ुद भी उन्हीं लोगों में से एक हूँ।"

"हाँ, मुझे याद है, तुम्हारा कमरा पुस्तकों से भरा रहता था। यह दुकान आपने कब से सँभालना शुरू की थी?"

"मेरे पिता की मृत्यु के तुरन्त बाद। इस तरह लगभग दस साल हुए? लेकिन यहाँ के अन्य दुकानदारों के मुक़ाबले मैं बच्चा हूँ। वे सब अपनी दुकानें तीस-चालीस साल से चला रहे हैं।"

"वाह! कमाल है। यह तो समझ से परे है।"

"तकाको, तुम्हें भी कुछ पुस्तकें पढ़ने की कोशिश करनी चाहिए। तुम यहाँ की कोई भी पुस्तक पढ़ सकती हो," उन्होंने मुस्कराते हुए कहा।

मैं बस, मुस्करा दी।

3

उस दिन के बाद फिर मैं देर तक नहीं सोई, और मैंने किसी तरह यह समझ लिया कि दुकान में क्या करना है। सौभाग्य से, दोपहर के पहले तक काम ज़्यादा नहीं रहता था। मैं काउण्टर के पीछे अपने में खोई-सी बैठी रहती। एक बार ठीक-से सब कुछ जम जाने के बाद मेरी दिनचर्या में ज़्यादा परिवर्तन नहीं आया। सुबह सबसे पहला काम मैं यह करती कि दुकान खोलती, और वहाँ तब तक बनी रहती, जब तक कि मेरे मामा आकर मुझे छुट्टी नहीं दे देते। फिर मैं ऊपर जाकर अपने बिस्तर में घुस जाती और सो जाती।

मेरे कमरे में सिर्फ़ नितान्त ज़रूरत की चीज़ें ही थीं। पक्के तौर पर किसी और को वह ज़िन्दगी ही ना लगती, लेकिन मेरे लिए वह ठीक लगती थी। सच तो यह है कि मेरी दिमाग़ी हालत कुछ ऐसी थी कि मैं इस दुनिया की चीज़ों को पीछे छोड़ने को तैयार थी।

मेरे मामा सातोरू दोपहर बाद प्रकट होते। वे ऐसे ढीले-ढाले कपड़े पहने होते थे, जिन्हें किसी आम कम्पनी में पहनने की कभी इजाज़त ना दी जाती। वे आते साथ ही सबसे पहले एकाउण्ट रजिस्टर चैक करते, और फिर ऑनलाइन ऑर्डर देखते और फिर किसी-न-किसी काम की बात करने के लिए फ़ोन से चिपक जाते।

मैं सुनती कि वह लाइन के दूसरी तरफ़ मौजूद व्यक्ति से शिकायत कर रहे हैं, “ना, सवाल ही नहीं उठता” या “क्या यह काफ़ी सख़्त नहीं है?” या “अगर हम इस बार ना निकल पाए तो...” वे शायद कारोबार की मौजूदा हालत को लेकर शिकायत कर रहे होते थे, लेकिन अपने लहज़े से वे हमेशा ख़ुश लगते थे।

जिस बात की मैंने बिलकुल भी अपेक्षा नहीं की थी, वह यह थी कि पुरानी पुस्तकों के कारोबार का कितना बड़ा नेटवर्क है। मामा के मुताबिक़, नया स्टॉक लाने और दुकान में कभी पुस्तकों के ख़त्म ना होने को सुनिश्चित करने के लिए पुस्तक विक्रेताओं का यह नेटवर्क और आपसी रिश्ते बहुत महत्त्व रखते थे। मोरीसाकी बुकशॉप जैसी विशिष्टता वाली दुकान सिर्फ़ उन्हीं पुस्तकों पर निर्भर नहीं रह सकती थी, जिन्हें ग्राहक बेचने के लिए लाते थे। बुकस्टोर यूनियन द्वारा आयोजित समय-समय पर होने वाली नीलामियाँ, नई-पुरानी पुस्तकें जुटाने के लिए अत्यन्त ज़रूरी थीं।

"भले ही हम इसे स्वाधीन कारोबार मानते हों, लेकिन इस धन्धे में लोगों के साथ आपकी जान-पहचान और रिश्ते बहुत अहमियत रखते हैं। मैं समझता हूँ कि यह बात सामान्य तौर पर दुनिया के बारे में भी सही है," वे कहते थे और ऐसा कहते हुए ख़ुद से किंचित ख़ुश नज़र आते थे।

लेकिन, मेरे सामने इस बात का ऐलान करने वाले व्यक्ति और मेरे नाना के समय से चली आ रही पुरानी पुस्तकों के दुकानदार की जो छवि मेरे दिमाग़ में थी, उसके बीच अच्छी ख़ासी दूरी थी। मेरे नाना ज़िद्दी और अड़ियल इन्सान थे। वे बहुत कम बोलते थे। परिवार के लोगों के बीच मेल-मुलाक़ातों के दौरान वे हमेशा बैठक के बीच गम्भीर मुद्रा में बैठे रहते और सारे रिश्तेदार उनके चारों ओर बैठे रहते। बचपन में, मैं उनसे मन-ही-मन डरती थी, जिस पर मेरी नानी हमेशा हँसती और कहती थीं, "वे एक बूढ़े पुरानी पुस्तकों के विक्रेता हैं। और उनका स्वभाव ही ऐसा है।"

लेकिन उनकी तुलना में, मेरे मामा किसी जैलीफ़िश की भाँति लचीले और अनिर्णयात्मक थे। मैंने पहले कभी उनके साथ बहुत ज़्यादा समय नहीं बिताया था, लेकिन अब मैंने उनके साथ जितना ही ज़्यादा समय बिताया, उतनी ही मुझे यह देखकर हैरानी होती रही कि वे कितने कमज़ोर स्वभाव के हैं। कभी-कभी तो मुझे यह पागल-सा ख़याल आता था कि मेरी मामी मोमोको इसी चीज़ से तंग आकर उन्हें छोड़कर भाग गई होंगी। और तब भी, इस सबके बावजूद, दुकान के नियमित ग्राहक गप लड़ाने के लिए आते रहे।

•

काम के अलावा हम दोनों के बीच ज़्यादातर बातचीत नहीं हुई, लेकिन लगभग एक सप्ताह बीत जाने के बाद मेरे मामा से नहीं रहा गया। "तकाको," अपने चेहरे पर विस्मय का भाव लिए हुए उन्होंने कहा, "तुम सिर्फ़ सोती रहती हो। तुम एकदम सोतली राक्षस हो।"

"शायद मैं किसी नींद वाले दौर से गुज़र रही हूँ," मैंने ठण्डे स्वर में जवाब दिया। मामा मेरी ज़िन्दगी में हस्तक्षेप करने को बेताब थे, लेकिन मैंने ठान रखा था कि मैं उन्हें मेरी चुप्पी तोड़ने की गुंजाइश नहीं दूँगी।

"पच्चीस साल की उम्र में?"

"बिलकुल। जैसाकि कहा जाता है, 'सोता हुआ बच्चा बढ़ता हुआ बच्चा होता है।"

"लेकिन तुम्हारे पास बहुत ज़्यादा वक़्त होता है। तुम कभी चहलक़दमी के लिए निकल जाने की कोशिश क्यों नहीं करतीं? यहाँ कई सारी दिलचस्प जगहें हैं। सुनो, मैं तब से यहाँ आता रहा हूँ, जब मैं बच्चा था और कभी इस जगह से ऊबा नहीं हूँ।"

"मैं ठीक हूँ। मुझे सोना ही बेहतर लगता है।"

मैं जानती थी कि मामा ने अपनी बात पूरी नहीं की है, लेकिन मैंने बातचीत पर पूर्ण विराम लगा दिया। इसके बाद उन्होंने चाहे जो कुछ भी कहा, मैंने कोई जवाब नहीं दिया। मैं पत्थर की तरह ख़ामोश बनी रही। अन्दर-ही-अन्दर मैं खीजी हुई थी।

निश्चय ही मेरे मामा ने मेरी माँ से सब कुछ सुन रखा होगा, इसलिए वे कमोबेश जानते थे कि मैं ज़िन्दगी के किस दौर से गुज़र रही हूँ। और तब भी, इसके बावजूद वे इतनी बेफ़िक्री से बातें छेड़ते रहे, जैसे कुछ हुआ ही ना हो। इस बात ने मुझे नाराज़ कर रखा था।

यहाँ तक कि हमारे नियमित ग्राहक साबू भी मेरी ज़िन्दगी के बारे में सब कुछ जानते लगते थे। वे एक दिन आए और बोले, "ओह, क्या यही नहीं है सोतली राक्षस, तकाको।"

"यह आपसे किसने कहा?" मैंने नाराज़गी ज़ाहिर करते हुए कहा। लेकिन ज़ाहिर है, ये बात सिर्फ़ मेरे मामा ने ही कही होगी, उस व्यक्ति ने जिससे मैं असल में नाराज़ थी।

"ये कि तुम नियमित रूप से पन्द्रह घण्टे सोती हो और तब भी उनींदी बनी रहती हो?"

"मैं पन्द्रह घण्टे नहीं सोती। ज़्यादा-से-ज़्यादा तेरह घण्टे।"

जब मैंने उनकी बात सुधारी, तो साबू ने विस्मय से अपना सिर हिलाया।

"जब मैं पच्चीस के आसपास की उम्र का था, तब इतना वक़्त नींद के लिए कहाँ मिलता था। मैं हमेशा पढ़ता रहता था।"

"मैं तो जब सोने का फ़ैसला करती हूँ, सोती हूँ।"

"तुम ज़िद्दी हो, अपने मामा की ही तरह।"

"ये बेहूदी बात है। आप मेरी तुलना उस मूर्ख से कैसे कर सकते हैं?"

"तुममें भी उसी की तरह का अजीब-सा सेन्स ऑफ़ ह्यूमर है," साबू ने हँसते हुए कहा।

"मैं उन जैसी बिलकुल नहीं हूँ। मेहरबानी कर मुझे उनसे मत मिलाइए।"

"नहीं, नहीं। उसे कम करके मत आँको," साबू ने अचानक गम्भीर होते हुए कहा।

"वह आदमी चाहे कितना ही बेवक़ूफ़ क्यों ना लगे, लेकिन इस दुकान का असली उद्धारक वही है।"

"उद्धारक?" मैंने आँखें फैलाते हुए कहा।

"बिलकुल। कभी उससे पूछ के देखना," साबू ने मुझे जानकार-सी नज़र से देखते हुए कहा। फिर हल्का-सा रौब जमाने के लिए उसने कहा, "अलविदा," हाथ हिलाकर गुडबाय का संकेत किया और चला गया।

किसे परवाह है, मैंने सोचा। मेरी इसमें रत्ती भर दिलचस्पी नहीं है कि मेरे मामा ख़ुद को उद्धारक समझते हैं या नहीं। मैं तो बस इतना चाहती हूँ कि कब ऊपर जाकर अपने बिस्तर में धुसकर सो जाऊँ।

फिर भी, मुझे हैरानी होती थी कि मैं कितनी उनींदी थी। मैंने साबू से कहा था कि मैं एक दिन में तेरह घण्टे सोती हूँ, लेकिन एक दिन जब दुकान बन्द थी, मैं पूरे दिन सोती रही थी। मैं सोती रही, सोती रही और कामना करती रही कि मैं हमेशा सोती रहूँ। अपने सपनों में मुझे उन भयानक बातों के बारे में नहीं सोचना पड़ता था। मेरे सपने मधुर, मीठे शहद जैसे थे। और मैं मधुमक्खी की तरह थी, जो और ज़्यादा शहद की तलाश में उड़ती रहती थी।

इसके विपरीत, जिस दौरान मैं जागी होती थी, उस दौरान कुछ भी अच्छा नहीं होता था। बावजूद इसके कि मैं उससे नफ़रत करती थी, मैं लगातार हिदेआकी के बारे में सोचती रहती थी। उसके हँसने का ढंग। जिस तरह वह मेरे बालों को छूता था। मुझे उसकी हर चीज़ अच्छी लगती थी : उसका थोड़ा-सा आत्मकेन्द्रित होना, उसका बेसुरा होने का कॉम्प्लैक्स, उसका ज़रा-सी बात पर रो देना। मैं जानती थी कि मैं बेवक़ूफ़ी कर रही हूँ, लेकिन जब वह और मैं साथ होते थे, तो मैं सचमुच सुखी होती थी, और वे यादें मेरे मस्तिष्क की कोशिकाओं में इतनी गहरी उकेरी हुई थीं कि उन्हें मिटाना असम्भव था।

कभी-कभी मैं कल्पना करती कि उसने आख़िरी बार जो शब्द कहे थे वे सब झूठ थे। वह तो बस मुझे चिढ़ा रहा था। "यह सब झूठ है," वह मुझसे कहता। वह तो मुझसे थोड़ा-सा मज़ाक़ करना चाहता था। निश्चय ही, यह सच नहीं था। अगर यह सच होता, तो मैं यहाँ ना होती।

इसलिए उसे अपने दिमाग़ से झटकने, और जो हुआ था उसकी स्मृति को रोकने के लिए मैं सोती चली जाती थी, शायद ज़िद की वजह से, या शायद किसी और वजह से।

समय इतना तेज़ी-से बीता कि मैं उसे कभी पकड़ नहीं पाई।

4

"तकाको, तुम अभी भी जाग रही हो?"

गर्मियों के अन्त की एक रात में मेरे मामा ने स्लाइडिंग दरवाज़े के उस पार से आवाज़ दी। जब मैंने घड़ी की ओर देखा, तो पाया कि आठ बज रहे थे। यह दुकान बन्द होने का समय था।

"मैं सो रही हूँ," मैंने कम्बल में ढँके-ढँके कहा।

"अरे, जो लोग सच में सोए होते हैं, वे इस तरह जवाब नहीं दे सकते।"

"लेकिन मैं सो रही हूँ। क्योंकि मैं - आप मुझे क्या कहते हो? - एक सोतली राक्षस हूँ।"

मुझे दरवाज़े के उस तरफ़ से उनकी हँसी सुनाई दी।

"तुम नाराज़ हो? मैंने साबू से बात की थी।"

"मैं नाराज़ हूँ। आपने मुझे राक्षस कहा था।"

"अरे, मैं तो तुम्हें लेकर चिन्तित था, इसलिए मैंने उससे बात की थी। वह भी तुम्हें लेकर चिन्तित है। चलो, बाहर नहीं चलना चाहती? मैं तुम्हें एक जगह ले जाना चाहता हूँ। क्या ख़याल है?"

"मैं ठीक हूँ," मैंने स्लाइडिंग दरवाज़े की ओर मुँह फेरकर कहा।

लेकिन मामा ज़ोर देते रहे। "विश्वास करो, तुम्हें पछतावा नहीं होगा। और मैं वादा करता हूँ कि इसके बाद तुम्हारी नींद में कभी दख़ल नहीं डालूँगा।"

"सच?" मैंने सतर्क भाव से पूछा।

"पक्का वादा। अगर झूठ निकले तो तुम मुझे तीन सौ बार पीटना।"

"वादा रहा।" जब मैंने दरवाज़े की हल्की-सी दरार से झाँककर उन्हें देखा, तो पाया कि वे मुस्कराते हुए सिर हिला रहे थे।

"हाँ, वादा रहा।"

जिस जगह पर वे मुझे ले जाना चाहते थे, वह जगह मोरीसाकी बुकशॉप से कुछ ही क़दम की दूरी पर थी। "ये लो, हम आ गए!" वे एक तंग-सी गली में बनी एक दुकान के सामने रुक गए।

वह एक पुरानी लकड़ी की बनी कॉफ़ी शॉप थी, जिसकी ओर कभी शायद मेरा ध्यान भी नहीं गया था। अन्दर एक सजीला, मूँछों वाला अधेड़ व्यक्ति बैठा था, जो उस दुकान का मालिक लगता था।

कॉफ़ी शॉप का नाम, साव्यूर, ऊपर लगी नेमप्लेट पर हल्की रोशनी में चमक रहा था, जैसे वह अँधेरे धुँधलके के बीच तैर रहा हो।

"यह है मेरी जगह," उन्होंने कहा। जैसे ही मामा ने दुकान का भारी दरवाज़ा धक्का देकर खोला, कॉफ़ी की तेज़ ख़ुशबू महक उठी।

हमारे अन्दर पहुँचने पर, काउण्टर पर रखे एक ख़ास सिफ़ॉन में उबलता पानी डाल रहे आदमी ने मुस्कराकर हमारा स्वागत किया।

"देखो, यह मेरी भांजी तकाको है," मामा ने मेरा परिचय दिया।

मैं छोटे-से काउण्टर पर मामा की बगल में रखे स्टूल पर बैठ गई और हल्का-सा झुककर अभिवादन किया।

अगर उसकी मूँछें ना भी होतीं, तब भी दुकान मालिक का दुबला, नफ़ीस चेहरा उतना ही गरिमामय लगता। उसकी उम्र शायद पैंतालीस-पचास के बीच होगी। मैंने सोचा, काश! मेरे मामा जो कितनी ही उम्र के हो जाने पर बच्चे जैसे ही लगते थे, ज़रा इनसे सीख लेते।

"मेरे लिए एक ब्लेण्ड," मामा ने कहा। "और तुम्हारे लिए तकाको?"

"आँ, मेरे लिए भी वही।"

मैंने गर्दन धुमाकर इधर-उधर नज़र दौड़ाई। मुझे वहाँ बहुत शान्ति महसूस हो रही थी। कमरा हल्की लालटेनों से रोशन था। पियानो पर धीमे-धीमे धुनें बज रही थीं। काली ईंटों की दीवार पर पुराने ग्राहकों की ढेरों लिखावटें और चित्र उकेरे हुए थे। सब कुछ मिलकर कॉफ़ी शॉप के ऊष्म और सुकून भरे वातावरण की संगति में था। यहाँ कितना अच्छा है, मैंने सोचा।

लम्बे अरसे बाद पहली बार मैंने अपने भीतर आनन्द का अनुभव किया। थोड़ा बेहतर महसूस हुआ, थकान थोड़ी कम हुई।

"यह जगह पचास साल पुरानी है," मामा ने बताया। "पुराने दिनों में यहाँ कई मशहूर लोग आया करते थे।"

"वाह, यक़ीनन ऐसा माहौल बनाना आसान नहीं रहा होगा," मैंने सहमति में सिर हिलाते हुए कहा। "कितनी शान्ति है यहाँ।"

लगभग पाँच मिनट बाद, वेटर हमारी कॉफ़ी ले आई।

"गुड ईवनिंग, मिस्टर मोरीसाकी।"

"अरे, तोमो, ये मेरी भांजी है, तकाको।"

"तुम से मिलकर अच्छा लगा," मैंने सिर झुकाकर कहा।

तोमो ने मुस्कराकर "हैलो" कहा।

"तोमो हमारी नियमित ग्राहक है," मेरे मामा ने कहा। "यह सच्ची पाठक है।"

"ओह, ऐसी कुछ ख़ास नहीं," उसने शर्मीले ढंग से मुस्कराते हुए कहा। वह क़रीब-क़रीब मेरी उम्र की थी, या शायद कुछ छोटी रही होगी। गोरा रंग, भरे-भरे गोल गाल। उसके बोलने का ढंग बहुत विनम्र था। और अपने काले एप्रन में वह बहुत प्यारी लग रही थी। मुझे पल भर को लगा, शायद हम दोस्त बन सकते हैं। मेरा मन ख़ुश हो उठा।

"ऐसी क्या बात है, तकाको? तुम्हें लड़कियाँ ही पसन्द हैं क्या? यहाँ नौजवान लड़के भी हैं।" मामा ने काउण्टर के दूसरे सिरे की ओर हाथ हिलाया। "अरे, ताकानो!"

तुरन्त ही रसोई के पर्दे के पीछे से एक नौजवान ने सिर बाहर निकाला।

"ताकानो! कभी मेरी भांजी को डेट पर ले जाओ ना।"

"ए!" मैंने चिल्लाकर मामा के हाथ पर हाथ मारा।

ताकानो काफ़ी शर्मीला लगा। इतनी-सी बात सुनते ही उसका चेहरा लाल हो गया।

"ताकानो यहाँ ट्रेनिंग ले रहा है ताकि एक दिन वह अपना ख़ुद का कैफ़े खोल सके। लेकिन वह हर बार कुछ-न-कुछ गड़बड़ कर देता है, इसलिए मालिक उसे लगातार डाँटता रहता है।" डाँट खाने वाली बात कहते हुए मामा काफ़ी ख़ुश लग रहे थे।

"उसे बदनाम मत करिए," मालिक ने टोका।

मुझे ताकानो के लिए बुरा लग रहा था, लेकिन वह अपने पैरों पर कुछ इस तरह डगमगाता-सा लग रहा था कि हल्का-सा धक्का मारो तो गिर जाए। उसने अनजाने में ख़ुद ही मामा की बात की पुष्टि कर दी।

इसके बाद भी मामा का मूड अच्छा बना रहा। पास बैठी एक अधेड़ औरत ने पुकारा, "अरे ओ, सातोरू!"

"ओह, मिसेज़ शिम्बामोटो!" उन्होंने कहा, और अपनी पूँछ हिलाते हुए उसके पास चले गए। तभी किसी दूसरी मेज़ से किसी ने उनका नाम पुकारा और वे फ़ौरन वहाँ भी जा पहुँचे।

बुकशॉप में, मेरे मामा किसी तरह क़ाबू में रहते थे, लेकिन बाहर क़दम रखते ही वे पूरी तरह बदल गए थे। मैंने आह भरी, जैसे किसी कुत्ते की मालकिन को उसका ही पालतू जानवर घसीटता लिए जा रहा हो।

"सातोरू यहाँ बहुत लोकप्रिय है," कैफ़े के मालिक ने हल्का-सा मुस्कराते हुए कहा। वह मुस्कराया तो उसकी आँखों के कोरों की झुर्रियाँ उसे और भी नेक शक्ल दे रही थीं।

"और कुछ नहीं तो वे बहुत मिलनसार तो हैं ही," मैंने व्यंग्यात्मक लहज़े में कहा। "लेकिन यह सचमुच पहली बार है, जब मैंने इतनी अच्छी कॉफ़ी पी है। और मुझे यहाँ का माहौल बहुत अच्छा लगा। यह वाक़ई अद्भुत है।"

कैफ़े का मालिक धीरे-से हँस दिया। "थैंक यू वेरी मच। जब नौजवान लोग यहाँ पहली बार आते हैं, तो वे इसे ताज़गी भरी नज़रों से देखते हैं। यह मेरे लिए बहुत बड़ी बात होती है। तुम तकाको हो, ना? क्या तुम इस इलाक़े में नई आई हो?"

"हाँ, यहाँ पहली बार आई हूँ। मैंने अभी हाल ही में अपने मामा की दुकान में रहना शुरू किया है।"

"मोरीसाकी बुकशॉप में? वह कमाल की जगह है। उम्मीद है, तुम्हें जिम्बोचो में रहने में आनन्द आएगा।"

मैंने मुँह बिचकाया और हल्की-सी कराही।

"क्यों, क्या हुआ?" उसने पूछा।

"मेरे मामा भी यही कहते हैं।"

"वे तो ठीक ही कहते हैं। इस इलाक़े को जितना तुम्हारे मामा पसन्द करते हैं, उतना कोई दूसरा नहीं करता।"

मैं फिर-से कराही। "शायद मैं समझ नहीं पा रही। लेकिन जब मैंने यह कहा कि आपका कैफ़े शानदार है, तब मैं झूठ नहीं बोल रही थी। मैं ज़रूर यहाँ फिर से आना चाहूँगी।"

"कभी भी," उसने कहा और मैं मुस्करा दी।

हम काफ़ी देर तक कैफ़े में रुके। जब लौटे तो काफ़ी देर हो चुकी थी। मैं और मेरे मामा उस इलाक़े में यूँ ही धीरे-धीरे टहलने लगे। रात की ठण्डी-सी हवा मेरे चेहरे से टकरा रही थी। ऐसा लग रहा था, जैसे शरद ऋतु आ चुकी हो।

मेरे मामा ने इस बीच जो एक बियर पी ली थी, वे उसी से नशे में लग रहे थे। वे मुझसे आगे, डगमगाते हुए चल रहे थे और धीरे-धीरे बड़बड़ा रहे थे, "क्या ही प्यारी रात है।"

तब मुझे अहसास हुआ कि अपने बचपन के बाद यह पहली बार था, जब हम साथ-साथ चहलक़दमी कर रहे थे। उन पुराने दिनों में हम अपने नाना के घर के आसपास दिन-दिन भर टहलते रहते थे - हाथ में हाथ डाले, कुछ ऐसा बहाना करते हुए जैसे हम किसी चीज़ की खोज कर रहे हों। पता नहीं, वह इतना अच्छा क्यों लगा करता था। मैं हमेशा खिलखिलाती रहती थी।

उन दिनों में मेरे मामा मुझे मेरे प्यारे बड़े भाई जैसे लगते थे। मेरा ख़याल है, मामा जैसे किसी व्यक्ति के साथ समय बिताना बहुत रोमांचक था, ख़ास कर मेरे जैसी बच्ची के लिए जो हमेशा अपने ही ख़यालों में डूबी रहती थी।

जैसे ही मेरा ध्यान उन दिनों की ओर गया, यादें एकदम ताज़ा हो आईं... उनके बेतरतीब छोटे-से कमरे में हम दोनों, उनका गिटार पर भयानक ढंग से बीटल्स के गाने बजाना और फिर हम दोनों का साथ मिलकर गाना... या फिर घण्टों तक ओसामू तेज़ुका और शोतारो इशिनीमोरी के कॉमिक्स पढ़ते हुए उनमें डूबे रहना।

मामा के पीछे-पीछे चलते हुए, ये यादें मेरे भीतर उनके प्रति वही पुराना अपनापन जगा रही थीं।

"सातोरू मामा," मैंने उन्हें पुकारा, उनकी पीठ मेरी ओर थी।

"हाँ?" मेरे मामा मेरी ओर मुड़कर अपनी उन लड़कों जैसी नज़रों से मेरी ओर देखने लगे।

"जब आप मेरी उमर के थे, तब आप क्या करते थे?"

"मेरा ख़याल है, मैं सारे समय पढ़ता रहता था।"

"बस?" मुझे थोड़ी-सी निराशा हुई। "ये तो आज के समय से बहुत अलग नहीं लगता।"

"उसके अलावा, यात्राएँ।"

"यात्राएँ?"

"हाँ, मैं यहाँ जापान में थोड़ा-बहुत काम करता, कुछ पैसे बचाता, उस तरह की चीज़। उसके बाद बैकपैक लेकर निकल पड़ता। मैं तमाम तरह की जगहों पर गया - थाइलैण्ड, लाओस, वियतनाम, हिन्दुस्तान, नेपाल। यहाँ तक कि मैं यूरोप भी घूम आया।"

यह सुनकर मैं दंग रह गई कि मेरे मामा इस क़दर एडवेंचर करने वाले भी रहे हैं।

"आप यह सब क्यों करते थे? आप कोई नियमित काम करने के बारे में नहीं सोचते थे?"

"अम्..." उन्होंने अपने हाथ बाँधे और धीरे-धीरे बोलने लगे, मानो वे अपनी ज़िन्दगी के उस दौर के बारे में सोच रहे हों। "सीधी-सी बात यह है कि मैं अपनी आँखों से सारी दुनिया देखना चाहता था। तमाम तरह की

सम्भावनाओं को टटोलना चाहता था। तुम्हारा जीवन तुम्हारा अपना है। वह किसी और का नहीं है। मैं जानना चाहता था कि अपनी तरह से जीना क्या होता है।"

मैं सिर हिला रही थी, लेकिन ज़िन्दगी की सम्भावनाएँ तलाशने के लिए जापान से भागना और फिर अन्ततः पुस्तकों की एक दुकान चलाने लगना - यह सब मुझे अन्दर ही अन्दर विरोधाभासपूर्ण लग रहा था।

तब भी, उनकी बातें सुनते हुए मुझे यह अहसास हुआ कि बचपन से उनकी जो छवि मैंने अपने मन में बना रखी थी, वे उस छवि से कितने भिन्न थे। आज जब मैं एक वयस्क हूँ, मुझे लगता है कि मैं कुछ-कुछ समझ सकती हूँ कि वे उस समय कैसा महसूस करते होंगे। कॉलेज में, मैं एक ऐसी ज़िन्दगी जीने के बारे में सपना देखा करती थी, जो मेरे अपने मूल्यों, चीज़ों के बारे में मेरे अपने दृष्टिकोण के अनुरूप हो। बेशक, जब वास्तविक दुनिया में उस पर अमल करने का वक़्त आया, तो मैंने पाया कि मुझमें साहस ही नहीं था।

शायद यही इस बात का रहस्य था कि वे इतने अनियन्त्रित और आज़ाद हो पाए।

मुझे उनसे थोड़ी-सी ईर्ष्या हुई।

"ख़ैर, मेरा ख़याल है, मैंने अपनी उम्र का बीसवाँ दशक इसी तरह यहाँ-वहाँ भटकते हुए गुज़ारा। मेरे पिता मुझसे हमेशा नाराज़ रहा करते थे। और फिर एक दिन इस सब के बीच, उनकी मृत्यु हो गई। और मैं यह दुकान सँभालने पर विवश हो गया।

"क्या आपको इस बात का पछतावा है?"

"क़तई नहीं," उन्होंने मुस्कराते हुए कहा। इससे अच्छा और कोई रोज़गार मेरे लिए हो ही नहीं सकता। जो आदमी पुस्तकों से प्रेम करता हो, उसके लिए इससे ज़्यादा अद्भुत जगह और कोई नहीं हो सकती। मुझे गर्व है कि मेरे पास यहाँ एक दुकान है। वास्तव में, मैं बता नहीं सकता कि इसके लिए मैं अपने पिता और दादा का कितना आभारी हूँ।

"यह तो बहुत ही अच्छा है।"

"क्या?" मामा ने हैरानी से मेरी ओर देखा।

"यही कि जो आप चाहते थे, वही कर पा रहे हो, और उससे अपनी आजीविका कमा रहे हो।"

"यह वास्तव में सही नहीं है। शुरू में तो मैंने बहुत विरोध किया। मेरा मतलब है, अपने पिता की दुकान सँभालने लगना ठीक वह चीज़ नहीं थी, जिसका मैं अपनी जवानी में ख़्वाब देखा करता था। यहाँ तक कि आज भी मेरा मन कई बार डगमगा जाता है। लेकिन, पता नहीं, शायद इस बात का पता लगाने में काफ़ी समय लग जाता है कि आपको वास्तव में किस चीज़ की तलाश है। हो सकता है, पूरी ज़िन्दगी यह पता लगाने में ही बीत जाए और अन्त में हमें उसका एक छोटा-सा हिस्सा ही हाथ लगे।"

"पता नहीं। मुझे तो लगता है, मैं तो बस अब तक अपना वक़्त बरबाद करती रही हूँ, कुछ ना करते हुए।"

"मैं ऐसा नहीं सोचता। कभी-कभी स्थिर होकर खड़े होना महत्त्वपूर्ण होता है। इसे इस तरह सोचो जैसे लम्बे सफ़र में थोड़ा-सा विश्राम। यह तुम्हारा बन्दरगाह है। और तुम्हारी नाव यहाँ कुछ देर के लिए लंगर डालकर ठहर रही है। और जब तुम अच्छी तरह आराम कर लोगी, तो फिर से अपने सफ़र पर निकल सकोगी।"

"आप अभी तो ऐसा कह रहे हो, लेकिन जब मैं सोती हूँ, तो आप उसको लेकर शिकायत करते हो," मैंने चिढ़ते हुए कहा।

वे हँस पड़े। "इन्सान विरोधाभासों से भरे होते हैं।"

मुझे अहसास ही नहीं था और मैं मुँह फुलाए बैठी थी। ख़ासकर यह आदमी, मैंने सोचा।

"तो जब आप सफ़र कर रहे होते थे और वे सारी पुस्तकें पढ़ रहे होते थे, तब आपने काफ़ी कुछ सीखा होगा, है ना?"

"विचित्र बात है। चाहे जहाँ भी जाओ, चाहे कितनी ही पुस्तकें पढ़ लो, तुम तब भी कुछ नहीं जानते, तुमने कुछ नहीं देखा होता। और यही जीवन है। हम अपना रास्ता तलाशने के लिए जिए जाते हैं। यह सान्तोका तानेदा की उस कविता की तरह है, जिसमें कहा गया है कि 'चलते ही चले जाना, अन्दर ही अन्दर, और फिर भी सामने वही हरी-नीली पहाड़ियाँ'।"

"मामा?" मैंने सोचा, शायद यही मौक़ा है उस सवाल को पूछने का जो अब तक मेरे भीतर दबा हुआ था।

"हाँ?"

"मोमोको मामी क्यों चली गईं?"

"हम्म्... हम दानों का नज़रिया एक-जैसा था। यही चीज़ हमें एक-दूसरे के क़रीब लाई, और शायद इसी ने हमें अलग भी कर दिया। हम यात्रा के बीच में कहीं मिले थे और हमें प्यार हो गया था। लेकिन इसका यह मतलब नहीं कि हम हमेशा साथ-साथ यात्रा करते रहते। हर किसी को किसी-न-किसी वक़्त अपनी सुरक्षित शरण ढूँढ़नी होती है। मैं हमेशा सोचता था कि हम आख़िर तक साथ चलते रहेंगे। लेकिन, दुर्भाग्य से, ऐसा नहीं हो पाया।"

"वह कैसा अहसास था... जब वह हुआ था? क्या आप दुखी थे?"

उन्होंने सिर उठाकर आकाश को ढँकते घने बादलों की ओर देखा। "बिलकुल, दुख तो हुआ, लेकिन..."

"लेकिन?"

"लेकिन, वह जहाँ कहीं भी हो और जो भी कुछ कर रही हो, मैं चाहता हूँ कि वह सुखी रहे।"

"तब भी..." मैं समझ नहीं पा रही थी कि वे ऐसा कैसे महसूस कर सकते थे। "क्या वे आपको छोड़कर नहीं चली गई थीं?"

"तब भी मोमोको मेरी ज़िन्दगी की वह अकेली स्त्री है, जिससे मैंने सच्चा प्यार किया था। यह सच्चाई कभी नहीं बदल सकती। और उसके साथ के दिनों की जो यादें हैं, वे अभी भी मेरे दिल में बसी हैं। इसलिए उस अर्थ में, मैं अभी भी उसको प्यार करता हूँ।"

मैं पूछना चाहती थी कि क्यों, लेकिन पीछे से वे इतने उदास दिखाई दे रहे थे, स्ट्रीट लाइट के नीचे इतने छोटे-से लग रहे थे, कि मैंने और कुछ न कहने का निश्चय कर लिया।

उस रात, ना जाने क्यों मुझे बिलकुल नींद नहीं आ रही थी। मैं अजीब-से ढंग से अन्दरूनी हलचल महसूस कर रही थी। यहाँ तक कि आधी रात को भी

मैं करवटें बदलती रही। मैं देर तक अपने बिस्तर में बनी संघर्ष करती रही। वे सारे ख़याल तब तक मेरे दिमाग़ में घुमड़ते रहे, जब तक कि मुझे यह नहीं लगने लगा कि मेरा सिर फट जाएगा। वे घुमड़ते रहे, अतीत की, मेरे पुराने जीवन की वे दर्दनाक स्मृतियाँ। उन्होंने मुझ पर क़ब्ज़ा कर लिया।

यह तो भयानक है, मैंने सोचा। मैं अचानक उठकर बैठ गई। मैंने ख़ुद से कहा कि अगर मैंने कुछ नहीं किया तो मेरा दम घुट जाएगा। मेरे मन में टेलिविज़न देखने का ख़याल आया, लेकिन फिर मुझे याद आया कि इसके लिए पहले पुस्तकों के उस ढेर को नए सिरे से जमाना होगा। सुबह के तीन बज रहे थे। बाहर कहीं भी चली जाती, कुछ भी खुला हुआ नहीं था।

अँधेरे में घूरते हुए सहसा मेरे मन में यह ख़याल आया कि काश मेरे पास पढ़ने के लिए कोई पुस्तक होती...कम-से-कम समय तो कट जाता।

तभी मेरे दिमाग़ में कौंधा। अरे, क्या यह पुस्तक भण्डार नहीं है? मैं तो पुस्तकों के समन्दर में डूबी हुई थी। मैं तो उनका असली मक़सद पूरी तरह भूल ही गई थी, क्योंकि अब तक मैं उन्हें कमरे में मौजूद दुश्मन की तरह देखती आई थी।

मैंने बत्ती जलाई और किसी दिलचस्प पुस्तक की तलाश में लग गई। लेकिन मुझे ज़रा भी समझ नहीं आ रहा था कि मैं यह पता लगाती कि कौन-सी पुस्तक दिलचस्प होगी। वे सब बासी पुरानी पुस्तकें लग रही थीं। मुझे यक़ीन था कि अगर उस वक़्त मामा वहाँ होते तो वे निश्चय ही मेरे लिए अपनी पसन्दीदा पुस्तक चुन देते।

आख़िरकार, विवश होकर, मैं आँखें मूँदकर पुस्तकों के पहाड़ जैसे ढेर के सामने खड़ी हो गई। फिर यूँ ही हाथ बढ़ाकर मैंने जो भी पुस्तक छुई, उसे ही खींच लिया। उसका शीर्षक था, *अनटिल दि डैथ ऑफ़ दि गर्ल* (लड़की की मृत्यु तक)। लेखक थे, साइसेई मुरो। उनका नाम मैंने हाई स्कूल में आधुनिक साहित्य की कक्षा में सुना था, लेकिन उनके बारे में, मैं और कुछ नहीं जानती थी।

इस तरह, उस धुँधली-से रोशन कमरे में, जहाँ मेरे तकिए के पास छोटा-सा लैम्प जल रहा था, मैं कम्बल के नीचे दुबककर पुस्तक को पढ़ने

लगी। मुझे उम्मीद थी कि पुस्तक इतनी उबाऊ होगी कि मुझे तुरन्त नींद आ जाएगी। लेकिन हुआ कुछ अजीब ही। एक घण्टे बाद, मैं उसमें पूरी तरह तल्लीन हो गई। बेशक, कुछ हिस्से थे, जिनका लेखन कठिन था, लेकिन पुस्तक का विषय मानव मनोविज्ञान था, जो कि सार्वभौमिक विषय है।

कहानी एक ऐसे आदमी के इर्दगिर्द घूमती है, जो नेज़ू में अपने जीवन को शुरू करने की कोशिश कर रहा है। कनाज़ावा में अपना बचपन बिताने के बाद वह अपने सपने को साकार करने टोक्यो आ जाता है और कवि हो जाता है। वहाँ वह एक स्त्री के साथ रिश्ते में उलझ जाता है, जो कि एक दोस्त की प्रेमिका भी है और उसकी सौतेली बहन भी है। ग़रीबी से जूझते, टोक्यो में जीवन का कोई सहारा ना पाते, उसकी मुलाक़ात उस लड़की से होती है, जिसका ज़िक्र शीर्षक में है। इस लड़की के साथ अपने रिश्ते के सहारे उसके मन के घाव, कुछ समय के लिए ही सही, भरने लगते हैं।

कहानी के मुख्य किरदार की परवरिश कठिन परिस्थितियों में हुई है, और उसने उदासी भरा बचपन झेला है, लेकिन पूरा क़िस्सा शान्त करुणा से ओतप्रोत है।

धीरे-धीरे, मुझे लगा कि कोई चीज़ है, जो मुझे अभिभूत कर रही है, शान्ति की एक ऐसी अनुभूति जिसे शब्दों में बयान नहीं किया जा सकता। अगर बताना ही पड़े तो मैं कहूँगी कि वह सिर्फ़ जीवन के प्रति लेखक के गहरे लगाव से ही आ सकता था।

जब मैंने सिर उठाया तो पाया कि रात ढल रही थी और भोर होने वाली थी। मैं एक-एक पन्ना पलटते हुए पढ़ती रही।

उस दिन जब सातोरू मामा आए, तब मैं उसी उत्साह से भरी हुई थी।

आमतौर पर, मैं उन्हें शायद ही कभी अभिवादन करती थी, लेकिन इस बार जब मैं झटके-से उठ खड़ी हुई, तो वे अचरज से मेरी ओर देखने लगे।

अनटिल दडैथ ऑफ़ द गर्ल मेरे हाथ में थी। मैंने कहा, "यह पुस्तक बहुत अच्छी लगी।"

उन्होंने किस तरह प्रतिक्रिया की? सहसा मेरे मामा का चेहरा चमक उठा - ठीक वैसे ही जैसे किसी बच्चे को जन्मदिन पर कोई अद्भुत उपहार मिल जाए।

"सचमुच तुम्हें पसन्द आई?" मामा इस तरह उत्साहित थे, जैसे यह उनके साथ हुआ हो।

"हाँ, यह कमाल की थी," मैंने कहा। "मैं नहीं जानती कि कैसे बताऊँ। बस, सीधे दिल में उतर गई।" मुझे खीज हुई कि मुझे कोई बेहतर शब्द नहीं सूझे। "दिल में उतर गई" उस पेचीदगी के बयान की शुरुआत नहीं कर सकते थे, जो मेरे भीतर घटित हो रही थी।

"वाह! मेरे लिए तो यह इतनी बड़ी बात है कि मैं ख़ुशी से फूला नहीं समा रहा हूँ। लेकिन सीधे मुरो साईसेई पर कूद जाना, ये तो गहरे पानी में छलाँग लगा देने जैसा है।"

मेरे मामा इस क़दर ख़ुश थे, कि उससे ना जाने क्यों मुझे भी ख़ुशी हुई।

हम कुछ देर पुस्तक के बारे में बात करते रहे। यह बहुत आनन्ददायी था - एक ऐसे व्यक्ति के साथ जुड़ जाना जिसके बारे में, मैं हमेशा सोचती था कि उसके साथ मेरी रुचियों का कोई मेल नहीं है। यह मुझे इसके बावजूद रोमांचक था कि यह जुड़ाव मैं अपने मामा जैसे व्यक्ति के साथ महसूस कर रही थी - नहीं, यह मुझे इसलिए और भी ज़्यादा रोमांचित कर रहा था, क्योंकि यह मैं मामा जैसे व्यक्ति के साथ महसूस कर रही थी।

यह कुछ ऐसा था, मानो मैंने अनजाने ही एक ऐसा दरवाज़ा खोल दिया था, जिसके वजूद का मुझे अहसास ही नहीं था। मुझे ठीक वैसा ही अनुभव हुआ। उस क्षण के बाद से, मैंने अथक रूप से एक-के-बाद-एक पुस्तकों को पढ़ना शुरू कर दिया। जैसे पढ़ने के प्रति जो प्रेम इस पूरे समय मेरे भीतर कहीं सोया पड़ा था, और वह अचानक से जाग उठा हो।

मैं धीरे-धीरे पढ़ती, एक-के-बाद-एक हर किताब का रस लेते हुए। संसार का सारा समय मेरे पास था। और पुस्तकों के समाप्त हो जाने का तो कोई ख़तरा ही नहीं था, चाहे मैं कितनी भी पुस्तकें पढ़ती जाती।

काफ़ू नागइ, तानिज़ाकी जुनइचिरो, दाज़ाई ओसामू, सातो हारुओ, अकुतगावा रयूनोस्के, ऊनो कोजी... मैं भुक्खड़ों की तरह उन्हें पढ़ती चली गई, वे लेखक जिनके नाम मैंने सुन रखे थे, लेकिन जिन्हें कभी पढ़ा नहीं था, और वे लेखक जिनका नाम भी मैंने कभी नहीं सुना था। कोई भी ऐसी पुस्तक जो दिलचस्प लगती। और इतना सारा कुछ पढ़ने के बाद भी हर पुस्तक के समाप्त होने के बाद यह लगता कि मैं अभी और पढ़ना चाहती हूँ।

ऐसा मैंने इसके पहले कभी महसूस नहीं किया था। मुझे ऐसा लगने लगा जैसे मैंने अब तक का अपना जीवन बर्बाद कर दिया हो। मैंने फ़ैसला किया कि अब मैं सारे समय सोते नहीं रहा करूँगी। अब यह मुझे ज़रूरी नहीं लगता था। बुकशॉप पर मामा के आने के बाद अपने बिस्तर में जाकर शरण लेने की बजाय, मैं पढ़ने के लिए अपने कमरे में या कैफ़े में चली जाती।

इन पुरानी पुस्तकों में जितना इतिहास छिपा था, उसकी मैंने कल्पना नहीं की थी। वह पुस्तकों की विषय-वस्तु तक सीमित नहीं था। मैंने हर पुस्तक में गुज़रे वर्षों की छाप पाई।

उदाहरण के लिए, मोज़ोज़िरो काजिई की *लैण्डस्केप ऑफ़ द हार्ट* के एक पन्ने पर मुझे यह अंश मिला :

> *देखने का कर्म कोई छोटी चीज़ नहीं है। किसी चीज़ को देखना उससे ग्रस्त हो जाना है। कभी वह आपका एक हिस्सा छीन लेती है, तो कभी आपकी पूरी आत्मा।*

अतीत में कभी इस पुस्तक को पढ़ने वाला व्यक्ति इस कथन से इतना प्रभावित हुआ था कि उसने इन पंक्तियों को अण्डरलाइन कर दिया था। मुझे ख़ुशी हुई, क्योंकि मैं भी उन पंक्तियों से प्रभावित हुई थी, और अब मैं उन पंक्तियों के सहारे उस अजनबी से जुड़ गई थी।

एक बार मुझे एक पुस्तक में दबा हुआ फूल मिला, जिसे किसी ने कभी बुकमार्क की तरह इस्तेमाल किया होगा। बहुत पहले मुरझा चुके उस फूल को सूँघते हुए मैं सोचने लगी कि वह कौन रही होगी, जिसने उस फूल को वहाँ रखा होगा। वह कब रही होगी? वह क्या महसूस करती होगी?

इस तरह के अनुभव सिर्फ़ पुरानी पुस्तकों में ही मिल सकते हैं, ऐसे रिश्ते जो समय की सीमाओं को लाँघ जाते हैं। और इस तरह मुझे उस पुरानी पुस्तकों के स्टोर से - हमारी मोरीसाकी बुकशॉप से - लगाव हो गया, जो इस तरह की पुस्तकें रखती थी। मुझे समझ में आया कि मुझे कितना क़ीमती अवसर दिया गया है, इस छोटी-सी जगह का हिस्सा बनने का, ज़हाँ आप समय के मन्द प्रवाह को महसूस कर सकते हैं।

नतीजतन, मैं उन लेखकों को पर्याप्त अच्छी तरह जानने लगी, जिनकी पुस्तकें हम रखते थे। और अनजाने ही मैं अपने नियमित ग्राहकों से भी घुल-मिल गई। जब साबू को अहसास हुआ कि मैं कुछ बदल गई हूँ, तो उसने मेरे बारे में अपनी पहले की राय को बदल दिया। 'ए, तकाको," उसने कहा, "अब तुम वाक़ई रम गई हो इसमें, हैं ना?"

एक और परिवर्तन हुआ था : मैंने उस इलाक़े में टहलना शुरू कर दिया था। यह ठीक उस समय हुआ, जब मौसम भी ठीक तरह से ठण्डा हो गया था, सैर करने के लिए एकदम सही मौसम।

दिन-ब-दिन, सड़कों के किनारे लगे पेड़ों की पत्तियाँ सुनहरी होती जा रही थीं। मुझे यह देखकर बहुत हर्ष हो रहा था कि किस तरह ये बदलते हुए रंग मेरे भीतर हो रहे धीमे-धीमे रूपान्तरण से मेल खाते थे।

वहाँ की गलियों में घूमते हुए मुझे यह इलाक़ा उससे बहुत अलग लग रहा था, जैसा वह पहली बार जिम्बोचो पहुँचने पर लगा था। अब तो यह सारा इलाक़ा किसी रोमांचक कारनामे के लिए तैयार किए गए मंच जैसा लग रहा था। अब हर सड़क और गली में ठहरकर देखने का मन करता था। पुराने ज़माने की सेकण्डहैण्ड पुस्तकों की दुकानें, कॉफ़ी की दुकानें, और विदेशी पब, सब मिलकर एक अजीब-सा नगर-केन्द्र का माहौल बनाते थे। इस सबके बावजूद, यहाँ के वातावरण में कुछ भी ऐसा नहीं था कि वह इस तरह अव्यवस्थित लगता जिसे मैं बरदाश्त नहीं कर पाती। पूरा इलाक़ा अलग ही सुकून से भरा हुआ था।

यही वजह है कि मुझे अन्त में यह अहसास हुआ कि भले ही हम उन सबको "बुकस्टोर्स" कहते हैं, लेकिन इनमें से हर दुकान की अपनी एक अलग विशिष्टता थी।

वे विभिन्न विशिष्टताओं के आधार पर बँटी हुई थीं : कुछ सिर्फ़ उपन्यास बेचती थीं, कुछ सिर्फ़ विदेशी साहित्य, या बच्चों की किताबें, या इडो-काल की पुस्तकें जिनकी बाइण्डिंग पारम्परिक शैली की थीं। दुकान मालिक भी तरह-तरह के थे। कुछ मेरे मामा जैसे ज़िद्दी बुज़ुर्ग, तो कहीं नरम स्वभाव वाले नौजवान। एक बार मैं स्वागत केन्द्र पर चली गई, और उन्होंने बताया कि यहाँ दरअसल 170 से ज़्यादा पुस्तकों की दुकानें हैं। जैसा कि मेरे मामा ने कहा था, यह सचमुच पुस्तकों की दुकानों का दुनिया का सबसे बड़ा केन्द्र था।

जब मैं अन्ततः चलते-चलते थक जाती, तो थोड़ी देर सुस्ताने के लिए कॉफ़ी शॉप में चली जाती। उस ठिठुरा देने वाले मौसम में गर्म कॉफ़ी मुआफ़िक बैठती थी। चहलक़दमी के अन्त में एक कप कॉफ़ी पीकर मैं सचमुच अन्दर से राहत महसूस करती थी।

दिनों के बीतने के साथ पतझड़ का मौसम गहराता गया और मैं इसी तरह से अपने दिन बिताती गई। मुझे इसमें कोई सन्देह नहीं कि मेरी इस नई दिनचर्या ने मेरे मूड को चमका दिया। मेरे अन्दर अभी भी गाँठें मौजूद थीं, लेकिन लगता था कि जितना ही मैं चलती थी, उतनी ही वे ढीली पड़ती जाती थीं।

शायद यह इसी का नतीजा रहा होगा कि उसी समय से मैंने पड़ोस के और भी लागों को जानना शुरू किया। साव्यूर कॉफ़ी शॉप में, मैं नियमित रूप से जाने लगी और उसके मालिक और वहाँ के कर्मचारियों, विशेष रूप से वहाँ की वेट्रेस तोमो से घुलने-मिलने लगी।

तोमो जापानी साहित्य में कॉलेज की प्रथम वर्ष की ग्रेड छात्र थी और अपने ख़ाली समय में साव्यूर में काम करती थी। और कभी-कभी वह ग्राहक के रूप में मोरीसाकी बुकशॉप में भी आया करती थी। वह मुझसे दो साल छोटी थी और देखने में ख़ामोश और संकोची लगती थी, लेकिन अन्दरूनी तौर पर वह बहुत जुनूनी थी। जैसा कि आप साहित्य के ग्रेड छात्र से उम्मीद कर सकते हैं, उसके मन में लेखकों के प्रति अप्रतिम प्रेम था। उसका यह गहरा ज्ञान ही वह एक चीज़ थी, जिसकी वजह से मेरा मन उसके प्रति प्रशंसा से भरा हुआ था।

लगभग इसी समय, तोमो ने काम से लौटते हुए दुकान में आना शुरू कर दिया, तब भी जबकि वह कोई पुस्तक नहीं तलाश रही होती थी। हम दोनों ऊपर मेरे कमरे में चले जाते और पुस्तकों से घिरे उस माहौल में चाय पीते रहते।

जब वह पहली बार मेरे कमरे में आई तो उसका चेहरा चमक उठा। "यह जगह अद्भुत है। यह तो किसी सपने की तरह है।"

"सचमुच? यह जगह बहुत छोटी है - और यहाँ गैस रेंज भी नहीं है।" चूँकि वास्तव में, मैं वहाँ रहती थी, इसलिए मैंने अपनी बेझिझक राय ज़ाहिर कर दी। जहाँ तक सुविधाओं का सवाल था, इस जगह में सिफ़ारिश करने लायक़ कुछ नहीं था।

"क्या वे चीज़ें वाक़ई बहुत अहमियत रखती हैं?" तोमो ने कहा, जिसके चेहरे पर ऐसा भाव था, जैसे मैं ही थी जिसे समझ में नहीं आया था। "यहाँ एक भी फालतू चीज़ नहीं है। आप हाथ बढ़ाते हो और वहाँ पुस्तकें हैं। क्या यह अद्भुत नहीं है?"

"शायद," मैंने कहा।

"ये सच है," उसने अपना चेहरा मेरे क़रीब लाते हुए कहा। उसकी आँखें चमक रही थीं।

मैंने एक बार फिर-से अपने कमरे में नज़र दौड़ाई। यह एक विचित्र अहसास था - मेरे कमरे को लेकर उसके जोश ने उसे एक नीरस जगह से एक अद्भुत जगह में बदल दिया था। उसने सुझाव दिया कि हम नुक्कड़ के फूल वाले से फूल ख़रीदकर इस जगह को और सुन्दर बना सकते हैं। हमने एक फूलदान में कॉसमॉस के डण्ठल सजाए और उसे एक निचली मेज़ पर रख दिया। उसके बाद कमरा और भी रोशन लगने लगा। तब के बाद से, मैं हमेशा उस जगह को मौसमी फूलों से सजाने लगी।

एक दिन, जब हम वाक़ई एक-दूसरे के बहुत क़रीब आते जा रहे थे, हम साथ-साथ चाय पी रहे थे और सहसा मैंने उससे कुछ पूछने का मन बनाया।

"तोमो, तुम्हें पुस्तकों से इतना लगाव कैसे हुआ?"

उसने मुझे उसी कोमल स्वर में जवाब दिया। "ये अच्छा सवाल है। जब मैं मिडिल स्कूल में थी, तो मैं बेहद शर्मीली हुआ करती थी। मैं किसी के भी सामने अपने विचार ज़ाहिर करने से डरती थी। और इसी वजह से मेरे भीतर भयंकर जज़्बात घुमड़ते रहते थे। मैं हमेशा यह भयंकर शर्मीलापन अपने साथ लिए घूमती थी। तभी मैंने ओसामू दज़ाई की पुस्तक *स्कूलगर्ल* पढ़ी। यहीं से सब कुछ की शुरुआत हुई। अब तो मुझे पढ़ने की लत लग चुकी है।"

"मैं समझती हूँ कि हर पाठक की ज़िन्दगी में एक ऐसा मुक़ाम आया होता है, जब उसकी मुलाक़ात इस तरह की पुस्तक से हुई होती है। और फिर वह उस अनुभव को भूल नहीं पाता," मैंने सराहना के भाव से कहा।

"उम्मीद है, कि भविष्य में हमें कुछ शानदार पुस्तकें मिलती रहेंगी," तोमो ने मुस्कराते हुए कहा।

"मुझे भी उम्मीद है," मैंने पूरे दिल से सहमति जताई।

उसके बाद तोमो से जुड़ी एक और घटना हुई।

एक दोपहर, जब मैं अकेली ही दुकान सँभाल रही थी, तो साव्यूर में काम करने वाला ताकानो आ गया। मुझे उससे बहुत ज़्यादा बात करने का अवसर नहीं मिला था, क्योंकि वह रसोई में काम करता था, लेकिन दुकान में उसके लम्बे-पतले क़द को नज़रअन्दाज़ करना मुश्किल था।

मैंने उसे आते ही पहचान लिया और उसे "हैलो" कहा।

ताकानो ने मुझे झुककर अभिवादन किया, लेकिन जब वह इधर-उधर नज़रें दौड़ाते हुए दुकान में घूमने लगा तो वह कुछ बेचैन-सा नज़र आया।

क्या ही विचित्र इन्सान है, मैंने सोचा। "क्या तुम आज किसी ख़ास पुस्तक की तलाश में हो?" मैंने पूछा।

"नहीं, मैं...उम्म्..." वह बुदबुदाया।

इस आदमी को क्या हो रहा है? मैंने सोचा। उसका चेहरा लाल हो रहा था। वह बिलकुल उसी तरह बरताव कर रहा था, जैसे कोई छोटा लड़का उस लड़की के सामने करता है, जिससे उसे इश्क़ हो गया होता है। तभी मुझे समझ में आया। कहीं यह मुझमें दिलचस्पी तो नहीं लेने लगा? मुझे याद

आया कि जब मामा ने मज़ाक़ में उससे मुझे डेट पर ले जाने को कहा था, तो वह बुरी तरह झेंप गया था। जैसे ही मेरे मन में यह बात आई, मैं भी घबरा उठी।

आख़िरकार, जब मुझसे नहीं रहा गया, तो मैंने कुछ कहने के लिए अपना मुँह खोला, लेकिन ठीक उसी वक़्त उसने ऊँची आवाज़ में कहा, "उम्म्!"

मैं सहसा चौकन्नी हो गई। मुझे लगा कि वह मेरे प्रति अपने इश्क़ को क़बूल करने जा रहा है और इसलिए मेरा दिमाग़ तेज़ी-से दौड़ रहा था कि मैं कैसे उसे ठेस पहुँचाए बिना मना करूँ।

लेकिन वास्तव में उसने जो कहा, उसकी मैंने क़तई उम्मीद नहीं की थी।

"क्या मिस आइहारा यहाँ बहुत आती हैं?" ताकानो ने पूछा, पूछते हुए उसका चेहरा एकदम लाल हो गया।

"आइहारा से तुम्हारा मतलब है, तोमो?"

"हाँ।"

"वह अक्सर लंच ब्रेक में कॉफ़ी शॉप से इधर आ जाती है।"

"आप लोग किस बारे में बात करते हैं?"

इस मुक़ाम पर मेरा वह अजीब-सा डर ख़त्म हो गया और मेरी बेचैनी ग़ायब हो गयी।

"रुको, क्या तुम्हें तोमो से इश्क़ है?" मैंने पूछ लिया।

"ना, ऐसा नहीं है। बस..."

"अरे, ठीक है। तोमो वाक़ई प्यारी है। लेकिन चूँकि तुम दोनों साथ काम करते हो, मैं सोचती थी कि तुम उसे मुझसे बेहतर जानते होगे।"

"नहीं। मैं किचिन में रहता हूँ। वह डायनिंग एरिया में रहती है। और मैं लोगों से बात करने के मामले में बहुत अनाड़ी हूँ।"

"ऐसा तो लगता है। तुम वाक़ई शर्मीले हो, है ना?"

"क्या उसका कोई बॉयफ्रैण्ड है?"

सवाल पूछते हुए ताकानो के स्वर से लगता था, जैसे यह बेहद अहम सवाल हो।

"अब जबकि तुमने इसका ज़िक्र किया, तो मुझे याद आया कि मैंने कभी उससे यह पूछा नहीं है। लेकिन तोमो सचमुच बहुत प्यारी और सबको पसन्द आने वाली लड़की है। मुझे आश्चर्य नहीं होगा अगर उसका कोई बॉयफ्रैण्ड हो।"

"क्या आप यूँ ही उससे पूछ सकती हैं, मेरी ख़ातिर?"

"मैं क्यों पूछूँ? तुम ख़ुद क्यों नहीं पूछ लेते?"

"आप दोनों अच्छी दोस्त हैं, तकाको। आप उससे पूछेंगी तो वह सहज लगेगा, है ना? इसके अलावा, मैंने कभी किसी लड़की से इस तरह बात नहीं की है।"

"अभी तो तुम मुझसे बात कर रहे हो," मैंने थोड़ा चौंककर कहा। क्या मैं औरत नहीं हूँ? लेकिन लगा जैसे ताकानो ने मेरी इस प्रतिक्रिया पर कोई ध्यान नहीं दिया।

"मैं यह काम आपसे मुफ़्त में नहीं करवा रहा हूँ। अगर आप मेरी यह मदद करेंगी, तो आप जब भी कॉफ़ी शॉप में आएँगी, आपकी कॉफ़ी का पैसा मैं दूँगा।"

और बस, इतना सुनना था कि मैंने तुरन्त उसके सारे गुनाह माफ़ कर दिए। मेरा चेहरा खिल उठा।

"सच?" मैंने उत्साह से पूछा। "तब तो मैं रोज़ आऊँगी।"

"रोज़? वह तो शायद कुछ ज़्यादा हो जाएगा..."

"इतनी कंजूसी क्यों दिखा रहे हो? तुम्हें तो महज़ एक कप कॉफ़ी की क़ीमत पर उस लड़की के क़रीब आने का मौक़ा मिलेगा, जिसके लिए तुम तड़प रहे हो!"

"आह..." ताकानो ने बेमन से सहमति जताते हुए सिर हिलाया। "लेकिन प्लीज़ वादा करो कि आप उससे इस बात का ज़रा भी ज़िक्र नहीं करेंगी।"

"समझ गई," मैंने अपनी छाती ठोकते हुए कहा।

और इस तरह ताकानो और मेरे बीच एक गुप्त समझौता हो गया। मुझे पता चला कि वह छह महीने से ज़्यादा समय से गुपचुप रूप से उससे प्रेम करता आ रहा है। लेकिन इस पूरे वक़्त उसने उससे "हैलो" के सिवा एक शब्द भी नहीं कहा। वह तो बस उस लड़की से छिपकर यही सोचता रहा है कि वह कितनी अद्भुत है। सुनने में यह बात अजीब लग सकती है, लेकिन आप इसे मासूमियत भी कह सकते हैं।

यह भूमिका ओढ़ लेने के बाद, अब मैं कोशिश करना चाहती थी कि यदि मुमकिन हो तो उन दोनों के बीच सब कुछ ठीक कर सकूँ। तोमो भले ही यह सोच सकती थी कि मुझे इससे कोई लेना-देना नहीं होना चाहिए, लेकिन ताकोनो मुझे एक शरीफ़ लड़का लगता था, भले ही वह कुछ ज़्यादा ही शर्मीला और अटपटा लगता था। मैंने सोचा कि अगर उन्हें एक मौक़ा दिया जाए तो शायद यह बुरा ना होगा।

इसलिए मैंने कड़ी मेहनत की, कॉफ़ी की ख़ातिर नहीं, बल्कि इन दोनों नौजवानों की भलाई के लिए। पहला क़दम था, चुपके-से कुछ जानकारी जुटाना। मुझे पता चला कि फ़िलहाल तोमो का कोई बॉयफ्रैण्ड नहीं था, और, ऐसा प्रतीत हुआ कि कोई ख़ास व्यक्ति उसके दिमाग़ में नहीं है। उसका पसन्दीदा रंग था, परशियन नीला। उसका पसन्दीदा प्राणी, डॉर्माउस। और उसका पसन्दीदा इलाक़ा, स्वाभाविक ही, जिम्बोचो था। यह सब उसकी शख़्सियत के बिलकुल अनुकूल था, लेकिन यह बात मुझे थोड़ी विचित्र-सी लगी कि तोमो को इस बात की भनक भी नहीं थी कि क्या चल रहा था।

इस नई जानकारी को हासिल कर लेने के बाद, मैं सेव्यूर पहुँची और एक कप मुफ़्त कॉफ़ी के साथ ताकानो को यह सारी जानकारी थमा दी। मैं काउण्टर के पास झुकी और फुसफुसाकर बोली, "लगता है, तोमो का पसन्दीदा प्राणी डॉर्माउस है।"

"यह... यह तो अद्भुत है," ताकानो ने वापस फुसफुसाते हुए कहा।

दुर्भाग्य से, इससे कैफ़े के कुछ ज़्यादा ही दख़लन्दाज़ मालिक ने बाकायदा यह झूठी अफ़वाह उड़ानी शुरू कर दी कि ताकानो और मैं एक-दूसरे के क़रीब हैं।

इससे भी ज़्यादा यह कि इस नौजवान जोड़े के लिए जो सारी कोशिशें मैंने की थीं, वे बेकार साबित हो रही थीं। ताकानो, जिसकी भूमिका यहाँ सबसे महत्त्वपूर्ण थी, तोमो से बातचीत शुरू करने की कोई कोशिश नहीं कर रहा था, जिससे मामला आगे ही नहीं बढ़ रहा था। बस, जब उसे पता चला कि तोमो का कोई बॉयफ्रैण्ड नहीं है, तब उसने मानो जीत की हुंकार भरी, लेकिन इस रफ़्तार से तो उसे तोमो से दो शब्द बोलने में भी दस साल लग जाते। सारी कोशिश व्यर्थ जाने वाली थी।

मैं ख़ुद अधीर हो रही थी। कुछ तो करना ही होगा, जिससे ये दोनों बातचीत करने लगें। मैंने सब तरह के उपाय सोचे।

और तभी एक अनपेक्षित स्रोत से एक अच्छी ख़बर मिली।

एक दोपहर, जब तोमो और मैं चाय का आनन्द ले रहे थे, उसने मुझे पुरानी पुस्तकों के मेले के बारे में बताया।

"पुरानी पुस्तकों का मेला? ये क्या है?" मैंने हैरानी से पूछा।

"तुम इस मेले के बारे में नहीं जानती, तकाको? हर साल, पतझड़ के दिनों में, इस इलाक़े की सारी पुरानी पुस्तकों की दुकानें मिलकर सड़क पर ही सस्ता पुस्तक मेला लगाती हैं। बहुत लोग आते हैं। यह इलाक़ा भीड़ और चहल-पहल से भर उठता है। वह अद्भुत नज़ारा होता है।"

"ओह, वाह। ये तो बहुत मज़ेदार चीज़ लगती है।"

"तुम्हारे मामा भी इसमें शामिल होते हैं।"

"सच?"

"हाँ, सारी दुकानें शामिल होती हैं।"

मुझे शर्म-सी आई कि मेरे मामा ने कभी इस बड़े समारोह का ज़िक्र तक नहीं किया। मैंने मन-ही-मन क़सम खाई कि उनसे इसका बदला ज़रूर लूँगी।

"मैं इस बार उसमें जाने की सोच रही हूँ," तोमो बोली। "तुम चलोगी मेरे साथ घूमने?"

उसी पल मेरे दिमाग़ में बिजली-सी कौंधी। “हाँ, ज़रूर। ज़रूर,” मैंने उसके प्रस्ताव पर उछलते हुए कहा। इस मौक़े का फ़ायदा उठाया जा सकता है। मैं यह बात ताकानो को बताऊँगी।

5

कान्दा यूज़्ड बुक फ़ेस्टिवल अक्टूबर के अन्तिम सप्ताह में पूरे सात दिन तक चला। उस सप्ताह खुले आसमान के नीचे गलियाँ पुरानी पुस्तकों से ठसाठस भरे हाथ ठेलों और अल्मारियों की भीड़ से भर उठीं।

यह मेला जिस तरह सफल रहा, उसने मुझे आश्चर्यचकित कर दिया। तमाम उम्र के पुस्तक प्रेमियों के झुण्ड के झुण्ड उस इलाक़े में उमड़ पड़े। वजह भले ही शायद यह हो कि यह अवसर साल में एक बार आता था, लेकिन इसमें जो भीड़ उमड़ी थी, वह मेरी उम्मीदों से कहीं ज़्यादा थी। आप यासुकुनी और साकुरा सड़कों पर लोगों की ऊर्जा महसूस कर सकते थे। पुरानी पुस्तकों का यह पुराना, सीपिया-सा इलाक़ा दोपहर से पहले ही हलचल और रौनक से भर उठता था। यह वाक़ई देखने लायक़ नज़ारा था।

बेशक, हमारी मोरीसाकी बुकशॉप भी इस मेले में शामिल हुई थी। मैंने और मामा ने पिछले कुछ दिनों के दौरान जो पुरानी पुस्तकें निकालकर अलग रख ली थीं, उन्हें एक हाथ ठेले में लादकर ले आए थे। हमारे लिए ख़ुशी की बात यह थी कि मेले में हमारे स्टॉल पर उससे दोगुने ग्राहक आए जितने दुकान पर आया करते थे। एक उतावला ग्राहक तो ऐसा था, जिसे डर था कि कहीं मौक़ा हाथ से ना निकल जाए, इसलिए उसने सेल में रखी गत्ते की पूरी पेटी ही ख़रीद डाली।

जैसी कि उम्मीद थी, मेरे उत्सव-प्रेमी मामा तो जैसे अपने असली रंग में आ गए। वे इस मेले में बचपन से ही हर साल आते रहे थे। इसी वजह से इस मौसम के आते ही उन्हें अपने शरीर में जैसे गुदगुदी और खिंचाव महसूस होने लगता था।

"इसके बाद ठण्ड बढ़ जाएगी और दुकान पर आने वाले लोगों की संख्या काफ़ी कम हो जाएगी," उन्होंने कहा। "इसलिए हमें इतनी कमाई करनी होगी कि आगे का गुज़ारा हो सके।" वे आम तौर पर यूँ किसी व्यापारी की तरह नहीं सोचते थे, लेकिन जो कुछ उन्होंने कहा उसके बावजूद, जब पल भर के लिए मेरी नज़र उन पर से हटती, तो वे दूसरी दुकानों का हालचाल जानने निकल जाते। फिर उन्हें वापस खींचकर लाना मेरा ही काम होता था।

तीसरे दिन की शाम, मैंने मामा की इजाज़त से अपना काम थोड़ा पहले ख़त्म कर लिया और मैं तोमो के साथ बाक़ी मेले पर नज़र डालने चली गई। और तभी, मानो संयोग से कौन सामने आ गया? ताकानो - जैसी कि हमने पहले से योजना बना रखी थी।

"अरे, क्या ही सरप्राइज़ है," उसने कहा।

"ओह, वाह, सचमुच," मैंने जवाब दिया। हम दोनों अनाड़ियों की तरह अभिनय कर रहे थे, लेकिन तोमो इतनी मासूम थी कि उसे ज़रा भी शक नहीं हुआ।

और इसके साथ ही हममें से किसी ने कहा, "क्यों ना हम तीनों साथ में घूमें।"

शुरू में, तोमो के सामने ताकानो अकड़ा हुआ-सा और तनाव में था। मैंने चुपके-से उसके कान में फुसफुसाकर कहा, "ये तुम क्या कर रहे हो? तुम रोबोट जैसे लग रहे हो।"

"मैं तो चलना भूल गया हूँ," उसने जवाब दिया। उसकी आवाज़ तक किसी रोबोट जैसी लग रही थी। तोमो ने उसकी बात सुन ली और वह ज़ोर-से हँस पड़ी।

ऐसा क्यों था कि जब हम टहल रहे थे तो उस इलाक़े की सारी उत्तेजना हम सबके मूड को ऊर्जा से भर रही थी? तोमो और ताकानो, दोनों अपने चेहरे पर चमक लिए कुछ इस तरह बेतकल्लुफ़ी से घूम रहे थे, जैसे वे कोई प्रेमी युगल हों। हालाँकि, कम-से-कम ताकानो के मामले में, इसका एक और बड़ा कारण था। जब तोमो उससे बात करती तो वह कुछ इस तरह आह्लाद से

भर उठता जैसे वह फूलों के खेत में दौड़ रहा हो। उसके चेहरे के भाव इतने मज़ेदार थे कि मैं बमुश्किल अपनी हँसी रोक पा रही थी।

जब हम जिम्बोचो के मुख्य चौराहे पर लगाए गए विशेष स्टॉल पर पुस्तकें उलट-पुलट रहे थे, तो हमारी मुलाक़ात अचानक साबू से हो गई। साबू अपनी बीवी के साथ था, और वह इतने सारे पेपर बैग लिए हुए था कि वे उसके हाथों में सँभल नहीं रहे थे। साबू की बीवी अपने एकदम सही मैच करने वाले किमोनो में इतनी नफ़ीस लग रही थी कि मुझे लगा कि वह साबू के लिहाज़ से कुछ ज़्यादा ही अच्छी थी। लेकिन जब मैंने उन दोनों को साथ-साथ देखा, तो मुझे समझ में आया कि उनके बीच ऐसा बन्धन था, जो अच्छे और बुरे वक़्त, दोनों में ही वर्षों साथ रहने से ही बन पाता है। मैं इस अहसास से भर उठी।

"लगता है, आज आपने काफ़ी कुछ ख़रीद लिया है," मैंने साबू के थैलों की ओर देखते हुए उससे कहा।

"हाँ," उसकी बीवी ने दुखी मन से कहा और उसे हल्की-सी कोहनी मारी। "ये तो बस किताबों पर किताबें ख़रीदते जाते हैं। इनके मारे हमारे घर में अब जगह नहीं बची है। क्या यह मुमकिन है कि तुम एक दिन आकर वहाँ से सारी ख़रीद ले जाओ?"

"अरे नहीं, प्लीज़ ऐसा मत कहो," साबू घबराकर बोला। "क्या उस दिन मैंने थोड़ी छँटाई नहीं कर दी थी?" उसने बीवी की ओर हाथ जोड़कर गिड़गिड़ाने का नाटक किया।

उनके चले जाने के बाद भी हमारी हँसी नहीं थमी।

अँधेरा हो जाने के बाद भी यासुकुनी स्ट्रीट की भीड़ छँटी नहीं थी। हम अभी भी मज़े-मज़े में टहल रहे थे। हम पर तो जैसे पुस्तकें ख़रीदने का जुनून सवार था, जो भी पुस्तक हाथ लगती, ख़रीद लेते। "वहाँ एक दिलचस्प दुकान है," तोमो ने कहा और वह हमें किण्टोटो बुक्स नामक स्टॉल पर ले गई, जहाँ बीसवीं सदी की शुरुआत के ताइशो काल की स्कूली पाठ्यपुस्तकें मिल रही थीं। मेरा अचानक मन हुआ तो मैंने एक जापानी पाठ्यपुस्तक ख़रीद ली, जिसकी क़ीमत दो हज़ार येन थी। उसमें इस्तेमाल की गई भाषा इतनी पुरानी थी कि वह आश्चर्यजनक रूप से ताज़गी-भरी लग रही थी।

शाम को जब सारे स्टाल बन्द होने लगे, तो हमने सेन्सेइदो के भीतर पश्चिमी शैली के रेस्तराँ में जाकर डिनर लिया। तब तक ताकानो काफ़ी सहज हो चुका था। अब वह तोमो के सामने पड़ते ही फूलों के खेत में खो गया जैसा नहीं लगता था। पता चला कि उसे विदेशी साहित्य के बारे में काफ़ी जानकारी थी। हमारे खाना खाने के दौरान वह फॉकनर, कपोते और उपडाइक के बारे में इतने सहज ढंग से बात करता रहा कि कोई इस पर विश्वास ही नहीं करता कि पहले वह कितना असहज लग रहा था। तोमो और मैं, दोनों उसकी बातों से बहुत प्रभावित हुए।

अन्त में, वह एक सन्तोषजनक और रोमांचक दिन साबित हुआ। बाद में, ताकानो ने मेरा शुक्रिया अदा किया और कहा कि वह मेरा बहुत आभारी है, लेकिन मुझे तो उसके धन्यवाद देने की कोई वजह नज़र नहीं आई, क्योंकि सबसे ज़्यादा आनन्द तो मैंने ही लिया था।

6

उत्सव की आख़िरी रात, अपनी दुकान बन्द करने के बाद, मैं अकेली अपने कमरे में बोझिल-सी बैठी हुई थी। खिड़की के बाहर की गलियाँ इतनी शान्त और स्थिर थीं कि पिछले सप्ताह की भीड़ें किसी सपने जैसी लग रही थीं। बिस्तर पर लेटे हुए मेरी आलर्म घड़ी की टिकटिक बहुत तेज़ सुनाई दे रही थी। मैं लेटी हुई सीलिंग को ताक रही थी, जब वह असहजता का विचित्र-सा अहसास वापस लौटता लगा, वही अकेलापन जो मैंने तब महसूस किया था, जब मैं पहली बार यहाँ आई थी।

सहसा, दरवाज़े पर दस्तक हुई। मुझे अपने कन्धे काँपते महसूस हुए। मैंने डरते-डरते उस तरफ़ नज़र घुमाई, तो मुझे दरवाज़े की किनार की छोटी-सी दरार में मेरी ओर देखती एक आँख नज़र आई।

“आआआह!” मैं पीली पड़ गई और किसी हॉरर फ़िल्म की नायिका की तरह चीख़ पड़ी।

“ओह, क्या मैंने तुम्हें डरा दिया?” एक अजीब-सी तीखी आवाज़ आयी और फिर एक बिखरे बालों वाला सिर दरार से झाँक उठा।

मैंने राहत की गहरी साँस ली।

“प्लीज़, मामा, मुझे ऐसे मत डराया करो।”

“सॉरी, सॉरी।” उन्होंने अपने हाथ का प्लास्टिक बैग नीचे रखा और कमरे में आते हुए कहा, “क्या मैं एक सेकण्ड के लिए अन्दर आ सकता हूँ?” उन्होंने बैग से अल्कोहल और शरबत की कुछ बोतलें निकालीं और उन्हें छोटी-सी डायनिंग टेबल पर जमा दिया। वे आलू के चिप्स और सूखी स्क्विड के स्नैक्स तक लेकर आए थे।

"क्या आप मेले के आख़िर में आयोजित रैप पार्टी में नहीं गए?" मैंने पूछा।

"मैं गया था, लेकिन सिर्फ़ हैलो कहकर वापस लौट आया। वैसे भी, मैं तो सिर्फ़ हम दोनों की एक छोटी-सी रैप पार्टी करना चाहता था," उन्होंने किसी शरारती बच्चे की तरह मुस्कराते हुए कहा।

"अब जब तुमने इसका ज़िक्र किया, तो याद आया कि हम लोगों ने कभी साथ मिलकर पार्टी नहीं की।"

"तो चलो, आज ही सही।"

मामा ने थैले की सारी चीज़ें निकालकर मेज़ पर रख दीं और हमारी अपनी छोटी-सी रैप पार्टी हुई। हम खिड़की से आती झींगुरों की धीमी-धीमी आवाज़ सुनते हुए साके की चुस्कियाँ लेते रहे। ख़ामोश रात हमें घेरे थी। समय इतनी धीमी रफ़्तार से बीत रहा था कि लगता था, जैसे वह थम गया हो।

मामा ने किताबों की अल्मारी से टिककर अपने पाँव फैला लिए।

"तकाको, लगता है तुम यहाँ की ज़िन्दगी में पूरी तरह रम गई हो," उन्होंने कहा।

"मुझे भी ऐसा ही लगता है। शुरू में तो मुझे यक़ीन नहीं था कि यह मुमकिन हो पाएगा, लेकिन किसी तरह हो ही गया। मैं अपनी ज़िन्दगी से मिली इस छोटी-सी छुट्टी का पूरा मज़ा ले रही हूँ," मैंने हल्के-से हँसते हुए कहा।

"मुझे अच्छा लग रहा है, यह सुनकर।"

"लेकिन थोड़ी हताशा भी है।"

"किस बात की?"

"आप शुरू से यह जानते थे कि मुझे यहाँ बहुत अच्छा लगेगा।"

"इसका बुरा मत मानो। मुझे यह जानकर बहुत ख़ुशी होती है कि तुम्हें यहाँ अच्छा लगता है। अगर तुम चाहो तो यहाँ हमेशा के लिए रह सकती हो।"

अपने मामा के इन वात्सल्यपूर्ण शब्दों को सुनकर मेरे दिल में एक हल्की-सी हूक उठी।

"लेकिन आप मेरे प्रति इतने नेक क्यों हो? मैं जानती हूँ कि मैं आपकी भाँजी हूँ, लेकिन यह भी सच है कि हम इतने लम्बे अरसे तक मिले भी नहीं थे।"

"क्योंकि मैं तुम्हें प्यार करता हूँ, तकाको," उन्होंने तनिक भी झिझके बिना कहा। वे लगभग खोए-खोए से लग रहे थे। "मैं जानता हूँ कि तुम्हारे लिए मैं शायद महज़ एक ऐसा रिश्तेदार हूँ, जिसे तुम ठीक-से जानती भी नहीं हो, लेकिन मेरे लिए यह बिलकुल अलग बात है। मेरे लिए तुम एक परी हो।"

मैं अपनी बियर लगभग उगलने को थी।

इसके पहले कभी किसी ने मुझसे ऐसी कोई बात नहीं कही थी - न कभी किसी पुरुष ने, और न ही किसी स्त्री ने इस तरह मुझसे कोई बात की थी।

"यह सही है। परी। तुम ही वह व्यक्ति हो, जिसने मेरी रक्षा की।"

"आपकी रक्षा?" मैंने पूछा। मेरे लिए वह उत्तरोत्तर समझ से परे होते जा रहे थे।

मुझे तो कुछ भी ऐसा याद नहीं था, जो मैंने कभी उनके लिए किया हो।

"यह सही है। तुमने मेरी रक्षा की। यह मेरे सोचने का ढंग है। लेकिन मुझे यक़ीन है कि तुम्हारे लिए यह क़िस्सा बहुत दिलचस्प नहीं लगेगा। इसलिए इस विषय को यहीं छोड़ देते हैं।"

"नहीं, मैं सुनना चाहती हूँ।" मैंने संजीदगी के साथ कहा।

मेरे मामा पल भर तक मुझे घूरते रहे और फिर बोले,"क्या तुम वादा करती हो कि तुम हँसोगी नहीं?"

मैंने सहमति में सिर हिलाया, और मेरे मामा ने बोलना शुरू किया, धीरे-धीरे, कुछ इस तरह जैसे वे किन्हीं बहुत पुरानी यादों को टटोल रहे हों।

"इसकी शुरुआत मेरी किशारोवस्था के बाद के दिनों में हुई थी। मैं उदासी महसूस कर रहा था। मुझे ज़िन्दगी का मूल्य समझ में नहीं आता था। मैं कहीं भी फ़िट बैठता नहीं लगता था - वह चाहे घर हो या स्कूल हो। मैंने ख़ुद को पूरी तरह समेट लिया और बाक़ी सब कुछ से नाता तोड़ लिया। मैं हद से ज़्यादा आत्मसजग हो गया। मेरे पास इतने ज़्यादा आदर्श और

महत्त्वाकांक्षाएँ थीं कि किसी भी एक को पकड़कर नहीं रख पा रहा था। मैं एक ख़ाली इन्सान बनकर रह गया। बस, यही था मैं। ऐसा लगता था कि इस दुनिया में ऐसी कोई जगह नहीं थी, जिसे मैं अपनी कह सकता।"

मुझे कभी ज़रा भी आभास नहीं हुआ था कि मामा ने ऐसा महसूस किया होगा। लेकिन मैं ज़रा भी नहीं समझ पा रही थी कि इसका मुझसे और परी वाली बात से क्या सम्बन्ध हो सकता है।

"तुम्हारा जन्म लगभग उसी समय हुआ था। मैं तुमसे पहली बार तब मिला था, जब मेरी बहन मेरे पिता को उनकी नातिन से मिलाने मेरे घर लेकर आई थीं। जैसे ही मैंने तुम्हें देखा, इतनी नन्ही-सी कम्बल में लिपटी हुई, गहरी नींद में, तो मुझे लगा कि मुझे रोना आ जाएगा। कैसे बताऊँ? ज़िन्दगी का रहस्य जैसे मेरे हृदय को भर रहा था। यह ख़याल कि यह बच्ची बड़ी होगी, पहली बार दुनिया की इतनी सारी चीज़ें देखेगी, बहुत कुछ सीखेगी - इस सबका अहसास मुझे इतनी ख़ुशी दे रहा था, जैसे यह सब मेरे साथ हो रहा हो।

"सहसा मैंने महसूस किया, जैसे मेरे उलझे हुए हृदय में ऊष्मा से भरी रोशनी समा गई हो। धुँधलका अभी भी था, लेकिन मेरे भीतर एक उद्देश्य की भावना जन्म ले रही थी। तभी मैंने फ़ैसला किया। अब ख़ुद को पिंजरे में बन्द करना रोकना होगा। अब गतिशील होने का, देखने का और इस प्रक्रिया में जो कुछ मिले, उससे सीखने का वक़्त आ चुका था। अब उस जगह को ढूँढ़ने का वक़्त आ गया था जो मेरी अपनी थी, एक ऐसी जगह जहाँ मैं आत्मविश्वास के साथ कह सकता कि हाँ, मैं यहाँ ठीक हूँ। मेरी सारी यात्राएँ और वे सारी पुस्तकें जो मैंने पढ़ीं, मेरे इसी फ़ैसले का नतीजा हैं। दूसरे शब्दों में, तकाको, तुमसे मिलना किसी दिव्यदर्शन से कम नहीं था।"

"दिव्यदर्शन...ये तो कमाल है," मैंने धीरे-से कहा।

"इसलिए जब मैं कहता हूँ कि तुमने मुझे बचाया, तो मेरा यही मतलब है। और यही वजह है कि मैं तुम्हारे लिए कुछ भी कर सकता हूँ।"

मामा ने यह बात इतनी संजीदगी से कही कि मुझे समझ में नहीं आया कि मैं किस तरह प्रतिक्रिया करूँ। मुझे शर्म भी आई कि मैं कितनी बचकानी रही कि उनसे नाराज़ हुई और ख़ुद पर तरस खाती रही। इस सारे समय वे मेरे

लिए चिन्तित बने रहे। अब समझ में आया कि बचपन में वे मेरे प्रति इतने वात्सल्यपूर्ण क्यों रहा करते थे। मैं बेवक़ूफ़ थी। उस समय मैं सोचा करती थी कि यह तो मेरा स्वाभाविक अधिकार है कि मेरे प्रति वात्सल्यपूर्ण व्यवहार किया जाए।

कोई मुझे इतनी गहराई से प्यार करता है - इस अहसास से मुझे इतना आनन्द मिला कि लगा मेरा दिल फट जाएगा। अपने आँसुओं को रोकने के लिए मैंने मज़ाक़ किया। "मामा," मैंने कहा, "ये डायलॉग सूखी स्क्विड खाते-खाते बोलने वाले नहीं लगते।"

मामा ज़ोर-से हँस पड़े।

"तो अन्त में आपको अपनी जगह मिल गई?" मैंने पूछा।

"हाँ, तुम ऐसा कह सकती हो। लेकिन वहाँ पहुँचने में मुझे कई बरस लग गए।" मामा ने शान्त भाव से सिर हिलाया। "यही है वह जगह। हमारी छोटी-सी, जीर्ण-शीर्ण मोरीसाकी बुकशॉप। मेरी बहुत-सी महत्त्वाकांक्षाएँ थीं। मैं सारी दुनिया का चक्कर लगाने के बाद आख़िरकार लौटकर उसी जगह आ गया, जिसके एक-एक कोने को मैं बचपन से जानता था। है ना मज़ेदार बात? वह पूरा समय बिताने के बाद फिर यहीं वापस। तभी मुझे अन्त में इस बात का अहसास हुआ कि सवाल यह नहीं था कि मैं कहाँ था। इसका सम्बन्ध मेरे भीतर से था। मैं कहीं भी चला जाता, जिस किसी के भी साथ होता, अगर मैं ख़ुद के प्रति ईमानदार होता, तो वही मेरी जगह थी। जब तक मुझे इस बात का अहसास हुआ, तब तक मेरी आधी ज़िन्दगी बीत चुकी थी। इसलिए मैं वापस अपने पसन्दीदा बन्दरगाह पर गया और मैंने वहाँ अपना लंगर डालने का फ़ैसला किया। मेरे लिए, यह एक पवित्र जगह है। यह वह जगह है, जहाँ मैं सबसे ज़्यादा सहज महसूस करता हूँ।"

"इससे मुझे याद आया," मैंने कहा। "बहुत पहले, साबू ने मुझसे कहा था कि आप इस दुकान के उद्धारक थे।"

वे हँस दिए। "इसके उद्धारक? यह तो एक बड़ी अतिशयोक्ति है। वास्तव में, जब मेरे पिता बीमार पड़ गए, तो कारोबार डगमगाने लगा। मैंने सिर्फ़ इतना किया कि इसे अपने हाथों में ले लिया और कारोबार को जारी

रखा। शुरू में, मेरे पिता इस बात के सख़्त ख़िलाफ़ थे कि मैं दुकान सँभालूँ। पुरानी पुस्तकों का कारोबार वैसे भी मुश्किल दौर से गुज़र रहा था, और मैं एक ग़ैरज़िम्मेदार इन्सान था। लेकिन मैंने अपने घुटनों पर झुककर उनसे विनती की कि वे दुकान मुझे सौंप दें।"

"तो यह इस तरह हुआ।"

"मेरा मतलब है, मैं चुपचाप बैठकर कैसे सब कुछ नष्ट हो जाने देता? यही वह जगह थी, जहाँ मैंने अपना ज़्यादातर बचपन बिताया था। मैं काउण्टर पर पिता के बगल में बैठकर चुपचाप *हांस क्रिश्चियन एण्डरसन्स की फेरी टेल्स* जैसी पुस्तकें पढ़ा करता था, और कभी-कभी उनका बड़ा-सा हाथ मेरे सिर को थपथपा देता था। मैं तब सचमुच बहुत ख़ुश था। मुझे लगता था कि अगर यह जगह नहीं रही, तो इससे जुड़ी मेरी सारी स्मृतियाँ भी ग़ायब हो जाएँगी। यह मैं बर्दाश्त नहीं कर सकता था।"

मामा की बात सुनकर मैं चकित रह गई।

मैं सोचती थी कि मैं जानती हूँ - या कम-से-कम जानना चाहती थी - कि मेरे और मामा के रिश्ते का असली अर्थ क्या है। लेकिन क्या मैंने कभी सोचा था कि उनके अपने निजी दुख और चिन्ताएँ भी रही होंगी? क्या मैंने कभी यह देखा था कि उनका दिल मेरे दिल की तुलना में कहीं ज़्यादा समय से चीत्कार कर रहा था? मैंने यह क्यों नहीं देखा कि उनके भीतर कितना कुछ चल रहा था?

शायद इसीलिए वे लोगों के सामने मज़ाक़िया और हँसमुख बने रहते थे, ताकि वे उनसे अपने असली जज़्बातों को छुपा सकें। यह कोशिश बहुत तकलीफ़देह रही होगी। उन्हें देखकर कोई सोच भी नहीं सकता था कि अन्दर से वे कैसा महसूस करते थे...

यह सोचकर मेरा दिल कसक उठा।

"काश! यह जगह मोमोको के लिए भी उतनी ही मायने रखती होती। वह ठीक उस वक़्त चली गई, जब मैं कारोबार को जी-जान से सँभालने की कोशिश कर रहा था। आख़िरी वक़्त तक मैं समझ नहीं पाया कि सतह के नीचे वह क्या महसूस कर रही थी।"

"मामा।"

"हाँ?"

"मैं इस दुकान से बहुत प्यार करती हूँ। वाक़ई।"

मैं कुछ ज़्यादा समझदारी भरी बात कहना चाहती थी, लेकिन मेरे मुँह से सिर्फ़ यही निकल सका। हालाँकि, यह सच था, और इसे मैं सच्चे मन से महसूस करती थी।

"धन्यवाद। यह दुकान शायद ज़्यादातर लोगों के लिए अपरिहार्य ना हो, लेकिन अगर यह महज़ किसी एक व्यक्ति के लिए भी कुछ मायने रखती है, तो मुझे लगता है कि मैं इसे दशकों तक चलाता जाऊँगा। यह कुछ वैसा ही है, जैसा नाओए किनोशिता ने अपनी पुस्तक *कन्फ़ेशन्स ऑफ़ अ हस्बैण्ड* में लिखा है : 'मेरी नाव हल्के-फुल्के ढंग से चलती रहती है, धारा के भरोसे, बिना किसी दिशा के बहती हुई।' मैं भी इस दुकान के साथ इसी तरह अपना जीवन बिताना चाहता हूँ," मामा ने कहा, और फिर कुछ भी और कहे बिना वे मुस्करा दिए।

उस रात के बाद से, मैंने अपने जीवन के बारे में और अधिक गम्भीरता से सोचना शुरू किया। मुझे यहाँ गरमाहट भरा, शान्त ठिकाना मिल गया था, लेकिन मैं हमेशा-हमेशा के लिए दूसरों पर निर्भर नहीं रह सकती थी। अगर मैं ऐसा करती, तो कभी बड़ी नहीं हो पाती। मेरा दिल हमेशा कमज़ोर बना रहता। मुझे यक़ीन था कि अगर मैं उस जगह को ना छोड़ती, तो कभी नए सिरे से शुरुआत नहीं कर पाती।

लेकिन जैसे ही मैंने यह सोचा, मेरा पुराना डर फिर से वापस लौट आया। इस जगह को छोड़ने का ख़याल मात्र मुझे डरा देता। *बस, कुछ दिन और रह लेने दो।* भीतर से मैं अभी भी दूसरों पर निर्भर थी।

अन्त में, मैं हिचकिचाती रही, और लम्बे समय तक मोरीसाकी बुकशॉप की दूसरी मंज़िल पर रहती रही। शायद मैं किसी संकेत का इन्तज़ार कर रही थी। और फिर एक दिन, सहसा वह संकेत मिला।

7

फ़ोन जनवरी की दो तारीख़ को आया।

छुट्टियों में घर जाने की बजाय मैंने नया साल बुकशॉप के आसपास ही बिताया। दुकान पाँच तारीख़ तक बन्द रहने वाली थी और मेरे मामा बुकसेलर्स एसोसिएशन वाले अपने दोस्तों के साथ हॉट स्प्रिंग की यात्रा पर गए हुए थे, इसलिए मैं बिलकुल अकेली थी।

छुट्टी के दिनों में जिम्बोचो भूतिया क़स्बे जैसे लग रहा था। चूँकि उस इलाक़े में रिहायशी मकान नहीं थे, और रेस्तराँ तथा कम्पनियाँ छुट्टियों की वजह से बन्द थीं, इसलिए वहाँ सचमुच कोई नहीं दिखाई देता था। यासुकुनी स्ट्रीट पर मुश्किल से ही कोई कारें गुज़रती थीं।

नए साल की पूर्व सन्ध्या पर तोमो और मैं युशिमा तेनजिन मन्दिर गए थे, लेकिन उसके अलावा मेरा कैलेण्डर कोरा था। इसलिए नए साल और उसके अगले दिन मैं सुबह जल्दी उठकर मोहल्ले में टहलने निकल गई। सुनसान क़स्बे में टहलना बहुत अच्छा लगता था। हवा भी जैसे ज़्यादा साफ़ हो गई थी। मैं अपना स्कार्फ़ हवा में लहराते हुए दिशाहीन भटकती रहती, और बीच-बीच में रुककर गहरी साँसें लेती रहती।

दो जनवरी की शाम को जब मैं घर लौटी, तो मैंने देखा कि मेरे सेलफ़ोन (जिसे मैं टहलने जाते वक़्त घर छोड़ गई थी) में लाइट झिलमिला रही थी। मैंने उसका नम्बर तो पहले ही डिलीट कर दिया था, लेकिन जैसे ही मैंने उसे अपने मिस्ड कॉल्स में देखा, मैं उसे तुरन्त पहचान गई। उसी पल, दिन भर के सारे अच्छे अहसास ग़ायब हो गए। मैंने अपनी छाती में जकड़न महसूस की। मैंने काँपती अँगुली से बटन को दबाकर सन्देश सुना।

"हे? तकाको, काफ़ी वक़्त हो गया। तुम ठीक हो? मेरे पास अभी कोई प्लान नहीं है। मिलना चाहोगी? अगर तुम मुझे कॉल करोगी, तो मैं फ़ौरन आ जाऊँगा।"

मैंने पूरा सन्देश सुने बिना ही डिलीट का बटन दबा दिया था। लेकिन तब तक काफ़ी देर हो चुकी थी। वह भयावह अहसास मेरे दिल में तेज़ी-से फैल चुका था। वह बहुत तेज़ी-से हुआ था। और अब मैं उस अहसास से कभी मुक्ति नहीं पा सकती थी।

जब छुट्टियों के बाद दुकान खुली, तो मेरे दिल का दर्द और भी बदतर हो गया। उसे ठीक-ठीक शब्दों में बयान करना मुश्किल है, लेकिन यह कुछ ऐसा था, जैसे कोई ठण्डी और भारी चीज़ धीरे-धीरे मेरे दिल को जकड़े जा रही हो। उस पल मुझे एक बार फिर से अहसास हुआ कि उनमें से कोई भी गाँठ कभी सुलझी ही नहीं थी। मैंने बस सबकुछ को एक किनारे धकेल दिया था, और इन्तज़ार कर रही थी कि वक़्त के बीतने के साथ मेरी यादें अपने आप धुँधली पड़ जाएँगी। लेकिन छह महीने बीत जाने के बाद भी उसकी आवाज़ सुनते ही भीतर से सबकुछ हिल गया था। आख़िरकार मुझे समझ में आ गया था कि मेरी कोई भी समस्या हल नहीं हुई थी। तकलीफ़ जहाँ की तहाँ बनी हुई थी।

"तकाको, क्या तुम अपनी छाती से कोई बोझ हटाना चाह रही हो? अगर कोई समस्या है, तो मुझे बताओ।" जनवरी के अन्त के आसपास जब हम दुकान बन्द कर रहे थे तब मेरे मामा ने मुझसे यह बात कही।

मैं चकरा गई। "आपको कैसे पता चला?"

"क्या मतलब है तुम्हारा। तुम्हें देखकर ही समझ में आ जाता है। तुम्हारा मामा अन्धा नहीं है," उन्होंने लगभग रूठने के अन्दाज़ में कहा।

यह निरा बचकानापन था। मैं कुछ इस तरह व्यवहार कर रही थी, जैसे सब कुछ ठीक चल रहा है, लेकिन मामा सब भाँप चुके थे।

"पहले तुम बिलकुल ठीक लग रही थीं, इसलिए मैं चिन्तित नहीं था। लेकिन बाद में कुछ दिनों से तुम कुछ उखड़ी हुई-सी लग रही हो। मैं जब तुमसे बात करने की कोशिश करता हूँ, तो लगता है, जैसे तुम कहीं और हो।"

"हाँ, यह सही है शायद..."

"हाँ, यह सही है। देखो, मैं शायद तुम्हारी मुश्किल हल ना कर सकूँ, लेकिन अगर तुम मुझे बताओगी, तो शायद तुम बेहतर महसूस करो।"

मैंने इस बारे में किसी से भी कुछ कहने की कोई योजना नहीं बनाई हुई थी, लेकिन मामा की बात सुनकर मुझे अहसास हुआ कि मैं ग़लत थी। मैं चाहती ही थी कि कोई इस बारे में मुझसे पूछता। मैं चाहती थी कि कोई मुझे ढाँढ़स बँधाए। मैं चाहती थी कि कोई मेरा ख़याल रखे। मुझे अपनी दयनीयता पर हैरानी हुई, लेकिन मेरे मामा के शब्दों ने मेरे सारे बचावों को ख़त्म कर दिया।

जब हम दोनों मेरे कमरे में बैठे पी रहे थे, मैंने सारा क़िस्सा कह सुनाया। बाहर सर्दियों की बारिश शुरू हो चुकी थी। खिड़की पर गिरती बूँदों की टप-टप साफ़ सुनाई दे रही थी।

"ज़्यादा बड़ी बात नहीं है," मैंने भूमिका बाँधते हुए कहा, और जैसे-जैसे मैं उन्हें बताती गई, मुझे भी लगने लगा कि यह वाक़ई कोई बड़ी बात नहीं थी। मैंने अपना बॉयफ्रैण्ड खो दिया था और अपनी नौकरी खो दी थी। बस, इतनी-सी बात थी। क़िस्से के बीच में सबकुछ इतना मामूली लगने लगा कि मुझे ख़ुद हँसी आ गई। ख़ैर, मैंने किसी तरह जूझते हुए कहानी पूरी की, और जब पूरी कर ली, तो मुझे थोड़ा बेहतर महसूस होने लगा।

इस पूरे क़िस्से के दौरान मामा बिना एक शब्द बोले चुपचाप सुनते रहे। ह्विस्की भी वे असामान्य रफ़्तार से पी रहे थे। यहाँ तक कि जब मैं हिचकिचाते और अटकते हुए अपनी बात कह चुकी, तब भी वे देर तक चुप बने रहे। वे हाथ में पकड़े गिलास को यूँ घूरते रहे जैसे कुछ सोच रहे हों।

फिर उन्होंने अचानक एक बार में ही बची हुई शराब गटक ली और निर्णयात्मक स्वर में बोले, "ठीक है, चलो उससे माफ़ी मँगवाते हैं। हम उससे कहलवाएँगे 'मुझे माफ़ कर दो, मैंने तुम्हें चोट पहुँचाई, मैं घटिया इन्सान हूँ।' "

मैं हक्की-बक्की रह गई। यह तो बिलकुल ही अप्रत्याशित था।

"क्या? अभी? रात के ग्यारह बज रहे हैं।"

"कोई फ़र्क़ नहीं पड़ता।" यह कहते हुए मामा उठे और बाहर जाने लगे। मैंने घबराकर उनका हाथ पकड़ लिया।

"ठीक है, रहने दीजिए। मैं बेवक़ूफ़ी कर रही थी। मैं तो बस किसी को बताना चाहती थी कि क्या हुआ। वैसे भी आप नशे में हैं, है ना?"

"ना, मैं नशे में नहीं हूँ। हो सकता है, थोड़ा-बहुत हो। लेकिन बात वो नहीं है। क्या तुम नाराज़ नहीं हो, तकाको? उसने तुम्हारा फ़ायदा उठाया।"

"हाँ, नाराज़ तो हूँ। और नाराज़गी उत्तरोत्तर बढ़ती जा रही है। अब भी नाराज़ हूँ।"

"इसीलिए तो हम जा रहे हैं। इसे दिल से निकालना ज़रूरी है। अगर नहीं निकाला, तो इसका प्रेत तुम्हें ज़िन्दगी भर सताएगा।"

"लेकिन इससे तो मुझे और भी शर्मिन्दगी होगी, जैसे मैं कोई छोटी बच्ची हूँ, जो झगड़े में अपने माँ-बाप को घसीट लाई हो," मैं रोने को हो रही थी।

"इसमें शर्म की कोई बात नहीं है!" मामा इतनी ऊँची आवाज़ में चिल्लाए जो इतने छोटे-से क़द के आदमी से आती हुई चौंका देने वाली लग रही थी। उनकी वह आवाज़ उस छोटे-से कमरे में गूँज उठी। "इसमें शर्म की कोई बात नहीं है। तुम मेरी भांजी हो और तुम मेरे लिए मायने रखती हो। यह बात मैं तुमसे पहले ही कह चुका हूँ, है ना? मैं तुमसे सच में प्यार करता हूँ। इसलिए मैं इस आदमी को ऐसा करने की इजाज़त नहीं दे सकता। यह मेरा अपना अहं है। मैं इसे ऐसे ही नहीं जाने दे सकता।"

"आप अपनी ही बात को बार-बार काटते रहते हो। और अन्त में, बात बस आपके अहं पर आकर टिक जाती है।"

"हाँ, इसीलिए मुझे इसे अपने भीतर से निकाल फेंकना है। अगर तुम नहीं भी आओगी, तब भी मैं जा रहा हूँ। मुझे उसका पता बताओ। मैं उसकी पिटाई करूँगा।"

पिटाई? यह बातचीत सहसा ख़तरनाक दिशा में जा रही थी।

"ए-एक सेकण्ड। इसका अन्त अच्छा नहीं होगा। कोई पुलिस बुला लेगा। और वह हाई स्कूल और कॉलेज में रग्बी टीम में था। और अगर तुम

जैसे किसी दुबले-पतले व्यक्ति ने उसे पीटने की कोशिश की, तो तुम्हारी दस गुना ज़्यादा बुरी पिटाई होगी।"

"मु-मुझे इसका कोई डर नहीं है," मामा ने कहा, लेकिन वह थोड़ा पीछे हटने लगे।

"आइए, हम कोई बेवक़ूफ़ी ना करें। चलिए, वापस चलकर शराब पीते हैं," मैंने बलपूर्वक मुस्कराते हुए माहौल को हल्का करने की कोशिश की।

"इससे भागो मत तकाको," मामा ने भयानक गम्भीरता से मेरी ओर मुड़कर देखते हुए कहा। "मैं तुम्हारे साथ हूँ। भागो मत।"

मामा ने मुझे ग़ुस्से से देखा। मैं उनकी आँखों में उसकी तीव्रता देख सकती थी। कुछ पलों तक हम एक-दूसरे को घूरते रहे।

उनका कहना सही था। मैं भाग नहीं सकती थी। अगर मैं भागती, तो कुछ भी नहीं बदलता। क्या यह बात साफ़ नहीं थी?

मैंने ज़ोर-से अपनी जीभ काट ली।

"ठीक है, समझ गई। चलो, मामा।"

मामा ने दृढ़ता से अपना सिर हिलाया।

टैक्सी में चालीस मिनट का सफ़र करने के बाद जब तक हम उसके अपार्टमेंट के सामने पहुँचे, तब तक बारिश और भी तेज़ होने लगी थी। बिना छाते के उसके दरवाज़े तक पहुँचते-पहुँचते हम बुरी तरह भीग गए।

"यही है?"

"मामा 204 नम्बर के दरवाज़े के सामने रुक गए।

"हाँ, पक्का," मैंने जवाब दिया। मेरे भीतर पुरानी यादें हिलोरें मारने लगी थीं।

सोचने पर याद आया कि जिन दिनों मैं उसके साथ हुआ करती थी, मैं यहाँ बमुश्किल दो बार आई थी। अन्यथा, जब हमें किसी के घर मिलना होता था, तो वह हमेशा मेरा ही घर होता था। यह बात मुझे अब समझ में आ रही थी कि यह इन्तज़ाम कुछ अजीब-सा था, और इसी से ज़ाहिर था कि मैं बहुत सुस्त थी।

बालों से टपकती बारिश की बूँदों के बीच, मामा ने बिना पलभर हिचकिचाए दरवाज़े की घण्टी दबा दी। ठण्ड और तनाव से मेरा पूरा शरीर काँप रहा था। मुझे मितली भी आने लगी थी। जब मैंने "समझ गईं" कहा था, उस वक़्त जितनी हिम्मत महसूस की थी, वह हिदेआकी के घर के दरवाज़े के सामने खड़े होते ही अचानक ग़ायब हो गईं थी।

दरवाज़ा खुलने के इन्तज़ार में धातु के उस दरवाज़े को घूरते हुए, मैं मन-ही-मन चाह रही थी कि अगर हम अभी लौट जाएँ और ऐसे दिखाएँ जैसे कुछ हुआ ही नहीं, तो शायद ज़्यादा अच्छा होगा। लेकिन अब बहुत देर हो चुकी थी। हमने दरवाज़े के दूसरी तरफ़ किसी की आहट सुनी और फिर दरवाज़े का ताला खुलने की आवाज़ आईं, जिसके बाद एक अँगुली जितनी चौड़ाई भर दरवाज़ा खुला।

एक धीमी, जानी-पहचानी आवाज़ सुनाईं दी, "कौन?"

मामा ने तुरन्त दरवाज़ा पकड़कर ज़ोर-से खोल दिया।

हिदेआकी ट्रैकसूट पहने हुए दरवाज़े पर ठिठका खड़ा था। उसका मुँह आश्चर्य से खुला हुआ था। वह शायद अभी-अभी सोया था। उसके बाल अस्तव्यस्त थे और गाल पर तकिए का निशान साफ़ दिखायी दे रहा था। मगर वे चौड़े, तराशे हुए कन्धे और बादाम जैसे आकार की आँखें बिलकुल वैसी ही थीं, जैसी वे मेरी यादों में बसी हुई थीं। और यह समझ में आने वाली बात थी, ज़ाहिर है दस साल तो बीत नहीं गए थे। उस पल वह पुराना चुभता हुआ दर्द मेरे सीने में उतर आया।

हिदेआकी ने हमें विस्फारित आँखों से बारी-बारी देखा, फिर वह मामा की ओर मुड़ा और बोला, "आप कौन हैं?"

"मैं तकाकोका मामा हूँ।"

"हूँ?"

"मैं उसका मामा सातोरू हूँ। उसकी माँ मेरी बड़ी बहन है।"

"नहीं, वो तो मैं समझ गया। मेरा मतलब है, यहाँ क्यों आए हैं?"

"ओह, बिना वजह के तो मैं नहीं आता। क्या हम ऐसे लग रहे हैं, जैसे किसी अख़बार का ग्राहक बनाने आए हों?"

"नहीं, मेरा मतलब है, साफ़-साफ़ बताइए कि यहाँ आने का आपका मक़सद क्या है," हिदेआकी ने कहा, उसकी आवाज़ झुँझलाई हुई थी।

मैं बेचैनी के साथ उन दोनों को बारी-बारी से देख रही थी। मेरे मामा उस रात बेहद आक्रामक दिख रहे थे।

"तुम जानना चाहते हो कि हम यहाँ क्यों आए हैं? हम यहाँ इसलिए आए हैं, क्योंकि तुमने इसके साथ बहुत घटिया हरकत की है। ऐसा मत दिखाओ, जैसे तुम्हें पता ही नहीं है कि मैं किस बारे में बात कर रहा हूँ।"

"क्या?" हिदेआकी की आवाज़ अचानक ऊँची हो गई। लेकिन मेरे मामा इससे बिलकुल विचलित नहीं हुए।

"तुमने इसके जज़्बातों के साथ इतनी निर्दयता से खिलवाड़ किया है कि इसे नौकरी छोड़नी पड़ी। क्या तुम्हें कुछ भी महसूस नहीं होता? किसी को इतनी बुरी तरह चोट पहुँचाकर तुम्हें पछतावा नहीं होता?"

"अरे, अरे। मैंने इसे चोट पहुँचाई? यह कह रही है ये?"

"हाँ, यही।"

"क्या आप बेवक़ूफ़ हैं? हो सकता है, ऐसा इसलिए हो, क्योंकि आप इसके मामा हो, मैं नहीं जानता, लेकिन आपको लगता है कि जो भी यह औरत कहेगी, आप आँख मूँदकर मान लेंगे? साफ़ है कि यह झूठ बोल रही है। उसी ने मुझ पर ख़ुद को थोपा था।"

"झूठ बोलने से उसको क्या फ़ायदा होगा? क्या ये तुम्हारी ही ग़लती नहीं कि उसको नौकरी छोड़नी पड़ी, और आज भी वह तकलीफ़ झेल रही है?"

"उसने नौकरी छोड़ी, तो शायद अपनी मर्ज़ी से छोड़ी होगी।"

हिदेआकी की बात सुनकर मेरे मामा ने एक गहरी साँस छोड़ी। "कोई फ़ायदा नहीं तकाको। यह आदमी अन्दर तक सड़ा हुआ है।"

"ऐ बुड्ढे, ज़रा ज़बान सँभालकर बात कर।"

हिदेआकी आगे बढ़ा और मामा को घूरने लगा। मेरे मामा क़द में छोटे थे और हिदेआकी इतना लम्बा था कि दोनों के बीच लगभग बीस सेण्टीमीटर

का अन्तर था। इसलिए बावजूद इसके कि मामा भी हिदेआकी की ओर घूर रहे थे, उसका असर बहुत सीमित था।

"क्या बात है?"

अन्दर से पायजामा पहने एक औरत ने अपार्टमेंट से बाहर अपना सिर निकाला। यह उसकी प्रेमिका मुरानो थी।

हालात बद से बदतर होते जा रहे थे। वहाँ खड़े रहना शर्मनाक भी था और असहनीय भी, लेकिन अब कोई और रास्ता नहीं था।

"तकाको?" मुरानो ने कहा। जब उसका ध्यान मेरी ओर गया, तो उसका माथा सिकुड़ गया। "आख़िर हुआ क्या है? तुम पूरी भीगी हुई हो।"

"ये अचानक-से टपक पड़ी है। क्या ये सही नहीं है, तकाको? क्या तुम्हारा दिमाग़ ख़राब हो गया है? तुम क्या सोचकर आधी रात को इस बुड्ढे के साथ यहाँ आई हो?"

"उसे बताओ, तकाको।"

"उम्म्..."

मैं घबराकर चारों ओर देखने लगी। हर किसी की निगाहें मुझ पर टिकी हुई थीं।

मैं यहाँ आ ही कैसे गई?

लगा जैसे वे निगाहें मुझे मारे डाल रही हों। मैं धूएँ का गुबार बनकर ग़ायब हो जाना चाहती थी। वे सब ख़ामोश होकर मेरे कुछ कहने का इन्तज़ार कर रहे थे। मैंने अपने दिमाग़ में ऐसा कुछ ढूँढ़ने की कोशिश की, जिससे किसी तरह इस स्थिति का शान्तिपूर्ण अन्त हो सकता।

मैं यहाँ पड़ोस में आई थी और सोचा कि यहाँ चली आऊँ...मैं सोच रही थी कि यह मुझे वह पुस्तक लौटा देगा, जो मैंने इसे दी हुई थी...मैं तुम्हें तुम्हारी सगाई के उपलक्ष्य में बधाई देना चाहती थी... नहीं। यह सब ग़लत था। जो मैं कहना चाहती थी, वह एकदम अलग था। मैं यहाँ क्यों आई थी? अपने सीने से एक बोझ हटाने। अगर मैं बस वही बोलती जो वे सुनना चाहते थे, तो उससे कुछ ठीक नहीं होता।

मैंने अपने दिल से कड़ा होने को कहा।

"मैं..."

हर किसी का ध्यान मेरे मुँह पर टिका हुआ था। मैंने गहरी साँस ली। मेरे मामा मेरी ओर प्रोत्साहन के भाव से देख रहे थे। मेरी आँखों में आँसू भर आए। और तभी सीने में इतने दिनों से जमा होती रही भावनाएँ उमड़ पड़ीं। अब सोचने का वक़्त नहीं था - सहसा, शब्द ख़ुद-ब-ख़ुद मेरे होंठों से झरने की तरह बह निकले।

"मैं इसलिए आई हूँ कि मैं चाहती हूँ कि तुम मुझसे माफ़ी माँगो! हो सकता है, तुम महज़ खिलवाड़ करते रहे हो, लेकिन मेरे साथ ऐसा नहीं था। मैं तुम्हें सचमुच प्यार करती थी। मैं एक इन्सान हूँ। मेरे भी जज़्बात हैं। तुम भले ही मुझे एक ऐसी लड़की की तरह देखते रहे हो, जिसका तुम फ़ायदा उठा सकते हो, लेकिन मैं सोचती हूँ, मैं साँस लेती हूँ, मैं रोती हूँ। क्या तुम्हें अन्दाज़ है कि तुमने मुझे कितनी चोट पहुँचाई है? मैं...मैं..."

इसके बाद, शब्दों ने मेरा साथ छोड़ दिया। मैं सिर से पाँव तक भीग चुकी थी - बारिश से, आँसुओं से और अपनी लगातार बहती नाक से। लेकिन इतने समय बाद, आख़िरकार मैं वह सब कह पाई, जो मैं उस रात रेस्तराँ में कहना चाहती थी।

"ठीक कहा, तकाको," मेरे मामा ने मेरे गले में हाथ डालकर मुझे अपने क़रीब खींचते हुए कहा।

"अब तुम क्या करोगे? उसने अभी-अभी तुम्हें ईमानदारी से वह सब कुछ बता दिया है, जो वह महसूस कर रही है। तुम्हें जवाब देना होगा।"

हिदेआकी कुछ भी कहे बिना कुछ देर तक अपना सिर लटकाए रहा। अन्त में वह धीरे-धीरे बुदबुदाया। "यह सब बेतुका है। मेरे पास तुम्हारे जैसे ख़ाली बैठे लोगों से निपटने की फुर्सत नहीं है। मैं सोने जा रहा हूँ। अगर तुम चाहते हो कि मैं पुलिस ना बुलाऊँ, तो बेहतर है, तुम घर चले जाओ।"

इतना कहने के बाद उसने धीरे-से दरवाज़ा बन्द कर दिया। हमें अन्दर से ताला लगाए जाने की आवाज़ सुनाई दी। उसके बाद हॉल में ख़ामोशी छा गई।

"ए!" मेरे मामा किसी बुलफ़ाइटर की तरह दरवाज़े को घूर रहे थे। फिर उन्होंने अपनी मुट्ठियों से उस पर ज़ोरदार प्रहार किया। मैंने उन्हें पीछे से बेतहाशा पकड़ लिया।

"बस, मामा।"

"लेकिन तकाको।"

"इतना काफ़ी है। सचमुच। मैं बेहतर महसूस कर रही हूँ, शायद अब तक की अपनी पूरी ज़िन्दगी में सबसे बेहतर। यह अद्भुत है। शायद यह ज़िन्दगी में पहली बार है, जब मैंने अपनी आवाज़ ऊँची कर दूसरे व्यक्ति से वह कहा है, जो मैं वाक़ई महसूस करती थी," मैंने कहा, और फिर आँसू और नाक से बहती लकीरों से लथपथ चेहरे के साथ मामा की ओर देखकर हँस पड़ी।

"अगर तुम कहती हो, तकाको..." मामा ने थोड़े असन्तुष्ट मन से बुदबुदाते हुए कहा।

"सचमुच, अब सब कुछ ठीक है।"

"तब हम घर चलते हैं, ठीक है? इस हालत में हम दोनों को सर्दी लग जाएगी।"

मैंने दरवाज़े की ओर मुँह करके उसे अन्तिम रूप से गुडबाय कहा, और फिर सबकुछ पीछे छोड़ दिया।

टैक्सी में घर के रास्ते में, हम लगभग चुप बने रहे। मेरे मामा अपनी सारी ऊर्जा ख़र्च कर देने के बाद, पीछे की सीट पर शिथिल पड़े थे। मैं उनके बगल में बैठी थी, अन्ततः अपनी उद्विग्नताओं से मुक्त, अपनी ही सोच में डूबी हुई।

यह सारी-की-सारी हिदेआकी की ग़लती नहीं थी। मैं शुरू से जानती थी। घटनाओं ने जिस तरह मोड़ लिया, उसके लिए आधी दोषी मैं भी थी। यह मेरी लापरवाही और इच्छाशक्ति की कमी थी, जिसने इस स्थिति को जन्म दिया था।

लेकिन मुझे तो अपनी दिल की बात कहनी थी, चाहे कुछ भी क्यों ना होता। कोई चाहे तो मुझे स्वार्थी ही क्यों ना कहे, लेकिन मुझे अपनी सोच में

साझा करना था। मैं इसलिए तकलीफ़ झेल रही थी, क्योंकि मैं इतनी कमज़ोर थी कि अपनी बात कह नहीं पा रही थी। शायद हिदेआकी को कभी लगा ही ना हो कि उसे दोषी ठहराया जा सकता है, और इसलिए मेरी प्रतिक्रिया ने उसे चौंका दिया हो। लेकिन मुझे अपने जज़्बातों का इज़हार उसका सामना करना ज़रूरी था। अगर ना करती तो मैं आगे नहीं बढ़ पाती। कितना ही वक़्त बीत जाता मैं वहीं-की-वहीं बनी रहती। अगर मेरे मामा ने मुझे यह मौक़ा ना दिया होता, तो मैं हमेशा के लिए इन जज़्बातों को अपने अन्दर समेटे रहती।

मैं अपने दिमाग़ में शब्दों को उलट-पलटकर यह कहने की कोशिश कर रही थी कि मैं अपने मामा के प्रति कितनी कृतज्ञ थी। लेकिन मेरे मुँह से कुछ भी नहीं निकल सका। अन्त में, मेरे मुँह से एक ही शब्द निकल पाया। मैंने पूरी संजीदगी से उनसे कहा।

"शुक्रिया..."

मेरे मामा मुस्करा दिए और उन्होंने मेरा कन्धा थामकर अपने क़रीब खींच लिया। उनके शरीर की गर्माहट महसूस करते हुए मेरे भीतर कहीं गहराई में राहत की एक बड़ी लहर उठी।

मैं सुरक्षित थी। कोई था जो मुझको लेकर चिन्तित था, जो इसलिए नाराज़ था, क्योंकि जो मेरे साथ हुआ था, वह उसके लिए उसी तरह मायने रखता था, जैसे वह उसके साथ हुआ हो। मैंने काफ़ी समय तक इस विशाल दुनिया में ख़ुद को बिलकुल अकेला महसूस करने दिया था, लेकिन इस पूरे दौरान कोई था, जो मेरे क़रीब था, जो मेरे बारे में सोचता था, मेरा ध्यान रखता था। इससे मुझे अपार ख़ुशी हुई।

जिस टैक्सी में हम सवार थे, वह बारिश में डूबे, नियॉन रोशनी से जगमगाते शहर में चुपचाप चली जा रही थी।

8

इसके तुरन्त बाद ही मैंने दुकान छोड़ने का फ़ैसला कर लिया। यह बात सुनने में चाहे कितनी ही अजीब क्यों ना लगे, लेकिन उस घटना ने मुझे वह हौसला प्रदान किया, जिसकी मुझे ज़रूरत थी। मेरी सारी मुश्किलें ग़ायब हो चुकी थीं और मेरा शरीर हल्का महसूस कर रहा था। कम-से-कम मैं जाने को तैयार थी।

मुझे एक जगह मिल गई थी, जहाँ मैं मार्च से रह सकती थी। यह जगह दुकान से ख़ासी दूर थी, लेकिन मैं यही कर सकती थी। इस बात को लेकर मेरे मन में ढेरों सवाल थे कि अब आगे मैं क्या करने जा रही हूँ। लेकिन, फ़िलहाल, मुझे मेरे पुराने काम के अनुभव के ज़रिए एक छोटी-सी डिज़ाइन फ़र्म में पार्ट टाइम नौकरी मिल गई थी।

जब मैंने मामा को अपने जाने के इरादे के बारे में बताया, तो उन्हें काफ़ी आश्चर्य हुआ। "इतनी जल्दी फ़ैसले पर पहुँचने की ज़रूरत नहीं है," उन्होंने घबराकर कहा।

लेकिन मैं तो फ़ैसला कर ही चुकी थी।

"मैं अपनी ज़िन्दगी की इस छोटी-सी छुट्टी का लम्बे समय से आनन्द ले रही हूँ। अगर मैं अभी उस जगह को नहीं ढूँढ़ती, जो मेरी अपनी है, तो शायद मैं उसे कभी नहीं ढूँढ़ पाऊँगी।"

मेरे मामा ने मेरी बात सुनी, लेकिन उन्होंने कुछ नहीं कहा।

अपने नए घर में जाने से पहले मैंने एक महीना मोरीसाकी बुकशॉप में बिताया। ख़ूब मेहनत से काम किया और ख़ाली समय में ढेर सारी पुस्तकें पढ़ीं। आभार जताने के तौर पर, मैंने दुकान और ऊपर की मंज़िल की पूरी सफ़ाई की। यहाँ तक कि जिस कमरे में, मैं रहती थी, उस कमरे की उन

पुस्तकों को भी मैंने व्यवस्थित ढंग से जमा दिया, जिन्हें शुरू में यूँ ही ठूँस दिया गया था।

मैंने हमारे नियमित ग्राहकों और साव्यूर में सब को बता दिया कि मैं जा रही हूँ। मेरे जाने से वे सब दुखी थे। यह देखकर मैं लगभग रोने को हुई कि वे सब मुझे इतना चाहते थे। साबू ने तो यहाँ तक कहा कि मैं उसके बेटे से शादी कर लूँ और उसके परिवार का हिस्सा बन जाऊँ। और लगा जैसे वह सचमुच उस लड़के को मुझसे मिलाने लाने वाला है।

ताकानो और तोमो ने मेरी लिए एक छोटी-सी विदाई पार्टी आयोजित की। हम सब मेरी ऊपरी मंज़िल वाले कमरे में एकत्र हुए और देर रात तक जश्न मनाते रहे। तोमो ने कहा कि उसे बहुत दुख है कि अब उसकी पुस्तक-प्रेमी दोस्त उसके साथ नहीं होगी। "अगले साल," उसने कहा, "हम फिर से एकसाथ पुस्तक मेले में चलेंगे, ओके?"

उस रात तोकोनो ने मुझसे फुसफुसाकर कहा कि वह तोमो को कुछ ही समय पहले शिबुया में फ़िल्में दिखाने ले गया था। उनकी अब तक जोड़ी तो नहीं बनी थी, लेकिन तकानो ने जहाँ से शुरुआत की थी, उसके मुक़ाबले यह बहुत बड़ी प्रगति थी। यह सुनकर मैं बहुत ख़ुश हुई और मैंने कहा, "बुरा नहीं है!" और उसकी दुबली-सी पीठ पर पूरी ताक़त से धौल जमा दी।

इसके कुछ ही समय बाद हिदेआकी की मंगेतर मुरानो ने मुझसे अनपेक्षित रूपसे सम्पर्क किया और हमने कॉफ़ी शॉप में मुलाक़ात की। उस रात के बारे में मेरी सबसे बड़ी चिन्ता यह थी कि कहीं हमने उसके प्रति भी तो बुरा व्यवहार नहीं किया था। मैंने उस जगह ईमानदारी से माफ़ी माँगने का निश्चय करके पहुँची थी। लेकिन आमने-सामने होते ही, उसने ही झुककर मुझसे माफ़ी माँगी। उसने कहा कि उसे पहले से ही उसके आचरण पर सन्देह था, लेकिन उस रात मेरे वहाँ अचानक पहुँचने से उसे सारी बात स्पष्ट हो गई। वह उससे तब तक बार-बार सवाल करती रही, जब तक कि उसने आख़िरकार क़बूल नहीं कर लिया। उसने कहा कि उस रात के पहले तक उसने कभी कल्पना भी नहीं की थी कि वह दूसरी औरत मैं थी।

मैं बार-बार उससे सच्चे मन से माफ़ी माँगती रही। मैंने कहा कि इसमें मेरी भी ग़लती है, लेकिन उसने इनकार में सिर हिलाया। उसने बताया कि अब शादी टूट चुकी है। यह सुनकर मैंने फिर से हड़बड़ाकर माफ़ी माँगी, लेकिन उसने दृढ़ स्वर में कहा, "इसमें तुम्हारी कोई ग़लती नहीं है, तकाको।"

तब भी अपराध-बोध मेरे भीतर बना रहा। जब अगले दिन मैंने अपने मामा को यह बात बताई, तो उन्होंने कहा, "वह सही कह रही है। इसके पहले कि उनकी शादी हो जाती और तब तक बहुत देर हो जाती, यह सच सामने आ जाना क्या बेहतर नहीं है? हो सकता है कि मेरे मामा पक्षपात कर रहे हों, क्योंकि वे हिदेआकी से नफ़रत करते थे, लेकिन जब मुझे अहसास हुआ कि उनकी बात में सचाई है, तो मेरे कन्धे से जैसे कोई भारी बोझ उतर गया।

बुकशॉप में अपनी आख़िरी रात मैंने दूसरी मंज़िल के बरामदे में बैठकर कॉफ़ी पीते हुए और सर्दी के अँधेरे आकाश को निहारते हुए बिताई।

मामा ने मुझे बुकशॉप के दिनों की याद के तौर पर ढेर सारी पुरानी पुस्तकें उपहार में दीं। उन्होंने कहा कि ये वही पुस्तकें हैं, जिन्होंने उनकी जवानी के दिनों में उन पर बहुत प्रभाव डाला था। जब मैंने काग़ज़ के उस भारी थैले में झाँककर देखा, तो मैंने पाया कि उन्होंने उसे ताकेहिको फुकुनागा और काज़ुओ ओज़ाकी जैसे गम्भीर लेखकों की पुस्तकों से भर दिया था।

हमने अपनी आख़िरी रात एक-दूसरे के साथ बहुत सहज महसूस करते हुए बिताई। मैं कभी नहीं भूलूँगी कि तब मेरे मामा ने मुझसे क्या कहा था।

"मैं चाहता हूँ कि तुम एक बात का वादा मुझसे करो," उन्होंने भूमिका बाँधते हुए कहा। फिर बोले, "कभी किसी व्यक्ति से प्यार करते हुए डरना मत। जब प्यार करना, तो पूरे दिल से करना। भले ही अन्त में तुम्हारा दिल ही क्यों ना टूट जाए, लेकिन बिना प्यार के अकेले ज़िन्दगी मत जीना। मुझे सबसे बड़ी चिन्ता यही है कि जो कुछ तुम्हारे साथ हुआ, उसकी वजह से तुम कहीं प्यार पर से भरोसा ना खो दो। प्यार अद्भुत चीज़ है। मैं नहीं चाहता कि तुम यह बात भूलो। जिनसे तुम प्यार करती हो, उनकी स्मृतियाँ कभी मिटती नहीं हैं। वे सारी ज़िन्दगी तुम्हारे दिल को गरमाहट देती रहती हैं। यह बात तुम्हें

तब समझ में आएगी, जब तुम मेरी तरह बूढ़ी हो जाओगी। तो क्या ख़याल है - तुम मुझसे वादा कर सकती हो?"

"मैं समझ गई। मैं वादा करती हूँ," मैंने कहा। "मैं समझती हूँ कि इस जगह ने मुझे यही सीख दी है। इसलिए तुम चिन्ता मत करो।"

"तब तुम जहाँ कहीं भी जाओ, ठीक रहोगी।"

"शुक्रिया, मामा।"

अपनी रवानगी के दिन, मैं सुबह की रोशनी में खड़ी मोरीसाकी बुकशॉप को निहार रही थी। छोटी-सी पुरानी लकड़ी की इमारत। मैं यहाँ रही, मैंने सोचा, लेकिन विश्वास नहीं होता था। मैं कुछ देर तक वहीं खड़ी रही, ठण्डी हवा में मेरी साँसें सफ़ेद होकर बाहर निकल रही थीं। सड़क सुबह की मुलायम रोशनी में लिपटी हुई थी। अभी तक कोई दुकान नहीं खुली थी, और आसपास की हर चीज़ गहरे सुकून और निस्तब्धता में डूबी प्रतीत होती थी।

मैंने सीधे खड़े होकर दुकान की ओर मुँह किया और गहरे झुककर उसे प्रणाम किया। मैंने मन-ही-मन वचन लिया कि बुकशॉप में बिताए गए जीवन ने मुझे जो कुछ दिया है, उसे कभी नहीं भूलूँगी।

इतनी सुबह होने के बावजूद मेरे मामा मुझे विदा करने आए। मैंने उन्हें दिल की गहराइयों से धन्यवाद दिया।

वह मेरे जीवन का बेहद अहम हिस्सा बन चुके थे। सोचकर अजीब लगता है कि जब मैं पहली बार यहाँ आई थी, तब कल्पना भी नहीं की थी, स्थितियाँ ऐसा रूप ले लेंगी।

विदा लेते समय, मामा का पिछली रात का मर्दाना अन्दाज़ अचानक ग़ायब हो गया और वह सबके सामने बच्चे की तरह फूट-फूटकर रोने लगे।

"मैं ये सह नहीं पाऊँगा। प्लीज़ मत जाओ, तकाको," उन्होंने मेरा हाथ इतनी मज़बूती से पकड़ लिया कि लगा कभी छोड़ेंगे ही नहीं।

"मैं कभी भी वापस आकर तुम से मिल सकती हूँ," मैंने कहा। स्थिति उलट गई थी - अब मैं उन्हें सान्त्वना दे रही थी।

"अपना ख़याल रखना, मेरी ख़ातिर, रखोगी ना? और मैं हर हालत में दुकान की देखभाल करूँगा।"

मुझे लगा कि अगर मैं एक पल और रुकी, तो मेरा जाने का हौसला डगमगा जाएगा। इसलिए मैंने जल्दी-से मामा को गुडबाय कहा, जो मुझे अभी भी थामे रखना चाहते थे, और गली की ओर बढ़ गई।

मैं चलते-चलते, बिना पीछे मुड़े सकुरा स्ट्रीट के आख़िरी छोर तक पहुँच गई। चलते-चलते तमाम यादें मन में उमड़ रही थीं और आँखें आँसुओं से भर गई थीं। लेकिन मैंने उन्हें किसी तरह रोके रखा और सड़क के आख़िरी छोर तक पहुँच गई।

तभी अचानक मन हुआ और मैंने चुपके-से पीछे मुड़कर देखा। मामा अभी भी गली के बीचों-बीच दूर से मेरी ओर हाथ हिलाते हुए खड़े थे। उतनी दूरी से वे बहुत छोटे नज़र आ रहे थे। उन्हें उस तरह खड़ा देख, मैं ख़ुद को और ज़्यादा नहीं रोक सकी। मेरे आँसू बह निकले और मैं सिसकने लगी।

मैंने चेहरा मोड़कर वापस उनकी दिशा में हाथ हिलाया। आँसू मेरी आँखों से झरने लगे।

इसके जवाब में मामा ने और भी ज़ोर-से हाथ हिलाया। उनके पीछे सुबह की रोशनी झिलमिला रही थी।

मैं ज़ोर-से चिल्लाई, "टेक केयर!" और मुड़कर यासुकुनी स्ट्रीट की भीड़ में खो गई।

जो लोग रास्ते में मुझे सुबकते हुए देख रहे थे, उन्हें ज़रूर लगा होगा कि इस विचित्र-सी औरत के साथ ज़रूर कोई गड़बड़ है। लेकिन मुझे ज़रा भी फ़र्क़ नहीं पड़ा। आख़िरकार, मैं इसलिए रो रही थी, क्योंकि मेरा रोने का मन था, और ये मेरी ज़िन्दगी के सबसे ख़ुशनुमा आँसू थे।

सुबह की ताज़गी से भरी हवा में मुझे आने वाले वसन्त की हल्की-सी आहट महसूस हुई। मैंने सीधे आगे देखा और चलती गई।

भाग दो

मोमोको की वापसी

1

"तकाको, कितने दिन हो गए! ऐसा लगता है, जैसे मुझे दूर हुए सौ साल बीत चुके थे।"

जब मेरी मामी मोमोको ने मुझे मोरीसाकी बुकशॉप के सामने देखा, तो उन्होंने मेरा स्वागत कुछ इस तरह किया। वह ज़ोर-से हँसीं। उनकी आवाज़ बहुत तेज़ थी, जिसे आप पुस्तकों की उस गली में गूँजते हुए सुन सकते थे।

"यह सच था। वह वापस लौट आई थीं। अब जबकि वे मेरे सामने खड़ी थीं, तो मुझे यह वास्तविकता लगी। सातोरू मामा ने मुझसे कहा था कि वह वापस लौट आई हैं, इसलिए मैं, कम-से-कम दिमाग़ी तौर पर, यह बात जानती थी। लेकिन जब तक मैंने उन्हें साक्षात नहीं देखा था, तब तक मुझे यक़ीन नहीं हुआ था। अगर मेरा कोई दोस्त मुझसे कहता कि उसने भूत देखा है, तो मुझे ऐसा ही महसूस होता।

लेकिन मोमोको वाक़ई वहाँ थीं। और वह बेहद ख़ुश थीं। वे किस बात को लेकर इतनी ख़ुश थीं? क्या यह ऐसे आदमी का व्यवहार था, जो पाँच साल बाद अचानक लौटा हो? सातोरू मामा, दूसरी तरफ़, वहाँ उस कुत्ते की तरह खड़े थे, जिसने अभी-अभी कोई सड़ी चीज़ खा ली हो। क्या यह उल्टा नहीं होना चाहिए था?

"तुम तो ऐसे देख रही हो जैसे तुमने कोई भूत देख लिया हो," उन्होंने नाराज़ होने का अभिनय करते हुए मुझसे कहा। "यह थोड़ा कठोर है।" इस पूरे समय मैंने एक शब्द भी नहीं कहा था।

मैं उनसे लगभग कहने को ही थी कि अगर मैंने कोई भूत देख लिया होता, तो मुझे कम अचरज होता, लेकिन मैंने किसी तरह ख़ुद को रोक लिया

और कहा, “तुम बहुत अच्छी लग रही हो।” हमें एक-दूसरे को देखे हुए दस साल से ज़्यादा हो चुके थे।

जब मोमोको जवान थीं, तब वे काफ़ी सुन्दर थीं। शायद बला की ख़ूबसूरत नहीं, लेकिन उनमें एक प्रशान्त सुन्दरता थी, जो विचित्र-से ढंग से आपका ध्यान खींच लेती थी। समुद्र तट पर चमकते उस पत्थर की तरह, जिसकी भले ही बाज़ार में ज़्यादा क़ीमत नहीं होती, लेकिन फिर भी उसकी चमक में कुछ ख़ास बात होती है। जब मैं बच्ची थी और उन्हें पारिवारिक जमावड़ों में देखती थी, तो मैं हमेशा इस बात से प्रभावित होती थी कि वह कितने सलीके से, सबसे दूर कोने में सिमटी हुई बैठी रहती थीं, मानो वह अलग ना दिखने की कोशिश कर रही हों (मोमोको क़द में बहुत छोटी हैं)। उनकी शख़्सियत में कुछ था, जो रहस्यमय लगता था।

इतने बरस बीत जाने के बाद, मोमोको अब भी ख़ूबसूरत थीं। उन्होंने साधारण पोशाक पहन रखी थी - बादामी स्वेटर और नीला जीन्स - और मेकअप लगभग ना के बराबर। और तब भी, अपनी सही मुद्रा, भावपूर्ण चेहरे और बात करने के फुर्तीले अन्दाज़ के साथ, वे अभी भी युवा लगती थीं। समय बीतने के साथ बुज़ुर्ग लगने की बजाय, ऐसा लगता था, जैसे उन्होंने सारा अनावश्यक वज़न त्याग दिया हो।

बहरहाल, ऊर्जा से भरपूर यह महिला कहीं से भी ऐसी नहीं लग रही थी कि वह भाग गई हो और फिर अचानक से घर लौट आई हो। दूसरी ओर, मेरे मामा अपनी झुकी हुई पीठ, फटीचर कपड़ों और बेतरतीब बालों के साथ, अत्यन्त बूढ़े लग रहे थे।

“तकाको, तुम बिलकुल अपनी माँ जैसी लगती हो,” मोमोको ने आँखें सिकोड़कर मेरी ओर ग़ौर-से देखते हुए कहा। “जब तुम्हारे नाना की अन्त्येष्टि हुई थी, तब तुम हाई स्कूल में थीं। ऐसा लगता है, जैसे वह कल की ही बात हो।”

और इस तरह, मेरे मामा सातोरू, मेरी मामी मोमोको और मैं, तीनों वसन्त की एक उजली और साफ़ शाम को मोरीसाकी बुकशॉप के सामने फिर-से मिल गए।

2

"वह वापस आ गई है।"

दो दिन पहले, मेरे मामा ने मुझे फ़ोन पर बताया था। वे परेशान लग रहे थे। मुझे मोरीसाकी बुकशॉप छोड़े हुए डेढ़ साल हो चुका था।

वहाँ बिताई गई लम्बी छुट्टियों के बाद, मैंने एक छोटी-सी डिज़ाइन फ़र्म में काम करना शुरू कर दिया था। तीन महीने पहले, फ़र्म ने मुझे पार्ट टाइम से पदोन्नत कर फुल टाइम नौकरी दे दी थी, जिसका मतलब था कि मेरे दिन कुछ व्यस्त रहने लगे थे, इसी वजह से मुझे मोरीसाकी बुकशॉप गए हुए दो महीने हो चुके थे।

इसलिए जब मेरे मामा ने फ़ोन किया, तो मुझे लगा कि वे मुझे मिलने के लिए बुलाने वाले हैं। लेकिन जब उनकी आवाज़ मुझे परेशानी भरी लगी तब मैं समझ गई कि कोई बड़ी घटना हुई है।

फ़ोन पर, मामा ने स्थिति के बारे में इतने विस्तार से बताया कि मैं अधीर होने लगी थी। हमारी उस दो घण्टे की बातचीत के बारे में संक्षेप में कहें, तो यह हुआ था।

उस दिन, मामा जिम्बोचो की अपनी दुकान पर आम दिनों की तरह सुबह से शाम तक काम करते रहे थे। लंच के समय, उन्होंने ओगाई मोरी और साकुनेसुदे ओदा की कुछ दुर्लभ पुस्तकें बेची थीं, जिससे अच्छी कमाई हो गई थी, और वे शाम से ही अच्छे मूड में थे। वे दुकान बन्द करते हुए सीटी बजा रहे थे कि तभी उन्हें धीरे-से दरवाज़ा खुलने और किसी के अन्दर आने की आहट सुनाई दी।

उन्होंने सोचा, "अरे नहीं, इस वक़्त ग्राहक?" लेकिन दरवाज़े की ओर उनकी पीठ थी और वे दुकान बन्द करने पर ध्यान लगाए हुए थे। ग्राहक और

ज़्यादा अन्दर आते हुए नहीं लगा। वह तो बस दरवाज़े के सामने खड़ा था, जैसे उसने अपनी साँस रोक रखी हो। अजीब बात है। मामा को शक होने लगा और वे दरवाज़े की ओर मुड़े। तभी वह आगन्तुक कुछ बुदबुदाया। वह आवाज़ सुनकर मामा को ऐसा झटका लगा मानो उनके "सिर पर दस हज़ार बार हथौड़ा पड़ा हो।"

पहले तो उन्हें लगा कि वे शायद ग़लत सुन रहे हैं। लेकिन ऐसा मुमकिन नहीं था। उस आवाज़ को ना पहचानना उनके लिए असम्भव था - उतना ही असम्भव जितना कि मोरीसाकी बुकशॉप में सौ लोगों को ठूँसना।

मामा अभी भी पीठ फेरकर निस्तब्ध खड़े थे और हिल भी नहीं पा रहे थे, तभी उस आगन्तुक ने दोबारा, इस बार ज़्यादा साफ़ ढंग से, अपनी बात दोहरायी, "सातोरू..."

आख़िरकार, उन्होंने एक गहरी साँस ली और उस आवाज़ की मालकिन को देखने के लिए मुड़े। अचानक, दुकान का चिरपरिचित भीतरी दृश्य जैसे धुँधला गया, और उनकी नज़र के दायरे के ठीक बीचों-बीच केवल एक आकृति उभरी : उनकी बीवी, जो पाँच साल पहले बिना ज़्यादा कुछ कहे, घर छोड़कर चली गई थी। उनकी नज़र उस पर से नहीं हट सकी। उन्हें लगा जैसे वह सपना देख रहे हों। ऐसा सपना वह पहले भी सैकड़ों बार देख चुके थे। लेकिन उन सपनों में उनकी बीवी इस समय जैसी वास्तविक कभी नहीं लगी थी। सामने खड़ी औरत निश्चय ही मोमोको थी, ठीक वैसी ही जैसी वह जाने के पहले दिखती थी।

लम्बी ख़ामोशी के बाद, मोमोको हल्के-से मुस्कराई और बोली, "मैं घर आ गई।"

उसने यह बात कुछ इस तरह कही थी, जैसे वह हल्की-सी सैर कर लौटी हो। उसके पास एक छोटा-सा बैग था, जिसे उसने अपने हाथ में पकड़ रखा था।

मेरे मामा उसकी ओर देर तक देखते रहे और अन्त में बोले, "वेलकम बैक।"

मोमोको कुछ भी और कहे बिना, चुपचाप ऊपर दूसरी मंज़िल के कमरे में चली गई। वह तब से दुकान की दूसरी मंज़िल पर रह रही थी, जबसे...

"*रुकिए, रुकिए*, एक मिनट *रुकिए*!" मैं पूरे धीरज से मामा की बात सुन रही थी, लेकिन इस मुकाम तक आते-आते वे मेरी सहनशक्ति की हद से आगे निकल गए थे।

"क्या!? *'मैं घर आ गई!' 'वेलकम बैक!'*- ये सब क्या है? आप कहना क्या चाहते हैं, वे ऐसे ही आकर रहने लगीं? यह तो किसी भूत-प्रेत की कहानी लग रही है।"

"लेकिन यह सच है, तकाको," मेरे मामा ने संजीदगी से जवाब दिया।

"अगर यह सच है, तो आप दोनों विचित्र हैं। मोमोको अचानक वापस क्यों आ गईं? और आपने बिना नाराज़ हुए उनका स्वागत क्यों कर डाला?"

"मुझे ख़ुद समझ में नहीं आता," मामा ने हैरानी के भाव से कहा। उन्होंने मुझे जो बताया उससे बहुत विचलित लग रहे थे। "लेकिन यह सबकुछ इतना स्वाभाविक ढंग से हुआ।"

अब मैं इतनी हतप्रभ थी कि कुछ बोल नहीं पा रही थी। मान लिया कि मेरे मामा असामान्य क़िस्म के व्यक्ति थे, लेकिन उन दोनों का बर्ताव कॉमन सेंस के बिलकुल ख़िलाफ़ था।

"और उसके बाद, क्या उन्होंने आपको कुछ और बताया?" मैंने पूरी गम्भीरता से पूछा।

मामा ने लापरवाही से जवाब दिया, "हाँ, मैं नहीं जानता। इस बारे में पूछना थोड़ा मुश्किल है।"

"तो आप उन्हें कुनिताची वाले घर ले जाकर ठीक-से पूछताछ क्यों नहीं कर लेते?" मैंने कहा।

"उसे वहाँ अच्छा नहीं लगता। कहती है, वहाँ आराम महसूस नहीं होता। उसे तो बुकशॉप की दूसरी मंज़िल ही बेहतर लगती है। सुनो, तकाको, मुझे ज़रा भी अन्दाज़ नहीं है कि औरतों की भावनाएँ किस तरह काम करती हैं। तुम क्या सोचती हो, वह वापस क्यों आ गई?"

फ़ोन की दूसरी ओर से आती आवाज़ में, मैं उनकी परेशानी को साफ़ तौर पर सुन पा रही थी। लेकिन मैंने ठण्डे स्वर में जवाब दिया, "मैं कैसे समझ सकती हूँ? वो आपकी बीवी हैं। क्या आपको उन्हें किसी भी दूसरे व्यक्ति के मुक़ाबले बेहतर तरीक़े से नहीं जानना चाहिए?"

"मैं सोचता था, कि मैं किसी भी और व्यक्ति के मुक़ाबले बेहतर ढंग से जानता था, लेकिन अब तो सबकुछ गड़बड़ा गया है। मैं अँधेरे में हाथ-पाँव मार रहा हूँ। तुम एक लड़की हो। औरतों के बीच ज़रूर कोई आपसी समझ होती होगी, नहीं?"

"भले ही हमारा जेण्डर एक ही है, लेकिन मुझे लगता है, हम पूरी तरह अलग प्रजातियाँ हैं," मैंने कहा। मामा काफ़ी देर तक ख़ामोश रहे, फिर उन्होंने सिर्फ़ इतना ही कहा, "लेकिन, तकाको... क्या तुम्हें लगता है, वह फिर-से तो नहीं चली जाएगी?"

मामा की आवाज़ में छिपी हुई बेचैनी को महसूस कर मेरा मन थोड़ा बदला। मुझे अभी भी याद था कि उस रात जब मैंने उनसे मोमोको के बारे में पूछा था, तो उनकी पीठ झुकी हुई थी, और वे थके क़दमों से सड़क पर चलते हुए किस क़दर अकेले लग रहे थे। सबकुछ के बावजूद, वे अभी भी उससे प्यार करते थे। और वे अब भी दुखी थे। अगर मेरे वश में होता, तो मैं किसी भी हालत में उन्हें फिर-से वैसा नहीं देखना चाहती थी।

"आप नहीं चाहते कि वे जाएँ?"

"पता नहीं। पहले मैं सोचा करता था कि वह जहाँ कहीं भी हो, सुखी हो, तो मैं ठीक हूँ। लेकिन अब जब वह लौट आई है, मेरे अहसास बदल रहे हैं। लेकिन इसका मतलब यह नहीं कि मैं उसे सुखी नहीं देखना चाहता। ओह, मैं भी कितना बड़ा बेवक़ूफ़ हूँ।"

हे ईश्वर। इस तरह तो हम किसी नतीजे पर नहीं पहुँच पाएँगे। मैंने हार मान ली और पूछा, "तो मुझसे क्या कहना चाहते हो?"

"हैं? तुम्हें कैसे पता चला कि मैं तुमसे कुछ कहना चाहता हूँ?"

"मैं जानती हूँ। हमने कितना सारा समय साथ बिताया है।"

"आह, तकाको, तुमसे बढ़िया भांजी इस दुनिया में कोई नहीं है। मैं तुम्हारा एहसानमन्द हूँ।"

जैसा मैंने सोचा था, ज़्यादातर वैसा ही निकला, लेकिन मेरे मामा चाहते थे कि मैं पता लगाऊँ कि मोमोको वास्तव में क्या सोच रही थी। वह अभी वापस क्यों आई? और उसकी अगली योजना क्या है? मामा ने बताया था कि पाँच साल पहले जब वह गई थी, तो उसने दो पंक्तियों का एक नोट छोड़ा था : "मैं ठीक हूँ। प्लीज़ मुझे खोजने की कोशिश मत करना।" वास्तव में, वह अपने साथ कोई बैग भी नहीं ले गई थीं। चूँकि उन्होंने तब इस बात के किन्हीं संकेतों या चेतावनी को लक्ष्य नहीं किया था कि वह जाने वाली हैं, इसलिए उन्हें अब ज़रा भी अन्दाज़ नहीं था कि आगे क्या होने वाला है।

उसको लेकर उनके मन में मिश्रित भावनाएँ थीं, लेकिन काफ़ी चिन्ताओं के बाद उन्होंने अन्ततः उसके नोट में दिए गए निर्देशों का पालन किया और उसे ढूँढ़ने की कोशिश नहीं की। उन्होंने कहा कि उन्होंने तो पुलिस में गुमशुदगी की रिपोर्ट तक दर्ज़ नहीं कराई। "हम इतने भाग्यशाली कभी नहीं रहे कि हमारे बच्चे होते," उन्होंने कहा, "लेकिन वह तुम्हें पसन्द करती है। यही वजह है कि मैं सोचता हूँ कि वह तुमसे बात करेगी।" और फ़ोन रखने के पहले उन्होंने कहा, "अग्रिम धन्यवाद!"

क्या वाक़ई मोमोको मामी को मुझसे लगाव था? जबकि हमने बमुश्किल ही कभी आपस में ढंग से बातचीत की थी? यह बात मुझे सन्दिग्ध लगी। अगर कोई बाहरी व्यक्ति लोगों की वैवाहिक समस्याओं में दख़ल देते हैं, तो उन्हें अक्सर इस बात से शर्मिन्दगी महसूस होती है। लेकिन मामा ने जिस तरह विनती की थी, उसे सुनने के बाद मैं उनकी बात टाल नहीं सकती थी। आख़िरकार, मैं उनकी बहुत ऋणी थी।

3

"चलो, अन्दर चलते हैं," मोमोको ने कहा। "हमें बहुत सारी बातें करनी हैं।"

मोमोको के कहने पर हम तीनों दुकान के सामने से हटकर अन्दर चले गए। मैंने दो महीने से दुकान के अन्दर क़दम भी नहीं रखा था।

दुकान हमेशा की तरह पुस्तकों से ठसाठस भरी हुई थी। चलते ही लकड़ी के तख़्ते चरमराने लगते थे। खिड़की से छनकर आती धूप में धूल के कण तैर रहे थे। मैंने गहरी साँस ली और फेफड़ों को उस चिरपरिचित गन्ध से भर लिया।

मुझे वह दिन याद आया, जब मैं पहली बार दुकान में आई थी। किस तरह मेरे मामा झेंपकर हँस पड़े थे, जब मैंने नाक सिकोड़कर कहा था कि "कितनी सीली गन्ध है।" अजीब बात यह है कि अब सीलन की वही गन्ध मुझे इतनी प्यारी लगती थी कि उससे तृप्त ही नहीं हो पा रही थी।

हम तीनों, काउण्टर के पास एकत्र होकर मीठा तइयाकी केक खा रहे थे। मैं ये केक तोहफ़े के रूप में रास्ते से लेती आई थी। हमारे खाने के दौरान दुकान में दो बार ग्राहक आए। वे हमें चूहे के झुण्ड की तरह सिमटे देख चकित-से रह गए, लेकिन वे अपनी पुस्तकें ख़रीदकर चले गए। ग्राहकों से बात करने की ज़िम्मेदारी मामा की जगह मोमोको ने सँभाल ली थी और वह उनसे दोस्ताना अन्दाज़ में बात कर रही थी। वर्षों से पुस्तक विक्रेता की पत्नी होने के नाते, उन्हें पुस्तकें बेचने का भरपूर अनुभव था।

अन्दर जाने के बाद भी ज़्यादातर बातें मोमोको ही कर रही थीं। लेकिन वह जिस तरह एक से दूसरे विषय पर आ-जा रही थी, उसका अनुसरण करना मुश्किल था। वह किसी बेक़ाबू घूमते हवाई जहाज़ की तरह थीं।

"तकाको, तुम यहाँ कभी रही हो? जैसे मैं अभी रह रही हूँ, है ना? ए.सी. ज़रा भी काम नहीं करता, इसलिए यहाँ गर्मी के मौसम में बहुत गर्म रहा होगा। ओह, इस तइयाकी केक में तो मीठी फ़िलिंग पूरी तरह अन्दर तक है! यह कितना स्वादिष्ट है। तुमने इसे कहाँ से ख़रीदा? यह इलाक़ा पहले के मुक़ाबले काफ़ी बदल गया है। अब तो यहाँ बहुत से फ़ेन्सी स्टोर खुल गए हैं। उफ़्, 'फ़ेन्सी' कहने से तो मैं पक्की अधेड़ लग रही हूँ, है ना?"

एक विषय से दूसरे विषय पर इस तरह उछलते हुए वह बीच-बीच में मामा के गाल में चुटकी भी काटती जाती थीं। वह इतनी बार चुटकी काट चुकी थीं कि उनके दोनों गाल सुर्ख़ लाल हो गए थे।

यह मुझे इतना अजीब और हैरान करने वाला लगा कि मैंने उनकी बात को बीच में ही काटते हुए कहा, "मामी आप उनके गालों में चुटकी क्यों काट रही हो?"

"ओह, क्या मैं उन्हें चुटकी काट रही थी?" मोमोको ने कहा, लग रहा था, जैसे उन्हें आश्चर्य हुआ हो।

"बिलकुल काट रही थीं।"

"ये तो मेरी पुरानी आदत है, लोगों की चुटकी काटना। जब मैं किसी से अपनापन महसूस करती हूँ, तो मैं उन्हें चुटकी काट लेती हूँ। शायद यह स्नेह जताने का तरीक़ा हो। लेकिन जब मैं सातोरू को चुटकी काट रही थी तो क्या उसका चेहरा क्यूट नहीं लग रहा था?"

यह कहते ही मोमोको ने मामा के दोनों गाल कसकर पकड़े और उन्हें कुछ इस तरह ऊपर-नीचे, दाएँ-बाएँ हिलाने लगीं, जैसे बच्चों के खेल की कोई सज़ा हो। मेरे मामा का चेहरा बुरी तरह दयनीय लग रहा था। उसमें क्यूट जैसी कोई बात नहीं बची थी।

"छोड़ो..." मेरे मामा दर्द से कराह उठे, लेकिन उन्हें रोकने के लिए कोई ज़ोर उन्होंने नहीं लगाया। उनकी आवाज़ से साफ़ झलक रहा था कि उन्होंने आधा-अधूरा समर्पण कर दिया है। मामा की इस प्रतिक्रिया से मोमोको ठहाका मारकर हँस पड़ीं। आख़िरकार, उन्होंने उन्हें छोड़ दिया।

लगता था, जैसे मोमोको के भीतर कहीं हल्की-सी दूसरे की पीड़ा में आनन्द लेने की प्रवृत्ति छिपी हुई थी।

"क्या तुम्हें शर्म नहीं आती, तकाको के सामने यह सब करते हुए?"

"इसमें कौन-सी बड़ी बात है? वह कोई अजनबी थोड़े ही है। हमारी भांजी है।"

"हम दोनों वयस्क हैं। हमारी इज़्ज़त का क्या?" मामा ने पूछा।

"तुम इज़्ज़त-आबरू वाले कब से हो गए?" मोमोको ने पलट वार किया।

मैंने सोचा, *अगर हमारा रिश्ता गहराया तो क्या वो मेरे गाल भी यूँ ही खींचने लगेंगी?* उन्हें यह मज़ाक़ करते देख मेरे भीतर सिहरन दौड़ गई।

फिर मोमोको जल्दी-से दूसरे विषय पर आ गईं।

उन्होंने अचानक मेरे दोनों हाथ पकड़ लिए और मेरी ओर टकटकी लगाकर देखने लगीं।

"लेकिन मुझे तुमसे मिलकर कितनी ख़ुशी हो रही है। मैं तुम्हें कभी-कभी याद करती थी। सोचती थी कि मेरी प्यारी भांजी कैसी होगी। हाईस्कूल के दिनों में तुम कितनी प्यारी लगती थीं, बहुत शान्त और गम्भीर। और उस पेजबॉय हेयरकट में तो तुम बहुत ही प्यारी दिखती थीं।"

"आप मेरे बारे में यह सोचती थीं? वास्तव में, मैं वैसी बिलकुल नहीं थी।" इसके आगे मुझे शब्द नहीं सूझे। उस समय मैं अपनी किशोरावस्था के चरम पर थी; हमेशा लगता था कि मैं अपनी सारी हताशाओं और उन सारी भावनाओं के तले कुचल जाऊँगी, जिन्हें मैं दूसरों के सामने ज़ाहिर नहीं कर पाती थी, या जिन्हें आन्तरिक रूप से प्रॉसेस नहीं कर पाती थी। मैं दर्द में थी। इस पर विश्वास करना मुश्किल है कि कोई मुझे इतने अलग तरीक़े से देख सकता था। परिवार की महफ़िलों में, मैं सिर्फ़ इसलिए शालीन व्यवहार करती थी ताकि मेरी ओर किसी का ध्यान ना जाए।

लोगों की धारणाएँ कितनी अविश्वसनीय होती हैं, नहीं? - जब मोमोको अपनी आँखों में चमक लिए मुझे घूर रही थीं, तब यह ख़याल मेरे मन में आया। अपने मामा के मामले में भी मैं कई बातों में ग़लत थी। अन्त में,

यह बात बहुत मायने नहीं रखती कि आपका रिश्ता ख़ून का है या आप वर्षों एक ही कक्षा या एक ही स्कूल या एक ही ऑफ़िस में रहे हैं; जब तक आप सचमुच आमने-सामने नहीं होते, तब तक किसी को जान पाना नामुमकिन है। हिदेआकी के मामले में भी यही हुआ था। मैं इस सच्चाई को नज़रअन्दाज़ नहीं कर सकती कि जो कुछ भी हुआ, उसमें मेरी ज़िम्मेदारी भी बहुत थी। इसके साथ ही मेरे मन में वे सारे पुराने ख़याल आने लगे।

"तो, मोमोको मामी, मुझे लगता है कि शायद आपके मन में बनी मेरी पुरानी छवि भी काफ़ी दूर की कौड़ी थी," मैंने व्यंग्यात्मक लहज़े में कहा। लेकिन मोमोको खुलकर हँस पड़ीं, जैसे उन्हें कोई फ़र्क़ ही ना पड़ा हो।

"अरे, उन पारिवारिक महफ़िलों में, मैं भी तो अच्छी लड़की बनकर ही रहती थी। क्या तुम्हें नहीं लगता कि उस परिवार के ज़्यादातर लोग कुछ सख़्त क़िस्म के हैं? मेरे ससुर तो निश्चय ही ऐसे ही थे। उनके चेहरे का भाव कभी बदलता ही नहीं था। लगता था, जैसे उन्होंने कोई मुखौटा पहन रखा हो। ऊपर से, हमने घर से भागकर शादी की थी। वे पारिवारिक आयोजन असहनीय होते थे। जब भी हम वहाँ पहुँचते, माहौल और भी तनावपूर्ण हो जाता। इसीलिए मैं हमेशा किसी कोने में सिमटकर बैठ जाती थी, ताकि मेरी ओर किसी का ध्यान ही ना जाए।"

"अच्छा, तो यह स्थिति थी। तब भी तुमने शादी कर ली?"

"हाँ, क्योंकि तब हम साथ रह रहे थे, इसलिए वे हमें शक की निगाह से तो देखते ही थे। हम पेरिस में मिले थे और हमें प्यार हो गया था, और जैसे ही हम वापस जापान लौटे, उन्होंने मेरा नाम परिवार के रजिस्टर में शामिल कर लिया। हम बस उसी बहाव में बह गए होंगे।"

"पे-पेरिस? पेरिस क्यों?"

"तुम्हें नहीं मालूम था? मैं उन दिनों पेरिस में रहा करती थी। और ये जनाब वहाँ सस्ते में इधर-उधर घूम रहे होते थे। हम अक्सर फ़्ली मार्केट की पुरानी पुस्तकों की दुकानों पर टकरा जाते थे। तुम सोचोगी, जिसके परिवार की अपनी पुरानी पुस्तकों की दुकान हो, उसे विदेश में जाकर पुस्तकों की दुकान से क्या काम? लेकिन ये जनाब उनमें से नहीं थे। ऊपर से ये

घनी दाढ़ी रखते थे और फटेहाल कपड़े पहनते थे। बिलकुल भिखारी जैसे लगते थे।"

"इससे तुम जेबकतरों और लुटेरों का शिकार नहीं बनते," मेरे मामा ने कैफ़ियत देने की कोशिश की, लेकिन मोमोको ने उनकी बात की ओर कोई ध्यान नहीं दिया।

"लेकिन जैसे ही मैंने इनसे बातचीत शुरू की, तो ये काफ़ी दिलचस्प इन्सान साबित हुए। थोड़ा स्याह-सा मिज़ाज, शायद ख़ुद को लेकर थोड़े-से असमंजस में। एक ऐसा इन्सान जिसे देखभाल की ज़रूरत थी। तब मैंने सोचा, चलो, इसके साथ थोड़ा वक़्त गुज़ारकर देखते हैं..."

"ओह, सच में?"

किसी मुक़ाम पर मैं मोमोको के फर्राटेदार बयान से तालमेल बिठाने लगी थी। मतलब, ये दोनों तब मिले थे, जब मामा अपनी समस्याओं से जूझते हुए दुनिया घूम रहे थे। तब भी, पेरिस तो रोमांटिक था। लेकिन जो बात मेरी समझ में नहीं आई, वह यह थी कि मोमोको पेरिस में क्यों थीं। मैंने उनसे पूछने की कोशिश की, लेकिन उन्होंने सिर्फ़ इतना कहा, "ओह, तब मैं जवान थी," और इस तरह उन्होंने असली वजह छिपाने की पूरी कोशिश की।

यह औरत तो रहस्यों से भरी हुई है, मैंने सोचा।

"ख़ैर, इस तरह हमारी मुलाक़ात हुई। हम जापान वापस आए, शादी की, और सबने हमारे प्रति बेरुख़ी बरती, लेकिन तभी इनके पिता बीमार पड़ गए, और सातोरू ने उनका काम सँभालने का फ़ैसला किया। उसके बाद हम दोनों ने दुकान को चलाने में जी-जान से मेहनत की ताकि हम घर के लोगों के सामने अपनी क़ाबिलियत साबित कर सकते।"

"मुझे तो कभी किसी के सामने कुछ भी साबित करने की बात नहीं सूझी," मामा ने मोमोको की बात काटते हुए कहा।

"झूठे! तुम्हारे मन में अपने पिता को लेकर कितनी बातें थीं, ये मैंने जान लिया था।"

मामा ने कोई जवाब नहीं दिया। वे अपना मुरझाया-सा चेहरा लिए बैठे रहे। वे उनकी बीवी थीं, लेकिन मोमोको के साथ उनका मेल बैठता नहीं लगता

था। यह पहली बार था, जब मैंने उन्हें इस रूप में देखा था; वह इतना हास्यपूर्ण था कि मैं लगभग हँसते-हँसते लोटपोट हो गई।

फिर भी, अगर आप उन्हें वस्तुपरक ढंग से देखते, तो वे वास्तव में एक सच्चे ख़ुशहाल युगल लगते थे। यह बात चाहे कितनी ही हास्यास्पद क्यों ना लगे, लेकिन उनके रिश्ते से मुझे हल्की-सी ईर्ष्या हुई। उनके बीच की आत्मीयता उन्हें पति-पत्नी से ज़्यादा पुराने दोस्तों या साथियों जैसा रूप देती थी। यह देखते हुए मुझे भी राहत महसूस हुई।

कुछ देर बाद, मामा दुकान की व्यस्तता का हवाला देते हुए वहाँ से उठ गए, और मोमोको मुझे खींचकर ऊपर दूसरी मंज़िल के कमरे में ले गईं। वे अचानक मेरी ओर झुककर ऐसे बोलीं जैसे मेरे साथ कोई गुप्त रहस्य साझा करने वाली हों।

"इसीलिए मैं चाहती हूँ कि हम दोस्त बन सकें, तकाको।"

उन्होंने मेरा हाथ थाम लिया और एक बार फिर अपनी नज़रें मुझ पर गड़ा दीं। कितने छोटे हाथ हैं इनके, मैंने सोचा, जैसे किसी बच्चे के हों।

"आह..."

"यह ठीक बात नहीं है कि तुम सातोरू के ही क़रीब हो। मैं चाहती हूँ कि तुम और मैं भी एक-दूसरे के क़रीब हों। क्या तुम्हें यह बात ठीक लगती है?"

"ओह... हाँ..." मैंने सिर हिला दिया, लेकिन मन-ही-मन बुदबुदाई, *यह उतना आसान तो नहीं होगा।*

4

रात हो गई, तो मोमोको ने मुझे रोकने की बहुत कोशिश की, लेकिन मैंने उनकी कोशिशों को नाकामयाब कर दिया और उन्हें गुडबाय कहकर दुकान से निकल गई।

स्टेशन के अपने रास्ते में, मैं तंग गलियों में भटकती रही। रात ठण्डी थी, हल्की-सी सिहरन लिए हुए। सड़क पर जलते लैम्पपोस्ट की रोशनी मेरे क़दमों के साथ मेरी परछाइयों को लम्बा खींचती जाती थी।

साव्यूर पहुँचने पर मेरे क़दम अपने-आप रुक गए। सुनसान सड़क पर चमकती उसके साइनबोर्ड की नारंगी रोशनी देखकर अचानक मेरा मन कॉफ़ी पीने को हो उठा। मैंने अपनी घड़ी देखी, तो पाया कि आठ बजे से थोड़ा ऊपर ही समय हुआ था। मैंने दरवाज़ा खोला। यह कुछ ऐसा था, जैसे कोई अदृश्य शक्ति मुझे अन्दर की ओर खींच रही हो।

कॉफ़ी शॉप में रात के इस वक़्त भी हमेशा की तरह काफ़ी चहल-पहल थी। दरवाज़े पर से ही पियानो की हल्की-सी धुन और ग्राहकों की जीवन्त बातचीत का शोर एकसाथ कानों में घुल गया।

काउण्टर पर एक जानी-पहचानी आकृति दिखाई दी। पीछे से उस नाटे और गठीले शरीर और चिकने गंजे सिर को देखते ही मैं समझ गई कि यह साबू ही हो सकता है। वह दुकान मालिक के साथ किसी मसले पर गम्भीर बातचीत में उलझा था। जब उसका ध्यान मेरी ओर गया, तो उसने मेरी ओर हाथ हिलाया और मुझे अपने पास बैठने के लिए बुलाया।

मैं साबू के पास जा बैठी तो दुकान मालिक ने हमेशा की तरह मुस्कराते हुए मेरा स्वागत किया। "अरे वाह तकाको, वापस आ गईं? अच्छा लगा।"

मैं दुकान मालिक की ओर देखकर मुस्कराने ही वाली थी कि साबू ने बीच में बोलते हुए कहा, "तकाको तुम्हें ज़्यादा मुस्कराना चाहिए। ज़रा दोस्ताना बनो। इसीलिए तुम लड़कों के बीच लोकप्रिय नहीं हो।"

मैंने उससे कहा, इससे उसे कोई मतलब नहीं है।

साबू खिलखिला पड़ा जैसे मैंने कोई बड़ी मज़ेदार बात कह दी हो। "लेकिन तुम एकदम सही समय पर आई हो," उसने कहा। "हम अभी तुम लोगों के बारे में ही बात कर रहे थे। मोमोको वापस आ गई है, है ना? सातोरू तो ऐसे व्यवहार कर रहा है, जैसे यह कोई ख़ास बात ना हो - उसने मुझे क्यों नहीं बताया?" उसकी आवाज़ में उत्सुकता साफ़ झलक रही थी।

"साबू, ज़्यादा ताक-झाँक मत करो," दुकान मालिक ने उसे डाँटा।

"क्यों? इसमें कौन-सी बड़ी बात है? फिर, क्या मुझे तुम्हीं ने यह बात नहीं बताई? तुमने कहा था कि मोमोको वापस आ गई है," साबू ने बनावटी ढंग से रूठते हुए कहा। किसी बूढ़े आदमी का रूठने का नाटक करना बिलकुल भी क्यूट नहीं लगता। साव्यूर में एकमात्र क्यूट तो मेरी दोस्त तोमो थी, जो यहाँ पार्ट टाइम काम किया करती थी। संयोग से, उसने स्नातक की अपनी पढ़ाई पूरी कर ली थी और अब कहीं नौकरी करने लगी थी, इसलिए वह अब कॉफ़ी शॉप में नहीं थी। लेकिन सुनने में आया था कि वह और ताकानो अब भी अपनी "दोस्ती" क़ायम रखे हुए हैं।

अभी साबू अपनी शिकायत जारी रखे हुए था कि तभी मालिक ने मेरी कॉफ़ी मेरे आगे रख दी।

"कल रात साबू आ टपका था और मेरे मुँह से निकल गया था," मालिक ने किंचित शर्मिन्दगी के साथ कहा। वहीं, उसकी आँखों से साफ़ ज़ाहिर हो रहा था कि वह और सुनना चाहता था।

"आप दोनों पहले से मोमोको को जानते थे, है ना?" मैंने पूछा।

"हाँ। मुझे इस इलाक़े में भटकते हुए कितने वर्ष हो गए हैं।" साबू ने गर्व से कहा।

तभी ताकानो अचानक रसोई से दोनों हाथों में प्लेटें और तौलिए लिए हुए आया और उत्सुकता से बातचीत में कूद पड़ा, "मिस्टर मोरीसाकी की

शादी हो चुकी थी, पहले? मेरे मन में उनकी जो छवि है, उससे तो ऐसा बिलकुल नहीं लगता।"

"हाँ, बिलकुल," साबू बोला। "कहना मुश्किल था। वह वाक़ई एक क़िस्म का विधुर जैसा है, नहीं? लेकिन जब वह जवान था, तो दोनों खुले आम इश्क़ फ़रमाते थे। वह देखने लायक़ नज़ारा होता था।"

"कुछ-कुछ तो था ही," मालिक ने हामी भरी। "वैसे मोमोको अब भी ख़ूबसूरत है, है ना? जब वह यहाँ आई थी, तो बोली, 'इतने दिनों बाद आपकी कॉफ़ी पीकर ख़ुशी हो रही है।' देखने में भी अच्छी-भली लग रही थी।"

"अरे तुम्हारा क्या है, तुम तो लोगों की मीठी बातों पर पिघल जाते हो। वह तुम्हें सिर्फ़ ख़ुश करना चाहती थी। मैं तो यही कहूँगा कि अचानक इतने सालों बाद लौट आने का मतलब है, उसके पास ठिठोली करने से कहीं ज़्यादा कुछ होना चाहिए। सातोरू को तो उसे तुरन्त निकाल बाहर करना चाहिए था। अगर मेरी बीवी ने ऐसी कोशिश की होती, तो मैं तो उसे उठाकर पटक देता।" बात करते-करते साबू इतना उत्तेजित हो गया कि उसका चेहरा टमाटर की तरह लाल हो गया।

"बस, बस, अब बस करो साबू। तुम बहुत आक्रामक लग रहे हो। लेकिन जब तुम्हारी बीवी तुम पर घर से कुछ पुस्तकें हटाने का दबाव डालती है, तब क्या तुम आँखों में आँसू भरकर उसके सामने गिड़गिड़ाते नहीं हो?"

जब हमने यह सुना, तो ताकानो और मैं ज़ोर-से हँस पड़े।

"अबे चुप! तुम किस बात पर हँस रहे हो, ताकानो? अपना काम देखो!"

"सॉरी, सॉरी।" ताकानो जल्दी-से उलटे पाँव भागा, क्योंकि साबू ने उसे एक तौलिया फेंककर मारा।

"अपना ग़ुस्सा मेरे स्टाफ़ पर मत उतारो," मालिक ने चेहरे पर झुँझलाहट का भाव लाते हुए कहा।

"क्या तुम ही नहीं हो, जो उसे रोज़ तंग करते हो?"

"वह तो मैं प्यार में करता हूँ। प्यार," मालिक ने पूरी संजीदगी के साथ कहा, "लेकिन तेरी बीवी तेरे अन्दर जिस चीज़ की भावना जगाती है, वह है... डर।"

"तू हमेशा से ही बदमाश रहा है, है ना? ठीक है। मैं गुस्से में हूँ, बहुत गुस्से में हूँ। ठीक है। तो क्यों ना मैं सातोरू की ओर से मोकोको को ही कुछ खरी-खोटी सुना दूँ। हमें पता है, वह बेवक़ूफ़ तो कभी कुछ कह नहीं पाएगा।"

"अरे छोड़, दूसरों की ज़िन्दगी में टाँग मत अड़ा।"

मालिक साबू को डाँट रहा था, जबकि वही था, जिसने उसे भड़काया था।

वाह। यह इलाक़ा भी सच में कितने अजीबोग़रीब लोगों से भरा हुआ है। यह सोचकर मैं मुस्करा दी। तभी साबू ने मेरी ओर देखा और बोला, "तकाको, अकेले बैठकर मुस्कराना बन्द करो। अच्छा नहीं लगता।"

इसके ठीक बाद, साव्यूर में एक और छोटी-सी घटना हुई। नौ बजे के आसपास साबू अपना हंगामा बन्द कर घर चला गया (शायद इसलिए कि अगर वह देर से घर पहुँचता, तो उसकी बीवी उसकी ख़बर ले लेती)। इसलिए मैं काउण्टर से हटकर एक मेज़ पर जा बैठी। रात के गहराने के साथ वहाँ कुछ ही ग्राहक बचे थे। मैंने एक और कॉफ़ी का ऑर्डर दिया और अपने बैग से अपनी पुस्तक निकालकर वही पन्ना खोल लिया, जहाँ छोड़ा था। तभी मेरा ध्यान गया। खिड़की के पास एक जाना-पहचाना शख़्स बैठा था।

वह अट्ठाइस-उनतीस साल का दुबला-पतला आदमी था। उसने फीकी नीली शर्ट और धूसर रंग की पतलून पहन रखी थी। उसके बाल छोटे और करीने से कटे हुए थे। उसमें कोई तड़क-भड़क नहीं थी, लेकिन उसके साफ़-सुथरेपन में एक सहज आकर्षण था। वह अन्यमनस्क-सा खिड़की के बाहर देख रहा था। उसकी मेज़ पर कोई अधपढ़ी पेपरबैक पुस्तक औंधी पड़ी थी। लगता था, जैसे वह किसी का इन्तज़ार कर रहा हो।

कौन है यह? मैं उसे घूरते-घूरते सोच ही रही थी कि अचानक उसने मेरी ओर देखा, जैसे उसे लग गया हो कि मैं उसे देख रही हूँ।

जब हमारी नज़रें मिलीं, तो हम दोनों को आश्चर्य हुआ। उसने मेरी ओर देखा और फिर उस पुस्तक की ओर जो मैं हाथ में लिए थी। उसने बारी-बारी से फिर दोनों को देखा, जैसे वह दोनों की तुलना कर रहा हो, और फिर उसने सिर हिलाया, जैसे समझ गया हो, और शान्त आवाज़ में बोला, "हैलो।"

उसकी आवाज़ सुनते ही, मुझे आख़िरकार याद आ गया कि मैं उससे पहले कहाँ मिली थी। मैं कैसे भूल सकती थी? यह वह व्यक्ति था, जिसके साथ मैंने मोरीसाकी बुकशॉप पर कई बार लेन-देन किया था। चूँकि हम अत्यन्त अजीबोग़रीब क़िस्म के नियमित ग्राहकों से घिरे हुए थे - जिनमें साबू प्रमुख था - इसलिए उस जैसे ज़्यादा चुपचाप और संकोची क़िस्म के लोग उतना गहरा प्रभाव नहीं छोड़ पाते थे। बस, इसी वजह से मुझे उसे याद करने में देर लगी। उसके "हैलो" का जवाब देते हुए मैं हड़बड़ा गई, क्योंकि मैं उसे इतनी देर तक बेशर्मों की तरह घूरती रही थी।

"अच्छा लगा आपसे मिलकर। बहुत दिन हो गए," मैंने कहा और जल्दी-से उसे झुककर नमस्कार किया, लेकिन उसने मुस्कराते हुए जवाब दिया, "अरे, इतना औपचारिक होने की ज़रूरत नहीं है।" उसकी मुस्कान बहुत अच्छी थी जिसे देखकर मैं सहज हो गई।

ठीक उसी वक़्त वेट्रेस मेरी कॉफ़ी लेकर आ गई। वह हम दोनों के बीच खड़ी थी और उसकी स्थिति असमंजस में लग रही थी। मैं भी उस स्थिति में उलझ गई और हड़बड़ा गई।

यह देखकर उसने हल्का-सा झिझकते हुए मुझे निमन्त्रण दिया। "तुम यहाँ बैठना चाहोगी?"

मैंने हिचकिचाते हुए पूछा, "क्या तुम किसी का इन्तज़ार कर रहे हो?"

"फ़िलहाल तो नहीं," उसने जवाब दिया।

यह सुनते ही वेट्रेस ने जैसे राहत की साँस ली और मुस्करा दी। "तो फिर लीजिए," उसने कहा और कॉफ़ी उस आदमी की मेज़ पर रख दी।

"तो फिर मैं यहीं बैठ जाती हूँ," मैंने कहा और उसके सामने वाली कुर्सी पर आकर बैठ गई।

ऐसे मौक़ों पर मैं अक्सर थोड़ा बहक-सी जाती हूँ। *उसने शिष्टाचारवश मुझे बुला लिया था। ऐसा नहीं था कि वह मुझसे कोई ख़ास बात करना चाहता था। अब मैं उसके अकेलेपन में खलल डाल रही हूँ।* यह सोचते ही मेरा मन हुआ कि मैं उससे माफ़ी माँग लूँ।

जब मैं अपनी नई सीट पर पहुँची, तो वेट्रेस ने हमसे कहा, आराम-से बैठिए, और फिर झुककर सलाम किया और चली गई। हम दोनों ने कुछ पल उसकी जाती हुई पीठ देखी, फिर एक-दूसरे की ओर मुड़े।

ख़ामोशी।

यह तो अजीब-सी स्थिति है, अपनी कुर्सी पर पहलू बदलते हुए मैंने सोचा। तभी वह हल्के-से ख़ुद ही हँस पड़ा। मैंने उसे भावशून्य निगाहों से देखा।

"सॉरी," उसने कहा, "यह तो किसी अरेंज्ड मेरिज की मुलाक़ात के सैट जैसा लग रहा है।"

उसके चेहरे की मुस्कान मुझे भा गई और मैं ज़ोर-से हँस पड़ी।

उसने अपना गला साफ़ किया और बोला, "हम लोगों ने ठीक से अपना परिचय भी नहीं कराया। मेरा नाम अकीरा है - अकीरा वादा।" उसने बताया कि वह पास के ही एक प्रकाशन संस्था में काम करता है, जो ज़्यादातर पाठ्यपुस्तकें और शैक्षणिक सामग्री प्रकाशित करती है।

जब मैंने अपना परिचय दिया, तो वह बोला, "जानता हूँ, तकाको! मुझे याद है, दुकान के हँसमुख मालिक का हमेशा ज़ोर-ज़ोर से पुकारना, 'तकाको! तकाको'!" उसने हँसते हुए बार-बार सिर हिलाया।

मेरा चेहरा लाल हो गया। "ओह, वे मेरे मामा होंगे," मैं बुदबुदाई।

"वाक़ई, आपके मामा? वाह, इससे अच्छा और क्या हो सकता है कि आपके किसी रिश्तेदार की पुरानी पुस्तकों की दुकान हो," वादा ने कहा, उसकी आवाज़ में सच्ची ईर्ष्या का भाव था। "लेकिन अब आप दुकान पर काम नहीं करतीं?"

"हाँ, कुछ वजहों से कुछ समय के लिए वहीं रहना पड़ा और रहने-खाने के बदले दुकान पर काम करती रही। यूँ समझ लीजिए कि मैंने वहाँ रहकर अपनी बैटरियाँ रिचार्ज कर लीं।"

"बैटरियाँ रिचार्ज? दुकान पर?"

"हाँ।"

"वाह, ये अच्छा है - बैटरियाँ रिचार्ज करना।" वादा ने एक बार फिर विस्मय व्यक्त करते हुए कहा। "लेकिन इसके लिए पुस्तकों की दुकान में रहना, ये तो सचमुच विलासिता जैसा है। अरे यार, मुझे तो ईर्ष्या हो रही है।" फिर वह इस बारे में लगभग एकालाप-सा करने लगा कि अगर उसके साथ ऐसा होता, तो वह वहाँ से कभी निकलता ही नहीं, बस, हमेशा अपनी बैटरियाँ रिचार्ज करता रहता।

लगता था, जैसे पुरानी पुस्तकों की दुकान में रहने के ख़याल मात्र से उसके भीतर कोई चिंगारी जल उठी हो। वह काफ़ी मज़ाक़िया स्वभाव का शख़्स साबित हो रहा था।

"अरे तुम्हारी गर्लफ्रैण्ड कैसी है?" मैंने पूछा। "तुमको अक्सर उसके साथ देखती थी।" वह अभी भी पुस्तकों की दुकान में रहने की कल्पना से आह-वाह कर रहा था, तभी मुझे उसकी गर्लफ्रैण्ड की याद आ गई।

ज़्यादातर तो वादा अकेला ही दुकान में आया करता था, लेकिन कभी-कभी वह अपने साथ एक लड़की को भी लाता था। वह उसी की तरह पतली और लम्बी थी, और दोनों साथ में अच्छे लगते थे। लेकिन लड़की में पुस्तकों के प्रति कोई ख़ास दिलचस्पी नहीं दिखती थी। वादा बड़ी तन्मयता से पुस्तकों की छानबीन करता रहता, इस दौरान वह ऊबती रहती। फिर जब उसका सब्र टूट जाता, तो वह खीज जाती और कहती, "तुम्हारा काम अब तक पूरा नहीं हुआ?" और वादा बेचारगी के साथ माफ़ी माँगता, "बस, थोड़ा-सा और!" साबू कहा करता था, "प्रेमी-प्रेमिका के रूप में पुरानी पुस्तकों की दुकान पर जाना बेतुका है," लेकिन उनके बीच की बातचीत को देख-सुनकर उनकी आत्मीयता का अहसास होता था। मुझे तो यह बहुत आकर्षक लगता था।

"ओह, वे दिन याद आ गए," मेरे सवाल के जवाब में उसकी आवाज़ अचानक धीमी पड़ गई। "अफ़सोस, उसने मुझे छोड़ दिया," उसने सूखी हँसी हँसते हुए कहा। फिर उसकी आँखों में कहीं खो जाने का भाव उतर आया।

"ओह, माफ़ करना," मैंने तत्काल माफ़ी माँग ली। मैं तो जैसे उसके पैरों पर गिर पड़ने को तैयार थी।

"नहीं, नहीं, मुझे बिलकुल भी बुरा नहीं लगा," वादा ने कहा, जैसे वह इस बात को ज़्यादा तूल नहीं देना चाहता था, लेकिन तब भी उसकी आँखों में कहीं खो जाने वाला वही भाव बरकरार था।

इस तरह, अपनी पहली बातचीत में, मैंने एक बारूदी सुरंग पर पैर रख दिया था। मैं बुरी तरह घबरा गई। मैं जल्दी-से कोई नया विषय खोजने की कोशिश कर रही थी कि तभी मेरी नज़र मेज़ पर रखी पुस्तक पर पड़ी।

"यह तुम क्या पढ़ रहे हो?"

"अरे, *अप द हिल* नाम की पुस्तक है। दरअसल, मुझे याद है, यह मोरीसाकी बुकशॉप के सौ-येन वाले सेक्शन में मिली थी।"

वादा ने पुस्तक उठाकर मुझे दिखाई। मैंने धीरे-से राहत की साँस ली कि चलो, हम पिछले विषय से आगे बढ़ चुके हैं।

"ओह, मैं इसे नहीं जानती। ये अच्छी पुस्तक है?"

"दरअसल, कहना मुश्किल है। यह उन दुखद प्रेम कहानियों में से एक है। इस लेखक ने बस एक यही पुस्तक लिखी और गुमनामी में मर गया। पढ़ते हुए लेखन कुछ-कुछ कच्चा लगता है, और बहुत-सी जगहों पर लगता है, जैसे कुछ छूट गया हो। मगर फिर भी इसमें कुछ ऐसा है, जो मुझे आकर्षित करता है। मैं इसे पाँच बार पढ़ चुका हूँ।"

बोलते हुए वह पुस्तक के कवर पर छपी पहाड़ी रास्ते की तसवीर को देख रहा था। वह जिस तरह स्नेहिल भाव से पुस्तक को देख रहा था, उसमें कुछ ऐसी कोमलता थी कि मेरे मन में भी उस पुस्तक को पढ़ने की प्रेरणा जागी।

"सचमुच? पाँच बार? शायद मुझे भी इसे पढ़ना चाहिए।"

"पता नहीं, मुझे इसकी सिफ़ारिश करनी चाहिए या नहीं। तुम क्या पढ़ रही हो, तकाको?"

जब मैंने अपने बैग से पुस्तक निकाली, तो उसने कहा, "ओह, तारुहो इनागाकी? वह बहुत अच्छा है।" उसने आँखों में चमक लिए मेरी ओर देखा।

मुझे अनुमान होना चाहिए था कि दुकान पर बार-बार आने वाला वह व्यक्ति पुस्तकों के बारे में मुझसे कहीं ज़्यादा जानता होगा।

"बावजूद इसके कि मैं बुकशॉप पर काम करती थी, मैं पुस्तकों के बारे में इतना ज़्यादा नहीं जानती थी। लगता है, मैंने अभी सतह को ही खुरचा है।"

"मैं नहीं समझता कि यह बात बहुत ज़्यादा मायने रखती है कि आप पुस्तकों के बारे में बहुत ज़्यादा जानते हैं या नहीं। वैसे भी, मैं ख़ुद भी बहुत ज़्यादा नहीं जानता। लेकिन मैं समझता हूँ कि यह बात कहीं ज़्यादा मायने रखती है कि पुस्तक आपको कैसे छूती है।"

"तुम्हें ऐसा लगता है? मेरे मामा भी हमेशा कुछ ऐसा ही कहते हैं।"

"तुम हमेशा काउण्टर के पीछे दुकान के पिछले हिस्से में अपनी पुस्तक में खोई रहती थीं। इससे मुझे उत्सुकता होती थी कि आख़िर तुम क्या पढ़ रही होगी।"

"सच? मुझे बहुत अफ़सोस है। मैं बहुत बुरी कर्मचारी थी।"

"नहीं, मेरा मतलब यह नहीं था," वादा ने कहा, और फिर उसने मेरी ओर कुछ इस तरह देखा, जैसे वह कुछ याद करने की कोशिश कर रहा हो। तुम दुकान में इतनी स्वाभाविक लगती थीं कि बस तुमको वैसे ही रहने देने का मन होता था। यह कुछ-कुछ उस क्षण जैसा था, जब आप किसी तितली को उसके कोकून से बाहर निकलते देख रहे हों, और साँस रोके उसे देखते ही रहना चाहते हों... मेरा ख़याल है तुमने मुझ पर गहरा असर छोड़ा। तभी तो जब मैंने अभी पल भर पहले तुमको पुस्तक हाथ में लिए बैठे देखा, तो मैंने तुमको तुरन्त पहचान लिया। मैंने कहा, 'अरे ये तो वही बुकशॉप वाली लड़की है।"

यह सोचकर मैं बुरी तरह झेंप गई कि एक अनजान व्यक्ति मुझे इस तरह देखता रहा था। लेकिन उन दिनों में, मैं सचमुच उस तितली की ही तरह थी, जो धैर्यपूर्वक अपने कोकून से बाहर आने का इन्तज़ार कर रही थी। एक-एक पन्ना पलटते हुए, मैं अपने उड़ जाने का वक़्त ढूँढ़ रही होती थी। इसलिए क़तई मुमकिन है कि वादा ने मेरी ओर देखते हुए इस बात को समझ लिया हो। हालाँकि, मुझे अब भी पूरी तरह यक़ीन नहीं है कि मैंने ठीक से उड़ना सीख लिया है।

"अगर मैं कभी उस दुकान पर ना गई होती, तो मैं अभी भी अपने उनींदेपन में जी रही होती। मैं वहाँ बहुत लोगों से मिली, और मैंने बहुत कुछ सीखा, और फिर मुझे कितनी सारी पुस्तकें मिलीं। मुझे लगता है कि मैंने आख़िरकार अपने भीतर कुछ छोटी-सी लेकिन क़ीमती चीज़ की पहचान की। यही वजह है कि मैं जानती हूँ कि मैं बुकशॉप में बिताए गए उन दिनों को कभी नहीं भूल पाऊँगी।" यह पहली बार था, जब मैं उससे ठीक-से बात कर रही थी, फिर भी मेरे मुँह से शब्द इतनी तेज़ी-से निकलते चले गए कि मैं ख़ुद को रोक नहीं पाई।

वादा मेरी बात सुनते हुए, चेहरे पर प्रशंसा का भाव लिए निरन्तर सिर हिलाता रहा। "वाह...ये सब कुछ चल रहा था और मुझे भनक तक नहीं थी। वा यार।" यह कहते हुए वह भले ही गम्भीर रहा हो, लेकिन उसके कहने का ढंग विचित्र-से ढंग से मज़ेदार था।

यह भी विचित्र-सा ही था कि लग रहा था, जैसे हम हमेशा से दोस्त रहे हों, कि जैसे मैं घण्टों उससे इसी तरह बतियाती रह सकती हूँ। जब वादा मेरी बात गम्भीरता से सुन रहा होता, तभी वह अचानक कोई ऐसी मज़ेदार बात कह देता कि मैं हँस पड़ती।

इस तरह हम देर तक बतियाते रहे। जब मेरी नज़र दीवार पर लगी घड़ी पर पड़ी, तो लगभग ग्यारह बज चुके थे। "ओह, अब तो दुकान बन्द होने वाली है," मैंने आश्चर्य से कहा।

"क्या?" वादा भी बुरी तरह चौंक पड़ा।

उसका घर पास में ही था, इसलिए वह कॉफ़ीशॉप के बन्द होने तक रुकने वाला था। मैंने उससे थोड़ा पहले निकलने का निश्चय किया।

जब हमने गुडबाय किया, तो उसने मुस्कराते हुए कहा, "मैं ज़्यादातर रातों को यहाँ रहता हूँ। हम फिर कभी दोबारा बातचीत कर सकते हैं।"

बिल चुकाने के बाद जब मैं दरवाज़े पर पहुँची, तो देखा, कॉफ़ीशॉप का मालिक मुझे काउण्टर के पीछे से चुपके-चुपके ताक रहा था। मुझे अच्छी तरह अन्दाज़ था कि वह क्या सोच रहा होगा, इसलिए मैंने उसे घूरकर देखा और तब तक देखती रही जब तक उसने जानबूझकर "बड़ा व्यस्त हूँ, व्यस्त, व्यस्त" बड़बड़ाने का नाटक नहीं किया और जल्दी-से अन्दर नहीं चला गया।

बाहर निकलने पर मेरी नज़र साव्यूर की खिड़की के अन्दर चली गई। वादा अब भी वहीं बैठा था, ठुड्डी पर हाथ टिकाए, खोया हुआ-सा बाहर देखता। मैंने हल्का-सा झुककर अभिवादन किया, सोचा शायद वह मुझे देख रहा हो, मगर उसने कोई ध्यान नहीं दिया। मैं मुड़ी और स्टेशन की ओर चल पड़ी। मेरी काया विचित्र-से ढंग से हल्का महसूस कर रही थी, जैसे मेरे पैर ज़मीन से ऊपर तैर रहे हों।

कैसा अजीब है, मैं मन-ही-मन बुदबुदाई।

सिर उठाया, तो रात के आसमान में एक लगभग पूरा चाँद तैर रहा था, सिर्फ़ बाएँ किनारे से एक छोटा-सा टुकड़ा ग़ायब था।

5

“चलो, हम दोनों साथ में एक ट्रिप पर चलते हैं।”

जब मोमोको ने मेरे सामने यह प्रस्ताव रखा तब उसे बरसों बाद पहली बार देखे हुए दो हफ़्ते बीत चुके थे।

“ओकुतामा में वाक़ई एक बहुत ही शानदार जगह है,” उसने चमकती आँखों के साथ कहा।

मैंने घिरा हुआ-सा महसूस करते हुए सिर हिलाया।

“वहाँ एक विशाल पर्वत है, और उसकी चोटी पर एक बहुत पुराना मन्दिर है। नज़ारा अद्भुत है, और हवा एकदम शुद्ध। बहुत सुन्दर जगह है। पहाड़ पर एक ख़ूबसूरत सराय है, जहाँ हम आराम से ठहर सकते हैं। बस एक गर्ल्स ट्रिप। क्या सोचती हो?”

जैसे ही मैंने कल्पना करने की कोशिश की कि महज़ हम दोनों सफ़र पर होंगे, तो कुछ असहजता-सी महसूस हुई। लेकिन वे मेरे हाथ कसकर पकड़े हुए थीं, और उनकी आँखों में साफ़ था कि वे मुझसे “हाँ” सुनने का इन्तज़ार कर रही थीं। मुझे ऐसा लग रहा था, जैसे मुझ पर दबाव डाला जा रहा हो।

दोबारा हुई हमारी मुलाक़ात और इस निमन्त्रण के बीच के दो हफ़्तों के दौरान मैं अक्सर बुकशॉप पर जाने लगी थी। बेशक, मैं वहाँ अपने मामा की ख़ातिर मोमोको पर नज़र रखने जाती थी। मामा दुकान से निकलते समय मुझे अक्सर टकरा जाते थे, लेकिन मोमोको हमेशा अपने ऊपर के कमरे में रहती थीं।

मैं जब भी जाती, मोमोको मुझसे मिलकर बहुत ख़ुश होतीं। और वे मुझे हमेशा घर के पके व्यंजन खिलातीं। जब मैं वहाँ रहती थी, तो दूसरी मंज़िल की रसोई मुझे बहुत छोटी लगती थी, इसलिए मेरा वहाँ कभी खाना

पकाने का मन नहीं हुआ, लेकिन मोमोको वहाँ तमाम तरह के व्यंजन पकाती थीं। हिजिकी समुद्री शैवाल का शोरबा, टोफ़ू के साथ गोमांस, ऑक्टोपस और मूली। वे नानबानज़ुके-शैली में अजीब मछली तलतीं, पाइक मैकरेल को नमक के साथ भूनती, मूली के पत्तों, मूली और तले हुए टोफ़ू के साथ मिसो सूप बनातीं। घर के खाने का स्वाद मुझे इतना तरसा रहा था कि मैं लगभग खाने के लालच में ही वहाँ जाने लगी। लंच के समय जब मैं उन्हें अपने दफ़्तर से फ़ोन करती, तो मोमोको बिलकुल नई दुल्हन की तरह पूछतीं, "आज क्या खाने का मन है?" और मैं बेफ़िक्री से उसी वक़्त जो मन में आया, उसकी फ़रमाइश कर देती।

शुरू में तो मोमोको कहती रहती थीं कि वह ट्रीट दे रही हैं, इसलिए मैंने पैसे के बारे में बात नहीं की, लेकिन कुछ दिनों बाद मैंने ज़िद करके ख़र्चा बाँटने और राशन का आधा पैसा देने का आग्रह किया।

"ओके, डोके," उन्होंने हँसते हुए हामी भर दी।

"मोमोको मामी, तुम्हारी पकाई हर चीज़ लज़ीज़ होती है," मैंने कहा, और यह सच भी था। मैं हमेशा की तरह छोटी-सी मेज़ पर सजाए गए व्यंजनों का स्वाद ले रही थी।

"तुम भी तो खाना इतने चाव से खाती हो कि वह और भी स्वादिष्ट लगने लगता है," मोमोको ने कहा और ख़ुद मेरी तुलना में दोगुना खा गईं। मैं कभी नहीं समझ पाई कि वह इतने छोटे-से शरीर में इतना सारा खाना कैसे समा लेती हैं।

"लेकिन ये वाक़ई लज़ीज़ है," मैंने मूली के अचार का टुकड़ा कुतरते हुए कहा।

"तुम खाना नहीं पकातीं?"

"मैं थोड़ा-बहुत पका लेती हूँ, पास्ता जैसी चीज़ें। लेकिन इस तरह का कुछ नहीं।"

"तो फिर जब तुम्हारा बॉयफ्रैण्ड होगा, तब क्या करोगी?"

"आपको लगता है, यह कोई समस्या होगी?"

यह सच है कि मुझे अपने बॉयफ्रैण्ड्स को अपनी पाक-कला से ख़ुश करने का ज़्यादा अनुभव नहीं था। किसी के लिए खाना पकाने का ख़याल ही मुझे इतना शर्मिन्दा कर देता कि मैं अब तक उससे बचती रही थी। वैसे भी रिश्तों का अनुभव मेरे पास था ही कितना।

"पुरुष तो बहुत सीधे-सादे होते हैं। वे कोई भी क्यों ना हों, उन्हें भोजन से रिझाया जा सकता है।" वे हँसी और बोलीं, "मैं तुम्हें सिखाऊँगी। तुम सिर्फ़ याद रखने की कोशिश करना।" मुझे यक़ीन नहीं था कि मुझे पुरुषों की भावनाओं का कोई अन्दाज़ है। दरअसल, उस वक़्त ऐसा लगता था, जैसे मोमोको जिसका दिल जीत रही हैं, वह मैं ही हूँ।

बेशक, मैं अपने मामा की बात पूरी तरह भूली नहीं थी। मैंने मोमोको का मुँह खुलवाने की कोशिश की थी। लेकिन मोमोको मेरे सवालों को हर बार टाल जाती थीं। मैं जितनी गम्भीरता से कुछ पूछती, वह उतनी ही सहजता से कह देतीं, "ओह, मुझे नहीं पता।" मैं उन्हें पकड़ने की चाहे कितनी ही कोशिश क्यों ना करूँ, वे मछली की तरह हाथ से फिसल जाती थीं। वे एक ऐसी इन्सान थीं, जो बेतुके और कुतर्कपूर्ण ढंग से एक विषय से दूसरे विषय पर यूँ कूद जाती थीं, इसलिए वे हमेशा विषय से भटक जाती थीं। और फिर जैसे ही भोजन सामने होता, तो मैं उसके सम्मोहन में ऐसे डूब जाती कि किसी और चीज़ के बारे में पूछना भूल ही जाती। हर बार यही होता था, इसलिए अपनी जाँच-पड़ताल के मामले में, मैं ज़्यादा प्रगति नहीं कर पाई।

फिर भी, मैंने उनके बारे में कुछ चीज़ें तो जान ही ली थीं। (जब मोमोको नशे में होतीं, तो उनकी चौकसी ढीली पड़ जाती थी और वह ज़्यादा बातें बताने लगती थीं। इसलिए मैं उन्हें अक्सर पीने के लिए उकसाती थी।) उन्होंने बहुत छोटी उम्र में अपने माता-पिता खो दिए थे और नीयिगाता में उनकी मौसी और मामा ने उन्हें पाला था। मिडिल स्कूल के बाद वह एक छोटे कारख़ाने में काम करती रहीं, फिर इक्कीस की उम्र में अकेली टोक्यो चली आईं, जहाँ और बातों के अलावा एक चीज़ यह हुई कि उन्हें एक उभरते हुए फ़ोटोग्राफ़र से प्रेम हो गया। (क्या यह सच में हुआ था? मैं पूछे बिना नहीं रह सकी।)

मोमोको कुछ समय के लिए पेरिस में रहीं, क्योंकि उनका बॉयफ्रैण्ड काम के सिलसिले में वहाँ गया था, और वे उसका पीछा करते हुए वहाँ भागती गई थीं। उन्होंने बिना बताए, अपने दम पर यह फ़ैसला किया था। यह एक दुस्साहसिक क़दम था, लेकिन वही तो मोमोको थीं।

"मैं छोटी थी। महज़ एक लड़की जो समझती नहीं थी कुछ और वह मेरे लिए सब कुछ था। बाद में मुझे पता चला कि वह पहले से ही विवाहित है और जापान में उसकी बीवी और बच्चे रहते हैं। इसीलिए वह रिश्ता समाप्त हो गया। मैं एक ऐसे परिवार की ख़्वाहिश के बारे में सोच भी नहीं सकती थी, जिसे बनाने के लिए मुझे किसी और का घर उजाड़ना पड़ता...यह बहुत ज़्यादा होता।" यह कहानी सुनाते हुए मोमोको कहीं दूर अतीत में खो गई थीं।

उस रिश्ते में उन्हें कोई भविष्य नज़र नहीं आता था, और अन्त में, सब बिखर गया। उनका दिल टूट गया था। और तभी संयोग से उनकी मुलाक़ात मेरे मामा सातारू से हुई। शुरू-शुरू में वे उन्हें ऐसे देखती थीं मानो उन्हें देखभाल की ज़रूरत हो। उन्होंने कुछ कामों में उनकी मदद की, और फिर पता ही नहीं चला कि उन्हें उनसे प्यार हो गया।

"मुझे तो यह सब पता ही नहीं था," मैंने कहा, मैं इस बात से हैरान थी कि उनके बीच कितना इतिहास छिपा हुआ है।

"मेरे अतीत से सातोरू को जलन होती है। इसलिए वह इसके बारे में ज़्यादा बात करना पसन्द नहीं करता," मोमोको ने कन्धे उचकाते हुए कहा।

इस बीच, मोमोको ने मेरी बार-बार आने-जाने की असली वजह भाँपही ली। यह उस रात हुआ जब हमारे लिए साथ में भोजन करना बिलकुल रोज़मर्रा की बात हो गई थी। साके के घूँटों के बीच, वह अचानक मुस्कराईं और बोलीं, "यह सब सातोरू ने तुम्हें करने को कहा है, है ना, तकाको?"

"हैं? क्या मतलब?" मैंने नाटक जारी रखने की कोशिश में अन्दर-ही-अन्दर धबराते हुए कहा। लेकिन इसका कोई फ़ायदा नहीं हुआ। मोमोको बेहद ख़ुश दिख रही थीं और वैसे ही ख़ुशी के क्षण में उन्होंने आगे बढ़कर मेरे गाल पर चुटकी काट ली।

"मैं समझती हूँ कि वह क्या सोच रहा है। लेकिन तकाको, क्या मैं अन्दर से तुम्हें असहज करती हूँ?"

जब उन्होंने मेरे गाल पर जी भरकर ज़ोर-से चुटकी काटी, तब मेरा दिल ज़ोरों से धड़क रहा था। उन्होंने सारा भेद जान लिया था। यह सच था कि मेरा कोई एक ऐसा हिस्सा था, जिसे उनके साथ होना पूरी तरह अच्छा नहीं लगता था। मैं निश्चय ही उन्हें नापसन्द नहीं करती थी, लेकिन अगर कोई पूछता, तो यह कहना भी मुश्किल था कि मुझे उनसे लगाव है। हाँ, अगर कोई उनके खाने के बारे में पूछता, तो मैं तुरन्त कह देती कि हाँ, वह तो मुझे बेहद पसन्द है।

सच कहूँ तो, मुझे उन्हें समझना मुश्किल लगा। उस अर्थ में, मामा भी कुछ हद तक ऐसे ही थे। उनमें कुछ ऐसा था, जिसे मैं कभी भी पूरी तरह नहीं पकड़ पाती थी। लेकिन मोमोको अलग थीं। चाहे मैं कितनी ही बार भी उनसे बात क्यों ना कर लेती, हम दोनों के बीच की दूरी पाटी नहीं जा पाती थी। कभी-कभी लगता था, जैसे हम किसी नदी के दो किनारों पर खड़े हों और बीच के फ़ासले के पार से एक-दूसरे से बात कर रहे हों।

"कोई बात नहीं, तकाको, क्योंकि मैं तुमसे प्यार करती हूँ। और तुम्हारी ईमानदारी प्यारी लगती है। तुम झूठ बोल ही नहीं सकतीं। लगता है, काश! मेरी आत्मा भी उतनी ही सुन्दर होती।"

"मेरी आत्मा बिलकुल भी सुन्दर नहीं है।"

मुझे लगा, जैसे वे मेरा मज़ाक़ उड़ा रही हों, और मैं थोड़ा-सा आहत महसूस करने लगी।

लेकिन मोमोको ने कहा, "मैं सच कह रही हूँ। मैं तो हर समय झूठ बोलती रहती हूँ।" उनकी आवाज़ में अजीब-सा अकेलापन था। पल भर के लिए वे सिर झुकाए रहीं।

उस क्षण में उनके चेहरे पर कुछ ऐसा भाव उभरा जो मुझसे छुप नहीं सका। मुझे लगा जैसे मैं पहली बार मोमोको की वास्तविक भावनाओं के क़रीब पहुँच पाई हूँ।

लेकिन यह अहसास पल भर ही टिक सका।

उसके तुरन्त बाद, उनका चेहरा चमक उठा, और वे अपने सामान्य रूपमें आ गईं और उन्होंने विषय बदल दिया। यह वह मुक़ाम था, जब उन्होंने अपना विचार सामने रखा था, "क्यों ना हम साथ-साथ ट्रिप पर चलें? अभी पतझड़ का मौसम तो आया नहीं है, जिसका मतलब है कि वहाँ ज़्यादा लोग नहीं होंगे। हम आराम से रह पाएँगे। तुम ऑफ़िस के काम में व्यस्त तो नहीं हो?" इस तरह वह लगातार बोलती रहीं और मुझ पर दबाव डालती रहीं।

"नहीं, मेरी कम्पनी काफ़ी लचीली है," मैंने कहा।

"तो फिर ठीक है?"

"उम्म्, ठीक है..."

पहले तो मैंने सोचा कि मना करने की कोशिश करूँ, लेकिन उनके चेहरे के भाव देखते हुए मुझे चिन्ता-सी हुई। इसलिए अन्त में, मैं राज़ी हो गई। "ठीक है, चलते हैं।"

मैं बता नहीं सकती कि क्यों, पर मुझे कुछ आभास-सा हुआ। यह ठीक-ठीक पूर्वानुमान नहीं था - उतनी बड़ी कोई चीज़ नहीं थी। यह एक ऐसी चीज़ थी, जिसे मैं शब्दों में बयान नहीं कर सकती, लेकिन उनके चेहरे को देखते हुए मैंने उसे निश्चित तौर पर महसूस किया, जैसे कोई संकेत हो, जिसे मैं नज़रअन्दाज़ नहीं कर सकती थी।

सफ़र के बारे में हमारी इस बातचीत के पहले मैं साब्यूर में *वादा से* दो बार और मिल चुकी थी। दोनों बार मैं मोमोको से मिलकर लौटते हुए कॉफ़ीशॉप में रुकी थी, और वह वहाँ मौजूद था। उसने कहा था कि वह वहाँ अक्सर आता है, और यह बात सही लगी। वह उसी खिड़की के बगल वाली सीट पर बैठा था, बाहर ताकता हुआ, बिलकुल पहले की तरह।

मैं पूरे यक़ीन के साथ नहीं कह सकती कि मैं वहाँ इसलिए गई थी, क्योंकि मैं वादा से मिलना चाहती थी। मैं नहीं समझती कि मैं कोई ख़ास उम्मीद लेकर कॉफ़ीशॉप में गई थी। लेकिन जब मैं अन्दर पहुँची और वादा को पीछे से देखा, तो मेरे मुँह से अनायास निकल गया, "ओह।"

मैंने "हैलो" कहा, जिससे उसका कन्धा ऐसे काँपा जैसे मैंने उसे सपने से जगा दिया हो। उसने मुझे पाँच सेकण्ड तक घूरा, जैसे वह मुझको लेकर किसी चीज़ की जाँच कर रहा हो, फिर वह मुस्कराया और बोला, "हैलो"।

वह मुझे साथ बैठने का इशारा करता लगा, इसलिए मैं सामने वाली कुर्सी पर बैठ गई और हम बातचीत करने लगे। बस, साधारण-सी बातें, किसी ख़ास मुद्दे पर नहीं। लेकिन ना जाने क्यों, उसके साथ बात कर मुझे अजीब-सा सुकून मिलता था। एक बार तो हम कॉफ़ीशॉप के बन्द होने पर साथ-साथ बाहर निकले और इम्पीरियल पैलेस तक थोड़ी देर टहलते रहे।

"जल्दी ही मिलेंगे।"

"बाय।"

इस तरह हमने गुडबाय किया, हालाँकि हमारे पास एक-दूसरे के सम्पर्क की जानकारी नहीं थी और ना इस बात का यक़ीन कि फिर कभी मुलाक़ात होगी भी या नहीं।

उस रात के बाद मैं तीसरी बार साव्यूर पहुँची, लेकिन वादा वहाँ नहीं था। कोई वजह नहीं थी कि मैं वहाँ उसके मिलने की उम्मीद करती, लेकिन तब भी भीतर एक ख़ालीपन-सा लगा। लेकिन मैंने ख़ुद को समझाया कि अगर वह हर बार वहीं बैठा मिलता, तो यह अजीब-सी बात होती।

उस रात मैं काउण्टर के पास की सीट पर बैठ गई, और दुकान मालिक से वादा के बारे में धुमा-फिराकर पूछ लिया।

उसने मुझे वादा के साथ बात करते हुए देखा था, इसलिए उसे उसकी याद थी।

"वह थोड़ा चुप-सा रहने वाला ग्राहक है। इन दिनों जैसे ही अँधेरा घिरता है, वह आ जाता है। लेकिन मुझे याद नहीं कि वह पहले भी आता था।"

"वह चुप्पा नहीं है, बस थोड़ा संकोची है," मैंने धीरे-से मालिक की बात काटते हुए कहा।

"ओह, माफ़ कीजिए। लेकिन वह उस तरह का व्यक्ति नहीं लगता जो थोड़ी देर के लिए रुकते हैं।"

तभी कमरे के उस तरफ़ से ताकानो ने एक बेहूदा-सा संकेत उछाल दिया, "कहीं वह तकाको से मिलने तो नहीं आता? यहाँ से तो वे दोनों साथ में बैठे अच्छे लगते हैं।"

मैं पल भर को मुँह खोले उसे देखती रह गई। फिर झल्लाकर बोली, "यह तो हास्यास्पद है!"

"अरे, छोड़ो, नाराज़ मत हो।"

"बेहतर है, तुम दूसरों के मामलों में टाँग मत अड़ाओ," मालिक ने उसे झिड़कते हुए वापस लौटा दिया।

"सॉरी," भागते-भागते ताकानो ने आवाज़ दी।

कॉफ़ी का कप होंठों तक ले जाते हुए मैंने उस बारे में सोचा जो ताकानो ने कहा था। *क्या सचमुच ऐसा मुमकिन है?* और एक बार फिर ख़ुद से कहा कि ताकानो का कहना ग़लत ही होगा।

लेकिन... अगर सचमुच ऐसा ही हुआ, तो?

वादा बहुत अच्छा इन्सान था। वह मिलनसार और शालीन था, और उसमें एक तरह की विनोद-वृत्ति थी। और वह पुस्तकों के बारे में बहुत जानकारी रखता था। वह ना तो अपने बारे में डींगें हाँकता था और ना ही अपने ही चुटकुलों पर ठहाके लगाता था। उसके व्यक्तित्व में कुछ ऐसा था कि मुझे यक़ीन था कि कई औरतें उसके प्रति आकर्षित होती होंगी।

और मैं?

जिस वक़्त मैं इस सवाल पर विचार कर रही थी, मैंने पाया कि दुकान मालिक मुझे घूर रहा था।

"आपको लोगों को देर तक घूरने की आदत छोड़नी चाहिए। ख़ासकर लड़कियों को। उन्हें बुरा लगेगा," मैंने ठण्डे स्वर में कहा।

मालिक अपनी ऊँची आवाज़ में हँसता हुआ, ताकानो के पीछे भागा और कॉफ़ीशॉप के पिछवाड़े में ग़ायब हो गया।

उस सवाल पर और विचार करने की मेरी इच्छा जाती रही, इसलिए मैंने बैग से अपनी वह पुस्तक निकाल ली, जिसके बारे में वादा ने बताया था, *अप*

द *हिल*, और उसे पढ़ने की कोशिश करने लगी। उसी शाम, जब मैं मोमोको से मिलने बुकशॉप पहुँची थी, तो दुकान बन्द होने से ठीक पहले यह पुस्तक यूँ ही एक शेल्फ़ पर नज़र आ गई थी।

जब मामा ने वह पुस्तक मेरे हाथ में देखी, तो उन्होंने कहा, "इसमें कुछ ख़ास नहीं है।"

"कोई बात नहीं," मैंने कहा, और मामा को सौ येन देकर वह पुस्तक ख़रीद ली।

यह एक छोटा-सा उपन्यास है, लगभग दो सौ पेज का। उस रात, पहले साव्यूर में और फिर वापस घर पहुँचने पर मैं पूरी पुस्तक पढ़ गई।

वह एक दुख-भरी कहानी थी, जैसा कि वादा ने बताया था।

कहानी, युद्ध के बाद के देश के पुनर्निर्माण के दौर में, टोक्यो में घटती है। मुख्य किरदार, मात्सुगोरो इदा, एक नाकामयाब लेखक है। उसकी मुलाक़ात एक ख़ूबसूरत लड़की (उकियो) से होती है, जो पहाड़ी पर बने एक "मॉडर्न" कैफ़े में काम करती है। उसे लड़की को पहली नज़र में देखते ही प्यार हो जाता है। शुरू में तो लड़की उसे गम्भीरता से नहीं लेती, लेकिन मात्सुगोरो हर दिन उस कैफ़े में जाना जारी रखता है। आख़िरकार जब वह लड़की के प्रति अपना प्रेम जताता है, तो उसकी और ख़ुशमिजाज़ उकियो की जोड़ी बन जाती है। लेकिन ठीक जिस वक़्त आप यह सोच रहे होते हैं कि वे सुखद दिन हमेशा-हमेशा बने रहेंगे, तभी उकियो को अपने पिता का कर्ज़ चुकाने के लिए एक अमीर आदमी के बेटे से शादी करने के लिए मज़बूर कर दिया जाता है। मात्सुगोरो के पास ना तो कोई साधन हैं और ना कोई भविष्य, जिससे वह इस शादी को रोक सके।

मात्सुगोरो अपने अकेलेपन और हताशा के बीच अपने उपन्यास लिखता रहता है। उसकी एकमात्र प्रेरणा इस ख़याल में है कि अगर वह प्रसिद्ध हो जाता है और अपना नाम कमा लेता है, तो शायद वह उकियो को वापस हासिल कर लेगा। अन्त में, जब वह अड़तीस-उनचालीस वर्ष का हो जाता है, मात्सुगोरो का सपना साकार होता है और वह उपन्यासकार के रूप में सफलता प्राप्त कर लेता है। लेकिन तभी उसे एक भयानक सच्चाई का पता चलता

है : उकियो एक महामारी की शिकार हो चुकी है और अब इस दुनिया में नहीं है।

उसके बाद से मात्सुगोरो अपने दिन शराब, औरतों और फिर ड्रग के नशे में डुबो देता है। उसकी बर्बाद होती ज़िन्दगी उसके शरीर को कुचलकर रख देती है। लेकिन वह उकियो को कभी नहीं भुला पाता, एक पल के लिए भी, और उस कैफ़े में जाना जारी रखता है, जहाँ पहली बार उनकी मुलाक़ात हुई थी। तभी एक दिन, जब वह कैफ़े से घर लौट रहा होता है, खाँसते-खाँसते उसका मुँह ख़ून उगलने लगता है और वह गिर पड़ता है। होश खोने से पहले उसके दिल में बस उकियो की याद बाक़ी रहती है।

मात्सुगोरो का यह पीड़ादायक, एकनिष्ठ प्यार सीधे मेरे दिल की गहराई में उतर गया। पुस्तक समाप्त करने के बाद मेरे भीतर एक गहरी उदासी छा गयी। आँसू गालों से बहते-बहते पन्नों पर गिरे और उन पर हल्के धब्बे छोड़ गए।

अपने बिस्तर में कम्बल के नीचे दुबकी मैं, नींद में जाने से पहले वादा के रोमाण्टिक पक्ष के बारे में सोच रही थी।

उस रात के सपने में, मैं उस उपन्यास की कैफ़े की मालकिन बन गई थी और उकियो के कन्धे झकझोरकर अपनी पूरी सामर्थ्य भर उसे मात्सुगोरो के साथ बाहर जाने के लिए मना रही थी।

6

“तुम्हें उसके साथ ट्रिप पर जाना क्यों ज़रूरी है?”

ट्रिप पर रवाना होने से एक रात पहले मुझे मामा का फ़ोन आया। मैं ऑफ़िस में बची हुई आख़िरी इन्सान थी, जो अब भी काम कर रही थी। उन्होंने कहा कि उन्हें अभी-अभी मोमोको से ट्रिप के बारे में पता चला है। “मैंने तो तुमसे उसके मन की बात जानने का आग्रह किया था, लेकिन तुम्हें इतना आगे बढ़ने की ज़रूरत नहीं थी,” वे कुछ बेचैन-से होकर बोले।

“दरअसल, बातें करते-करते ऐसे ही तय हो गया,” मैंने गोलमोल-सा जवाब दिया। मैं उस वक़्त दिमाग़ी तौर पर ठीक से बताने की स्थिति में नहीं थी कि असल में यह कैसे हुआ था।

“मैं उसे अच्छी तरह जानता हूँ, उसने निश्चय ही तुम पर दबाव डालकर अपने साथ खींच लिया होगा,” मामा ने चिन्तित स्वर में कहा।

“नहीं, ऐसा नहीं था।”

“पता नहीं,” मामा ने कहा, उनका स्वर अब भी परेशान था।

“मैं आपके लिए एक तोहफ़ा लेकर आऊँगी,” मैंने चहकते हुए कहा।

“अगर तुम्हें ठीक लग रहा है, तकाको, तो मेरा ख़याल है, मेरे लिए इतना काफ़ी है,” उन्होंने बेमन से राज़ी होते हुए कहा। “अरे हाँ, साबू बार-बार धड़धड़ाता हुआ दुकान में आता है और कहता है कि उसे मोमोको से मिलना है। ये मामला क्या है?”

मुझे साव्यूर में हुए उस छोटे-से नाटक की याद हो आई और मैं ज़ोर-से हँस पड़ी।

“लगता है, वे मोकोको मामी से कुछ कहना चाहते हैं।”

"क्या?" मुझे फ़ोन लाइन के उस पार मामा की हैरानी साफ़ सुनाई दी। "मोमोको उस पर पूरी तरह हावी हो जाएगी और उससे मीठी-मीठी बातें करेगी और अन्त में वह मुस्कराता हुआ घर चला जाएगा। इस तरह के लोगों से निपटने में वह अजीब तरह से माहिर है।"

मुझे वह पूरा दृश्य आँखों के सामने साफ़ दिख गया।

"मुझे भी लगता है, आप सही कह रहे हैं।"

"इसमें शक की कोई गुंजाइश नहीं है। लेकिन मोमोको लंच के समय ज़्यादातर बाहर चली जाती है, इसलिए जब साबू आता है तो वह होती ही नहीं है। इसी बात से वो खफ़ा हो जाता है।"

"अच्छा ऐसा है?"

"और अगर मैं उनसे धीरे-से पूछने की कोशिश करूँ भी कि वो कहाँ जा रही है, तो वो मुझे नहीं बताएगी।"

इस बार चौंकने की बारी मेरी थी। "क्योंकि वह कोई बच्ची नहीं हैं," मैंने कहा। "वो जब तक वापस आ जाती हैं, तब तक इसमें दिक़्क़त ही क्या है?"

"शायद तुम सही कह रही हो... ख़ैर, अगर तुम्हारा इस सफ़र पर जाने का मन ना हो, तो ज़बरदस्ती करने की कोई ज़रूरत नहीं है। मुझे समझ नहीं आ रहा है कि उसने तुमसे चलने को कहा ही क्यों है..." उन्होंने बड़बड़ाते हुए आख़िर फ़ोन रख दिया।

उस रात, अपना काम पूरा करने के बाद, मैंने फिर-से साव्यूर जाने का निश्चय किया। ऑफ़िस से निकलते-निकलते नौ बज चुके थे, और मेरा घर जाने का मन नहीं कर रहा था, इसलिए मैं साव्यूर पहुँच गई। वहाँ अभी भी भीड़ थी। खिड़की के पास जहाँ वादा आम तौर से बैठा करता था, उस जगह पर दो लड़कियाँ बैठी थीं।

मैं एक मेज़ पर बैठकर धीरे-धीरे वह पुस्तक - सानेआत्सु मुशानोकोजी की लिखी *फ्रैण्डशिप* - पढ़ने लगी, जो मैंने सफ़र पर साथ ले जाने के लिए ख़रीदी थी, लेकिन पुस्तक पढ़ने पर मेरा ध्यान टिक नहीं रहा था। जब कोई

दरवाज़ा खोलकर अन्दर आता, तो अनजाने ही मेरी निगाह उठ जाती कि कहीं वह वादा तो नहीं है।

मैं क़रीब बीस पन्ने ही पढ़ पाई थी कि वाक़ई वादा आ पहुँचा। मैंने हल्के-से झुककर उसका अभिवादन किया - थोड़ी घबराहट के साथ। वह धीरे-धीरे चलता हुआ मेरी मेज़ तक आ गया। उसे दूर से देखते हुए मुझे एक अजीब-सा अहसास हुआ - आज वह आम दिनों के मुक़ाबले कम जीवन्त लग रहा था।

वह बैठ गया, तब जाकर मैंने पूछा, "क्या काम में बहुत व्यस्त रहे?"

"नहीं, बल्कि इसके उलट, सब कुछ काफ़ी सुस्त चल रहा है।" उसने मुस्कराते हुए कहा, लेकिन उसके चेहरे पर थकान साफ़ दिख रही थी।

हम दोनों कुछ पल चुप रहे। आम तौर पर हमारी ख़ामोशी मुझे असहज नहीं करती थी, लेकिन उस रात वातावरण में कुछ भारीपन था। मुझे तकानो की कही बात याद आ गई, और तब बातचीत करना और भी मुश्किल हो गया।

"अरे हाँ..." मैंने मुस्कराते हुए कहा, क्योंकि मुझे उसे बताने के लिए कुछ याद आ रहा था। "मैंने *अप द हिल* पढ़ डाली।"

लेकिन वादा इसमें कोई ख़ास दिलचस्पी लेता नहीं लगा। "ओह, अच्छा?" वह बुदबुदाया। मैंने स्वार्थी भाव से उम्मीद की थी कि वह यह सुनकर ख़ुश होगा। लेकिन मुझे निराशा हुई कि मेरी उम्मीदें इतनी ग़लत थीं।

"उसकी कहानी कुछ घिसी-पिटी-सी है, तुमको नहीं लगता?" वादा ने हल्के-से विडम्बना के भाव से कहा।

"क़तई नहीं, मुझे तो पुस्तक पसन्द आई।"

"लेकिन मरते क्षण तक किसी ऐसे आदमी का इन्तज़ार करना, जिससे आप प्यार करते हैं। असल दुनिया में ऐसा कभी नहीं होता।"

"क्या यह सही है?"

"हाँ, कम-से-कम मैं तो यही सोचता हूँ। इसकी बजाय, होता यह है कि जिससे तुम प्यार करते हो, वह बस सामने आकर तुमसे कह देता है कि तुम अजीब-सा डरावना व्यवहार कर रहे हो।"

"हैं?" मुझे समझ में नहीं आया कि वह क्या कह रहा था। लेकिन वादा रुक-रुककर बोलता रहा।

"जब हम पहली बार मिले थे, तो मैं उसे यहीं लेकर आया था। उसे यह जगह पसन्द आई, इसलिए उस दिन के बाद, वह और मैं, दोनों यहाँ बहुत आते रहे। यही वजह है कि मैंने उससे कहा था, 'अगर कभी तुम्हारा मन बदल जाए, तो तुम मुझे यहीं ढूँढ़ लेना। मैं यहीं तुम्हारा इन्तज़ार करूँगा।' और परसों ही उसने मुझे ईमेल भेज दिया, 'तुम अजीब-सा डरावना व्यवहार कर रहे हो। अब बन्द करो।'"

अब जाकर मुझे समझ में आया कि वह पहले क्या कहना चाहता था। *तो यह चल रहा है। काश उसने यह बात मुझे थोड़े पहले बता दी होती। नहीं, लेकिन वह मुझे क्यों बताता?*

वह इस सारे समय इन्तज़ार करता रहा था - उस ख़ूबसूरत औरत का जिसे वह बुकशॉप पर लाया करता था। वह उकियो का इन्तज़ार करते मात्सुगोरो की तरह था। या, यूँ कहें कि क्या इसलिए ही उसने उन सारी भावनाओं को उपन्यास में उँड़ेल दिया था और उसे बार-बार पढ़ता रहा था?

ओह, धत् तेरे की! मैं बार-बार मन-ही-मन ये शब्द दोहराती रही।

ऐसा नहीं था कि मैं विशेष रूप से दुखी थी। क्योंकि अन्दर-ही-अन्दर मेरे मन में यह अहसास था कि वो मुझे उस नज़र से नहीं देखता। मैं ख़ुद को पूरी तरह बेवक़ूफ़ महसूस कर रही थी कि मैं हर बात को लेकर इतना बहक जाती थी।

तो वो जो हमारी घण्टों चलने वाली बातें थीं? या फिर वो जो हमें पुराने दोस्तों जैसा अपनापन लगता था? कुछ भी सच्चा नहीं था। यह वादा की भलमनसाहत थी कि वह मेरी बातें सुनता रहता था, और मैंने उसका फ़ायदा उठाया और मैं अपने बारे में बतियाती रही। असल में मुझे इसी वजह से अच्छा लगता था। अब जब मुझे अन्तत: इस बात का अहसास हुआ तो मुझे एक अपराध-बोध ने घेर लिया।

"आय एम सॉरी। यह बहुत दिलचस्प कहानी नहीं है," वादा ने क्षमायाचना के भाव से कहा, शायद इसलिए कि उसने इस बात का लक्ष्य कर लिया था कि मैं इस सारे समय नीचे देखती रही थी।

मैंने इनकार में सिर हिलाया। "नहीं, माफ़ी तो मुझे माँगनी चाहिए।"

"क्या? तुम्हें क्यों माफ़ी माँगनी चाहिए, तकाको?" लगा जैसे वादा को हैरानी हुई।

"क्योंकि।"

"हाँ?"

मैं वाक़ई और भी माफ़ी माँगना चाहती थी, लेकिन मैं यह भी नहीं चाहती कि वह सोचता कि मैं अजीब हूँ, इसलिए मैंने ख़ुद को रोक लिया। मैंने सोचा, मुझे विषय बदलना ज़रूरी है, लेकिन मेरे भीतर और भी पूछने की इच्छा उमड़ रही थी।

"तुम उससे प्यार करते थे, है ना?" मेरे मुँह से अचानक निकल पड़ा और तुरन्त ही मुझे पछतावा हुआ।

वादा हल्का-सा मुस्कराया।

"मुझे यह स्वीकार करते हुए शर्म आ रही है कि ये सब कितना बचकाना था। लेकिन, मैं इसे समझ भी सकता हूँ। शुरुआत में हमारे बीच कोई समानता नहीं थी। हमारे बीच चीज़ें ठीक होने का कोई उपाय नहीं था। लेकिन मैं जैसे ज़िद पर अड़ा रहा। मैं उससे प्यार करने लगा था। और ना जाने क्यों, कभी मान ही नहीं पाया कि हम इतने अलग हैं और हमें इस सिलसिले को ख़त्म कर देना चाहिए। मैंने हमेशा ख़ुद को एक संजीदा इन्सान समझा है, लेकिन मुझे पता चला कि मेरा एक जज़्बाती पहलू भी है। यह मेरे लिए एक आश्चर्य की बात थी।"

इस बिन्दु पर, वह विश्लेषण करना बन्द कर सकता था। मुझे लगता है, वह थोड़ा सनकी इन्सान तो था।

"मैं समझती हूँ तुम एक अच्छे आदमी हो," मैंने उसे ख़ुश करने की कोशिश करते हुए कहा। चाहती तो थी कि मैं कुछ और बेहतर कह पाती,

लेकिन कुछ और दिमाग़ में नहीं आया। हालाँकि जो मैंने कहा, वह सच था। वादा वाक़ई अच्छा इन्सान था।

"शुक्रिया। अगर तुम ऐसा कहती हो, तो शायद मैं ठीक-ठाक इन्सान हूँ। इतना तो सही है," उसने हल्का-सा हँसते हुए कहा। लेकिन मुझसे कहा गया था, 'तुम अच्छे इन्सान हो, लेकिन दिलचस्प नहीं हो।'"

"क्या तुमको नहीं लगता कि यह थोड़ी क्रूरता है?" मैंने कहा। मुझे इस औरत पर थोड़ा गुस्सा आने लगा था। मुझे लगा जैसे वह उसकी अच्छाई पहचान ही नहीं पाई।

"नहीं," वादा ने कहा। "क्योंकि मैं उससे सहमत हूँ। इस क़दर कि उसकी साफ़गोई से प्रभावित भी हुआ था। उसने वाक़ई ठीक निशाना साधा था। लेकिन यह उबाऊ विषय है, इन्हें छोड़ो।" वादा ने विषय बदलने की कोशिश की, मुझसे हालचाल पूछा, ताकि मैं खुलकर बोलूँ। लेकिन मैं अब भी आहत थी और मैं बातचीत में हिस्सा नहीं ले सकी।

"सॉरी, मुझे कल सुबह जल्दी उठना है..." बातचीत ज़्यादा ख़ुशनुमा नहीं हो पा रही थी। मैंने उसे थोड़ी देर और निभाने के बाद माफ़ी माँग ली और उठ खड़ी हुई।

"अरे, सचमुच?" वादा ने मेरी ओर भावशून्य ढंग से देखा।

जब मैंने जाने की कोशिश की, तो दरवाज़े के पास से मालिक ने पुकारा, "घर जा रही हो, तकाको?"

"हाँ।" मैंने बस इतना कहा और बाहर निकल गई।

मेरा मूड ख़राब था। मालिक को भी शायद इसका अहसास हो गया होगा। अब मेरा कुछ दिनों तक वहाँ लौटने का मन नहीं था।

चलते-चलते मैं और भी अवसाद में डूबती जा रही थी। मैंने कोई तीस बार गहरी साँस ली होगी। जब तक मुझे अहसास हुआ कि मैं अपनी पुस्तक तो वहीं मेज़ पर भूल आ हूँ, तब तक मैं ट्रेन में घर लौट रही थी।

7

मैं मोमोको से शिंजुकू स्टेशन पर सुबह दस बजे मिली।

बादल छाए हुए थे, लेकिन टी.वी. पर प्रसारित मौसम के पूर्वानुमान के मुताबिक़ दोपहर के बाद आसमान साफ़ होने जा रहा था।

मैं अपनी छुट्टियों के दिन इस यात्रा पर जाने में बिता रही थी, इसलिए घर से निकलने से पहले मैंने ख़ुद को प्रोत्साहित करने की कोशिश की : *कल रात की घटना से ख़ुद को निराश मत होने देना।*

मोमोको स्टेशन के भीड़भरे दक्षिणी गेट पर आईं। उनके पास बस एक छोटा-सा बैग था, इतना छोटा कि कोई उसे बच्चों का स्कूली बैग समझ सकता था। यक़ीन ही नहीं होता था कि वे सफ़र पर निकली हैं। उनके बाल जूड़े में बँधे हुए थे, और उन्होंने हरे रंग की हुडी और काला ट्रैकसूट पहन रखा था। उनकी क़द-काठी इतनी छोटी थी कि दूर से देखने पर लगता जैसे कोई स्कूली बच्ची पिकनिक पर जा रही हो।

जब मोमोको ने मेरी पोशाक देखी, तो उन्होंने भौंहें चढ़ाईं। "बाप रे," उन्होंने कहा, "तुम्हें देखकर तो लगता ही नहीं कि तुम पहाड़ों पर जा रही हो, है ना?" मैं लम्बे समय बाद पहली बार यात्रा पर जा रही थी, और मैं सेल से ख़रीदी हुई नई ड्रेस पहनकर आई थी।

"लेकिन मैंने स्नीकर्स तो पहने हैं," मैंने सफ़ाई देने की कोशिश की। "और बैग में हाइकिंग के ठीक-ठाक कपड़े भी रखे हैं।"

"तुम्हें इतना सारा सामान लाने की ज़रूरत नहीं थी," मोमोको ने कहा।

मेरे मुँह से जवाब नहीं निकला। मैं इस बात से शर्मिन्दा थी कि मैं इस यात्रा का कितनी बेसब्री से इन्तज़ार कर रही थी। शायद अपनी कही बात को

हल्का करने के लिए, मोमोको ने कहा, "लगता है, जवानी में ऐसा ही होता है। आप हमेशा बहुत सारा सामान साथ रखते हैं।"

"और जब आप बूढ़े हो जाते हैं तो कम सामान रखने लगते हैं?" मैंने उल्टा सवाल किया।

"तुम्हारे लिए तो ठीक है, तकाको। मुझे अपने ऊपर बोझ लादना पसन्द नहीं है," उन्होंने सपाट स्वर में कहा।

"ये सही है," मैंने हामी भरी।

"ख़ैर, तुम आईं, इसके लिए शुक्रिया। तीन दिन के अच्छे सफ़र की शुरुआत करते हैं," मोमोको ने तनकर खड़े होते हुए नाटकीय अन्दाज़ में झुककर अभिवादन किया।

"असल में तो मुझे आपका शुक्रिया अदा करना चाहिए," मैंने भी झुककर अभिवादन करते हुए कहा।

हमने शिंजुकू से चुओ लाइन पकड़ी और फिर ताचिकावा स्टेशन पर उतरकर ओमे लाइन पकड़ी। मुझे टोक्यो आए हुए मोटे तौर पर पाँच साल हो चुके थे, और यह तब के बाद से पहली बार था जब मैं उस दिशा में जा रही थी। ओमे लाइन पर जाने वाली ट्रेन के डिब्बे काफ़ी ख़ाली थे। हमारे सामने की सीट पर "बैड बॉय" टाइप का एक हाई-स्कूल का लड़का बैठा था, जिसे देखकर लगता था, जैसे वह देर तक सोया रहा हो। वह वहाँ चेहरे पर उदासी लिए बैठा बेचैनी-से अपने पैर थपथपा रहा था। उसे देखकर लगता था, जैसे वह सारी दुनिया से नाराज़ हो।

मोमोको अपनी सीट पर बैठ गईं और खिड़की से बाहर देखते हुए बहुत धीरे-धीरे गुनगुनाने लगीं। पिछली रात मैं लगभग सुबह होने तक बेकार-सी बातों में उलझी जागती रही थी, इसलिए मैं ट्रेन में बैठते ही सो गई।

जब मैं कुछ देर बाद जागी, तो वह हाई-स्कूली "बैड बॉय" जा चुका था। वह शायद गुस्से में ही स्कूल चला गया होगा।

मैंने खिड़की के बाहर झाँका और पाया कि ना जाने कब बादल हट चुके थे और नीला आसमान दूर तक फैला था। घर और इमारतें बहुत विरली हो

गयी थीं और दूर खेतों और धान के खलिहानों के पार पहाड़ियाँ और भी बड़ी दिखाईं देने लगी थीं।

"अद्भुत," मैंने आँखें मलते हुए कहा।

"थोड़ा और इन्तज़ार करो और देखो कि आगे क्या-क्या मिलता है," मोमोको ने मुस्कराकर जवाब दिया।

हम मिताके नामक एक छोटे-से स्टेशन पर उतरे। पहाड़ अब एकदम हमारे सामने थे, और उनके पीछे नीला आसमान था, और दोनों के बीच में एक विशाल पर्वत था, जिसके सामने बाक़ी सब कुछ बौना लग रहा था। वह एक भव्य, विशाल पर्वत था, जो ज़रा भी हिलने वाला नहीं था। पत्ते अभी तक पतझड़ के रंग में नहीं ढले थे, इसलिए पहाड़ अभी भी गहरे हरे रंग से ढँका था। उसी के ऊपर कहीं हमारी सराय थी, जिसकी ओर हम बढ़ते जा रहे थे।

"हम शहर के मध्य से बहुत दूर नहीं हैं, लेकिन लगता है, जैसे हमने बहुत लम्बा सफ़र तय कर लिया है," मैंने सामने का नज़ारा देखते हुए कहा। मैंने एक गहरी साँस ली और अपने फेंफड़ों को ताज़ा, स्वच्छ हवा से भर लिया। आश्चर्य होता था कि शहर की सीमा के भीतर भी प्रकृति अभी तक बची रह गईं है।

"बस, कुछ ही दशकों में यह शहर इमारतों से भर गया," मोमोको ने कहा।

इससे मुझे डोप्पो कुनिकिडा की एक पुस्तक की "मुसाशिनो" कहानी की याद आ गईं। बीसवीं सदी की शुरुआत में, जब डोप्पो ज़िन्दा थे, मुसाशिनो का इलाक़ा इतना जंगली था कि कोई उसमें खो भी सकता था। आज वही जगह टोक्यो का एक साधारण इलाक़ा भर है। समय बहुत तेज़ी-से बदलता है। यह आपको चक्कर दिलाने के लिए काफ़ी है।

स्टेशन के सामने के एक छोटे-से स्टॉप पर हमें एक बस मिल गई, जो हाईवे से होते हुए हमें पहाड़ के बीचों-बीच उस जगह ले गई, जहाँ से फ़्यूनिक्युलर शुरू होती थी। जब तक हम बस स्टॉप पहुँचे, दो टूर-ग्रुप - सम्भवत: हमारी ही ट्रेन से आए हुए - पहले से ही अपनी सीटें घेर चुके थे। दोनों ही समूह बुज़ुर्ग पुरुषों के थे। यह एक रहस्य ही था कि वे सब यहाँ

एकसाथ क्यों आए थे। हमने हल्का-सा झुककर उन्हें अभिवादन किया और उनके बगल में बैठ गए। उनमें सबसे बुज़ुर्ग दिख रही महिला मुस्कराई और बोली, "माँ-बेटी छोटी-सी यात्रा पर निकली हो?"

"जी," मोमोको ने मुस्कराकर जवाब दिया।

हम माँ-बेटी नहीं हैं, मैंने मन-ही-मन सोचा लेकिन हमारा रिश्ता समझाने में झंझट था। इसलिए मैंने बस सिर हिला दिया और अपने चेहरे पर वही भाव ला दिए, मानो कह रही हूँ, *हाँ, ये मेरी माँ हैं और मैं इनकी बेटी।*

जैसे ही हम बस में बैठे, प्राथमिक स्कूल उम्र के तीन लड़के हमसे बात करने लगे। वे सम्भवत: पर्यटकों के इतने अभ्यस्त थे कि उन्हें बातचीत करने में ज़रा भी झिझक नहीं दिखी। मोमोको को बच्चों से लगाव रहा होगा, उन्होंने बड़े स्नेह से मुस्कराते हुए उनसे बात शुरू कर दी।

"कौन-सी क्लास में हो तुम लोग?" उन्होंने पूछा।

"पहली!" तीनों ने एकसाथ, उत्साहपूर्वक, जवाब दिया।

उन्होंने बताया कि उनके परिवार पहाड़ पर सराय चलाते हैं, इसलिए उन्हें रोज़ पहाड़ से उतरकर स्कूल आना पड़ता है।

"यह तो मुश्किल होता होगा," मैंने कहा, जोकि शायद सारे पर्यटक कहते होंगे।

"शायद," उनमें से एक ने बड़ों की तरह जवाब दिया। ऐसा लगा जैसे वह कह रहा हो, "ओह, *अब* आप ही बताओ।"

"चलो, चलो!" वे तीनों चिल्लाए। बच्चों के पीछे-पीछे हम भी बस से उतरे और पहाड़ी सड़क चढ़ते हुए फ़्यूनिक्युलर स्टेशन की ओर चल पड़े। बच्चे तेज़ी-से दौड़ रहे थे, लेकिन मेरी साँस फूलने लगी और मैं पीछे रह गई। मोमोको ने मुड़कर मेरी ओर देखा।

"तकाको, असली चढ़ाई फ़्यूनिक्युलर के बाद शुरू होती है। अगर तुम अभी से थक गईं, तो मुझे नहीं पता कि हम तुम्हारा क्या करेंगे," उन्होंने चिढ़ाते हुए कहा। बच्चे ज़ोर-से हँस पड़े। "लेडी, आप तो बिलकुल भी नहीं चढ़ पाएँगी। यही होता है, जब कोई शहर में पला होता है," उनमें से एक बोला और वे फिर हँस पड़े।

"वास्तव में, मैं तो क्यूशू के देहात में पली-बढ़ी हूँ," मैंने पीछे से सफ़ाई देने की कोशिश की, लेकिन वे इतना तेज़ भाग रहे थे और मैं इतना पीछे छूट चुकी थी कि मेरी बात किसी ने नहीं सुनी। आख़िर मोमोको की सेहत इतनी अच्छी क्यों थी? हमारी उम्र का फ़ासला इतना था कि लोग हमें माँ-बेटी समझने की भूल करते थे। अब मुझे पछतावा हो रहा था कि मैं हल्का सामान लेकर क्यों नहीं आई।

मैं जब किसी तरह फ़्यूनिक्युलर की तलहटी तक पहुँची, तो मोमोको ने मुझे गिफ़्ट शॉप से ख़रीदी हुई चाय की बोतल थमाई। "लो, ये लो," उसने कहा।

मैंने कृतज्ञतापूर्वक बोतल ली और एक ही साँस में सब गटागट पी गई।

फ़्यूनिक्युलर हमें ऐसे ऊपर ले गया जैसे उसकी पटरियाँ किसी नदी के किनारे-किनारे ऊपर की ओर चढ़ रही हों। उसने हमें चोटी से ठीक पहले उतार दिया। वहाँ पहुँचकर हमने बच्चों को हाथ हिलाकर अलविदा कहा और फिर दोबारा ऊपर की ओर चढ़ाई शुरू की। अब तक हम समुद्र की सतह से लगभग एक हज़ार मीटर की ऊँचाई पर पहुँच चुके थे। यक़ीन करना मुश्किल था कि बस, एक घण्टा पहले तक हम पहाड़ की तलहटी में थे। चोटी की ओर जाती उस सँकरी राह के किनारे-किनारे हर सराय के विज्ञापन और दिशा-सूचक लगे हुए थे। "हमारी सराय सबसे दूर है, इसलिए हमें वहाँ पहुँचने में चालीस मिनट लगेंगे," मोमोको ने बड़ी सहजता से कहा।

"क्या?" मैंने घबराए स्वर में कहा।

"लेकिन नज़ारा तो लाजवाब है," उन्होंने कहा और मेरे गाल पर चुटकी काट ली।

इसके बाद और भी सीढ़ियाँ और खड़ी ढलानें आईं। वहाँ सिर्फ़ एक छोटी-सी दुकान और एक विश्राम-स्थल था। बाक़ी या तो पहाड़ी सराय थीं या निजी घर। जो भी कोई चोटी से नीचे उतरता हुआ हमें मिला, उसने उत्साह से "हैलो!" कहा।

और हर बार मोमोको और मैंने भी उतनी ही गर्मजोशी से जवाब दिया, "हैलो!"

ज़्यादातर लोग बुज़ुर्ग थे, लेकिन कुछ नौजवान जोड़े और बड़े समूह भी थे, जो कॉलेज के विद्यार्थी लग रहे थे। मुझे यह देखकर थोड़ी तसल्ली हुई कि उनमें से ज़्यादातर, मेरी ही तरह, साधारण वेशभूषा में थे।

आख़िरकार, वह सराय दिखाई दी जिसकी हमें तलाश थी। अब तक मेरी साँस पूरी तरह फूल चुकी थी। मोमोको पर भी थोड़ी थकान साफ़ दिख रही थी। उन्होंने तौलिए से माथे का पसीना पोंछते हुए कहा, "पहुँच गए। पहुँच गए।"

लकड़ी की वह इमारत काफ़ी जीर्ण-शीर्ण लग रही थी। उसमें तीन मंज़िलें थीं, जो किसी निजी मकान से जुड़ी हुई लगती थीं। इमारत का पिछला हिस्सा सीधे खड़ी चट्टान से सटा हुआ था। सामने वाले बड़े आँगन में एक ट्रैक्टर, एक जंग लगी साइकिल और कुछ लकड़ियाँ पड़ी थीं। जगह काफ़ी आबाद लग रही थी। अच्छे ढंग से कहें तो जगह सादगी भरी थी। और अगर बुरे ढंग से कहें, तो एकदम उजड़ी हुई। लेकिन मैं मोमोको के किसी चमचमाती, सजी-सँवरी सराय में ठहरने की कल्पना भी नहीं कर सकती थी। इसलिए मैंने उसे देखते ही मन-ही-मन कहा, यह कि यह तो बहुत अच्छी लग रही है।

"क्या कोई है?" मोमोको ने दरवाज़ा खोलकर अन्दर आवाज़ लगाई। पल भर बाद हमें हॉल में किसी के भागने की आवाज़ सुनाई दी, और एक लड़की प्रकट हुई।

उसने ढीली-ढाली जीन्स और एक स्वेटशर्ट पहन रखी थी, जो उसके क़द-काठी के लिहाज़ से काफ़ी बड़ी थी। उसकी उम्र बीस साल के आसपास लग रही थी।

लड़की ने मोमोको को देखा और इतनी बेबाक़ी से बोली कि यक़ीन ही नहीं हुआ कि वह किसी मेहमान से बात कर रही है। "अरे, ये मोमोको है क्या?"

"काफ़ी समय हो गया हारू। कैसी हो?" मोमोको ने जवाब दिया।

"ये कौन है? तुम्हारी बेटी? अरे, तुम्हारे बच्चे भी हैं?"

"मैं इनकी भांजी हूँ, तकाको," इसके पहले कि मोमोको किसी और को भी मुझे अपनी बेटी बताने लगतीं, मैंने जल्दी से हारू को ख़ुद ही अपना परिचय दे दिया।

हारू का अन्दाज़ थोड़ा खुरदुरा ज़रूर था, लेकिन उसमें कोई बुरी नीयत नहीं झलक रही थी।

"मिलकर अच्छा लगा," उसने कहा और मेरी ओर हल्का-सा झुककर अभिवादन किया।

एक बार फिर हमें अन्दर किन्हीं क़दमों की आहट सुनाई दी। इस बार पचास-पचपन के आसपास की एक औरत धीरे-धीरे हमारी ओर चली आ रही थी। उसने एप्रन पहन रखा था और दुपट्टा बाँध रखा था।

"अरे, मोमोको, तुम तो जल्दी आ गईं," औरत ने दोस्ताना ढंग से मुस्कराते हुए कहा। वह जल्दी-जल्दी बोल रही थी, लेकिन आप समझ सकते थे कि वह ऐसी महिला थी, जिसे लोगों का ख़याल रखना आता था।

"आपको फिर-से देखकर अच्छा लगा," मोमोको ने झुककर आदरपूर्वक कहा। तभी मुझे समझ में आया कि वह सराय की मालकिन थी।

"अरे मोमोको," हारू ने कहा, "क्या तुम फिर यहाँ काम करने आई हो?"

"नहीं हारू। आज मोमोको यहाँ मेहमान बनकर आई है।"

"अरे नहीं, वाक़ई?"

जब मोमोको ने पाया कि मैं उनकी बातचीत सुनकर दोनों की ओर बारी-बारी से देख रही हूँ, तो मोमोको ने मेरे कान में फुसफुसाकर कहा, "जब मैं सातोरू को छोड़कर भाग आई थी, तो मैं थोड़े दिन यहीं आकर रही थी और तब सराय की मालकिन ने मुझे नौकरी पर रख लिया था।"

"अच्छा, तो ये हुआ था?" मैंने आश्चर्य के साथ ज़ोर-से कहा।

"कुछ ऐसा ही," उन्होंने लापरवाही से कहा।

सराय की मालकिन हमें हमारे कमरे में ले गई। अभी दोपहर के दो ही बजे थे, इसलिए हम उस दिन के पहले ही मुसाफ़िर थे। इमारत के भीतर भी उतना ही बिखराव था, जैसा बाहर था। चारों ओर सामान इधर-उधर पड़ा था। गलियारे में कोई ख़ाली मछलीघर छोड़ गया था, पास ही पत्रिकाओं का ऊँचा ढेर और एक पुराना टी.वी. और एक गिटार पड़ा था। मैंने दरवाज़े के पास वाले रसोईघर में झाँककर देखा, तो वहाँ भी काफ़ी अव्यवस्था थी। यही हाल शौचालय, वॉशरूम और स्नानघर का था। वह जगह सराय से ज़्यादा एक बोर्डिंगहाउस जैसी लग रही थी। गर्मियों की छुट्टियों में यहाँ शायद छात्र भरे रहते होंगे। मैं नहीं जानती थी कि पहाड़ी की दूसरी सराय भी ऐसी ही थीं या नहीं, लेकिन इस सराय का वातावरण बहुत ही चलताऊ क़िस्म का था।

वह हमें दूर एक कोने वाले कमरे तक ले गई, क्योंकि वहाँ से बाहर का नज़ारा सबसे अच्छा दिखता था। कमरा लगभग दस तातामी चटाइयों जितना बड़ा था, हम दानों के लिए पर्याप्त।

खिड़की के बाहर देखने पर पता चला कि हम घनी हरियाली से घिरे हुए थे। पेड़ हल्की हवा में धीरे-धीरे झूम रहे थे। बीच-बीच में किसी पंछी की आवाज़ आ रही थी - शायद कोई थ्रश रहा होगा। दूर के पहाड़ धुन्ध में लिपटे हुए थे। ऊपर नीले आकाश में धीरे-धीरे तैरते हुए बादल ऐसे लग रहे थे, जैसे मछलियों का झुण्ड हो। उस दृश्य को देखते-देखते मुझे समय का बिलकुल भी भान नहीं रहा।

मैं कुछ देर तक खिड़की के पास बैठी बाहर के नज़ारे का आनन्द लेती रही। मेरे बगल में, मोमोको उस दृश्य को देखती हुई असामान्य रूप से चुप बैठी थीं, शायद वही भावनाएँ उन्हें भी डुबोए हुए थीं। मैंने कल्पना करने की कोशिश की कि इस तरह की जगह पर रहने और काम करने का अनुभव कैसा होगा, और यह सोचकर मैं चौंक गई कि शायद मुझे भी अच्छा लगता।

तभी दरवाज़े पर ज़ोर की दस्तक हुई और हारू अन्दर आ गई। "रात को अब काफ़ी ठण्ड पड़ने लगी है," उसने कहा और अपने हाथों में उसने जो एक भारी-सा स्टोव थाम रखा था, उसे कमरे के कोने में पटक दिया।

"शुक्रिया," मैंने कहा।

"हाँ, मज़े लो!" उसने बाहर जाते हुए जवाब दिया। उसका लहज़ा किसी बार की वेट्रेस जैसा लग रहा था।

"मोमोको मामी, तुमने यहाँ कितने समय तक काम किया?"

उन्होंने सिर को एक ओर झुकाकर सोचा, फिर बोलीं, "लगभग तीन साल।"

"उसके बाद क्या किया?"

"अरे, तमाम तरह के काम। लोग जहाँ चाहे रह सकते हैं, बस ठान भर लें।"

उनके मामले में तो यह बात बिलकुल सच थी। उनमें कहीं भी जीने की ताक़त थी।

"तो फिर चलें," वह अचानक उठ खड़ी हुईं। "रात के खाने से पहले थोड़ा बाहर हो आएँ।"

असली चढ़ाई हमने अगले दिन के लिए तय कर रखी था, और इसलिए हमने पास के मन्दिर में जाकर दर्शन करने का निश्चय किया। मोमोको ने कहा कि मन्दिर सराय के एकदम पास है, पाँच मिनट से भी कम समय लगेगा। हम जैसे ही उस छोटे-से मोड़ से गुज़रे, जहाँ एक मामूली-सी गिफ़्टशॉप और रेस्तराँ था, हमें अपने सामने मन्दिर का विशाल द्वार दिखाई दिया। हमने द्वार पर झुककर प्रणाम किया और फिर लोगों के समूह के पीछे-पीछे प्रांगण में प्रवेश किया।

मन्दिर उससे कहीं ज़्यादा अच्छा था, जितने की मैंने उम्मीद की थी। हम एक के बाद एक पवित्र स्थलों और ट्रेज़र हॉल से होकर गुज़रे। मुख्य मन्दिर की ओर जाने वाले रास्ते पर असंख्य पत्थर की शिलाएँ एक-दूसरे से सटी खड़ी थीं। मैंने एक पट्टिका पर पढ़ा कि यह मूल मन्दिर नारा काल में, बारह सौ वर्ष से भी ज़्यादा पहले बनाया गया था। मध्य युग से यह स्थल इस क्षेत्र के पवित्र पर्वतों में गिना जाने लगा। श्रद्धालु यहाँ सदियों से आते रहे थे।

यह जानकर मैं चकित रह गई कि यह इतना पुराना है। सैकड़ों वर्षों से असंख्य लोग यही चढ़ाई चढ़कर इस मन्दिर तक पहुँचते रहे थे। उस ज़माने में यातायात के कोई साधन नहीं रहे होंगे, इसलिए यहाँ पहुँचने में कई-कई

दिन, बल्कि हफ़्ते लग जाते होंगे। उनके लिए यह अनुभव शायद हमसे कहीं अधिक गहरा और मूल्यवान रहा होगा। अपनी अनास्था की वजह से मेरा सिर झुक गया।

मुख्य मन्दिर तक पहुँचने के लिए हम पत्थर की खड़ी सीढ़ियाँ पर चढ़े। रास्ते में जंगली जेण्टियन के पेड़ों पर चमकीले बैंगनी फूल खिले हुए थे। सीढ़ियाँ जैसे ख़त्म होने का नाम नहीं ले रही थीं, और ऊपर तक पहुँचने में हमें काफ़ी मशक़्क़त करनी पड़ी। बाक़ी पर्यटक भी सीढ़ियाँ चढ़ते हुए हाँफ रहे थे। जब हम अन्ततः पूजा भवन के सामने जाकर खड़े हुए, तो मुझे एक बार फिर गहरी साँस लेकर ख़ुद को सँभालना पड़ा।

मैंने किसी तरह ख़ुद को स्थिर करके चढ़ावे के बक्से में सिक्के डाले और दोनों हाथ जोड़कर प्रार्थना की। जब मैं प्रार्थना कर चुकी, तो मैंने मोमोको की ओर देखा, लेकिन वह अभी भी प्रार्थना में डूबी हुई थीं। उनके चेहरे पर गहरी गम्भीरता झलक रही थी।

जब उन्होंने आँखें खोलीं, तो मैंने पूछा, "आप किस चीज़ के लिए प्रार्थना कर रही थीं?"

"किसी चीज़ के लिए नहीं।"

"लेकिन लगता था, आप बड़ी तल्लीन होकर प्रार्थना कर रही थीं।"

"मन्दिर वो जगह नहीं है, जहाँ आप प्रार्थना करते हुए कुछ माँगते हो। यह तो वह जगह है, जहाँ आप कृतज्ञता व्यक्त करते हो। यह वह जगह है जहाँ आप देवताओं से कहती हो, 'हमेशा मेरा ध्यान रखने के लिए धन्यवाद।'"

"मैं तो अभी कुछ माँग ही रही थी, बहुत मन लगाकर।"

"क्या माँगा?"

"अच्छी सेहत, और यह कि मैं कभी दिवालिया ना होऊँ।"

मोमोको हँसीं और बोलीं कि यह बात बिलकुल मेरी ही तरह लगती है। हमने मन्दिर की परिक्रमा की, और चारों ओर देखा। तभी उन्होंने कहा, "जब मैं पहली बार सातोरू को छोड़कर निकली थी, तो भटकते-भटकते इसी मन्दिर में आ गई थी। इस तरह मैं उस सराय में पहुँची और उनसे पूछा कि

क्या मैं यहाँ ठहर सकती हूँ। मेरा और कोई नहीं था, जिसके पास मैं जाती, इसलिए मैंने सराय की मालकिन से पूछा कि क्या मैं यहाँ आकर रह सकती हूँ और काम कर सकती हूँ। संयोग से, उसके पास कर्मचारियों की कमी थी। उसने अभी-अभी अपने पति को खोया था, और हारू भी अभी उसके पास नहीं थी। तब भी, किसी अजनबी अधेड़ औरत को काम पर रख लेना...वाक़ई उसकी उदारता थी।"

वह ख़ुद के बारे में कुछ इस तरह बात करना पसन्द करती है, जैसे किसी अन्य के बारे में कर रही हो, मैंने अजीब तरह से प्रभावित होते हुए सोचा।

वापस लौटने से पहले, हम दोनों ने साथ खड़े होकर फिर-से प्रणाम किया। अस्त होते सूरज की रोशनी में मुख्य मन्दिर ख़ूबसूरत ढंग से चमक रहा था। इसके बाद हम खड़ी पगडण्डी से उतरते हुए सराय लौट आए।

मैंने नहाकर दिनभर का पसीना धो डाला। मोमोको के नहाने तक मैं अपने बिस्तर में लेटी-लेटी झपकी लेने लगी। जब उन्होंने मुझे झिंझोड़कर उठाया, तब तक काफ़ी देर हो चुकी थी।

जिस दौरान मैं स्वप्नलोक में भटक रही थी, सराय में दो और दल आ पहुँचे थे। हम सब डायनिंग हॉल में मिले। एक दल में एक ही परिवार की तीन पीढ़ियों के सदस्य थे। दूसरा दल अधेड़ उम्र के पुरुषों का था। पुरुष पहले से ही हल्के नशे में थे। जब हम डायनिंग में पहुँचे, तो वे हमारा स्वागत करते हुए चिल्लाए, "सॉरी, हमने आपके बिना ही शुरू कर दिया!" उनके स्वर हास्यास्पद रूप से ऊँचे थे।

रात के भोजन में इतना कुछ था कि देखकर ही अभिभूत हो जाओ। सराय की मालकिन लगातार एक से बढ़कर एक व्यंजन लाती रही। उबली हुई सब्ज़ियों के व्यंजन, फ़र्मेण्टेड सोयाबीन्स, हरी प्याज़ का अचार, किम्ची - छोटी-छोटी थालियों में ढेरों तरह की चीज़ें। उसने हॉट पॉट और टेम्पुरा भी परोसा।

सबसे स्वादिष्ट व्यंजन था, मिसो के साथ भूनी गई अयू स्वीटफ़िश। उसे चावल और मिसो सूप के साथ खाने के बाद मेरा पेट भर गया, तो मैंने

अपना हॉट पॉट और टेम्पुरा उन दोनों आदमियों को दे दिया। सराय का सहज और खुला वातावरण डायनिंग को एक अनौपचारिक उत्सव जैसा बना रहा था। वे दोनों पुरुष पर्वतारोहण में दिलचस्पी रखते थे और कई बार इस पर्वत पर आ चुके थे। बावजूद इसके कि वे नशे में थे, उन्होंने हमें घूमने की अलग-अलग जगहों के बारे में बताया। मैं तो उन घाटियों को देखना चाहती थी, जहाँ वॉयलेट्स और फ़ॉल्स एनेमोन्य खिलते थे, मगर अब उनका मौसम निकल चुका था।

परिवार के लोगों ने बताया कि वे एक छोटी-सी यात्रा पर आए हैं, ताकि पोते की शादी के पहले एक परिवार के रूप में साथ रह सकें। दादी अब सतासी और नवासी के बीच की थीं। (उनकी सही उम्र के सवाल पर थोड़ा विवाद हुआ।) उन्हें फ़्यूनिक्युलर स्टेशन से सराय तक पूरे रास्ते व्हीलचेयर में धकेलकर लाना पड़ा था।

"यह मेरी आख़िरी यात्रा है," दादी ने बुदबुदाकर कहा।

"क्या! आप तो अभी भी बहुत जवान हैं। आपके पास तो ढेरों यात्राओं का समय है," मोमोको ने उन्हें उत्साहित करते हुए कहा। वह बहुत ख़ुश दिख रही थीं।

बाद में, जब वे दोनों समूह ऊपर चले गए, मोमोको सराय की मालकिन से लगातार बातें करने लगीं, इसलिए मैं उन्हें वहीं छोड़ कमरे में वापस आ गई।

कमरे में आकर मैंने सोचा कि दिनभर मोमोको कैसी रही हैं, और यह नतीजा निकाला कि यात्रा को लेकर मेरी सारी चिन्ताएँ मेरा दिमाग़ी फ़ितूर था। वे बहुत ख़ुश लग रही थीं। वे हमेशा की तरह चहकती हुई इन्सान थीं। चूँकि वे यहाँ लम्बे समय तक काम कर चुकी थीं, इसलिए उन्हें शायद यहाँ की याद सता रही होगी।

मैं इतनी दूर तक ग़लतफ़हमी पाले हुए चली आई थी। उसी तरह की ग़लतफ़हमी जैसी हिदेआकी के बारे में थी। मैं चीज़ों को समझने में हमेशा देर कर देती थी। मगर शायद यह बात मायने नहीं रखती। मैं तो आनन्द ले रही थी। यही सब सोचते हुए मैं मोमोको का इन्तज़ार करती रही।

जब मोमोको कमरे में वापस आईं तो बोलीं, "कल सुबह हमें जल्दी निकलना होगा। चलो सोते हैं," और वह जल्दी से कम्बल में छिप गईं।

लेकिन मैंने दिन में दो बार झपकी ले लेने की बेवक़ूफ़ी कर ली थी, इसलिए मुझे नींद नहीं आ रही थी।

मोमोको बिस्तर में जाने के तीन मिनट बाद ही सो गईं। उनकी शान्त साँसें और बीच-बीच में उठने वाले खर्राटों की आवाज़ मुझे साफ़ सुनाई दे रही थी।

मैं वहाँ लेटी हुई इस बात से दुखी हो रही थी कि अपनी पुस्तक मैं साव्यूर में छोड़ आई थी। हालाँकि, अब पछतावा बेकार ही था। तभी किसी पल मेरे दिमाग़ में वादा का चेहरा उभर आया।

वह अभी क्या कर रहा होगा? शायद सो रहा होगा। और मैं यहाँ एक अनजानी जगह पर जागती हुई पड़ी हूँ। भले ही हम घर से बहुत दूर नहीं हैं, लेकिन तब भी अकेलापन लग रहा है। उसकी वाक़ई बहुत याद आ रही है। अगर मैंने उससे फ़ोन नम्बर माँग लिया होता, तो कौन-सा पहाड़ टूट पड़ता? अब शायद उससे कभी मुलाक़ात भी ना हो। अब उसके पास कॉफ़ीशॉप जाने की कोई वजह नहीं बची। इस अहसास से मन भारी हो उठता है कि अब सिर्फ़ पछतावा ही शेष रह गया है।

मैंने जितना ही इसके बारे में सोचा उतनी ही मेरी नींद ग़ायब होती गई, इसलिए मैं चुपचाप कमरे से निकल पड़ी। समूची सराय सोई हुई थी। लेकिन तभी मुझे गलियारे के छोर पर छोटे-से कमरे के दरवाज़े की दराज़ से छनकर आती रोशनी दिखाई दी। धीरे-धीरे पास जाकर झाँकने पर मैंने पाया कि हारू मेज़ के सामने पालथी मारे बैठी कम्प्यूटर स्क्रीन को घूर रही थी। उसके चेहरे पर वैसा ही गम्भीर भाव था, जैसा मैंने मोमोको के चेहरे पर मन्दिर में प्रार्थना के समय देखा था।

मैंने दबे पाँव वहाँ से खिसकना चाहा, लेकिन उसने मुझे देख लिया और अन्यमनस्क ढंग से बोली, "क्या हुआ? कोई परेशानी?"

"नींद नहीं आ रही थी," मैंने कहा।

"तो शायद आपको थोड़ा टहल लेना चाहिए। रात साफ़ है, तारे अच्छे दिखेंगे।" उसने ठोड़ी से गेट की ओर इशारा किया।

"शायद चले ही जाना चाहिए," मैंने कहा।

जैसे ही मैं दरवाज़े से बाहर निकलने वाली थी, मुझे सुनाई दिया, "एक सेकण्ड रुको। बाहर घुप्प अँधेरा है, और अकेली लड़की के लिए बाहर निकलना ख़तरनाक होगा।" हारू टॉर्च लेकर मेरे पीछे आ गई।

हमने चुपचाप गेट खोला और आँगन में निकल आए।

ऊँचाई की वजह से, अक्टूबर के मध्य के बावजूद हम अपनी साँसों से निकलती भाप साफ़ देख सकते थे। जब हमने ऊपर आसमान की ओर देखा, तो लगा जैसे तारे हमारे और क़रीब आ गए हों। कुछ ऐसे शीतकालीन तारामण्डल भी दिख रहे थे, जिन्हें हम शहर में कभी नहीं देख सकते थे। चट्टानों के उस पार वे पहाड़ों पर झिलमिला रहे थे।

हम धीरे-धीरे चलते हुए मन्दिर की ओर जा रहे थे। हर कोई सोया हुआ था। एक भी कमरे की खिड़की से रोशनी नहीं आ रही थी। केवल हमारी सैण्डलों की टक-टक की आवाज़ गूँज रही थी।

"माफ़ करना, मैं आपको घसीट लाई।"

"कोई बात नहीं। मैं तो बस यूँ ही ऑनलाइन कुछ देख रही थी।" हारू ने जेब से सिगरेट का पैकेट निकाला और एक सिगरेट होंठों में दबाकर जला ली। फिर वह धुएँ का गुबार छोड़ते हुए अँधेरे में ताकने लगी।

"हारू, आपने यहाँ काम करना कब शुरू किया?"

"हाई स्कूल से निकलने के बाद से ही। मालकिन मेरी रिश्तेदार हैं।"

"अच्छा, सच?"

"यहाँ ज़्यादातर लोग ऐसे ही हैं। परिवार और रिश्तेदार मिलकर सराय चलाते हैं। इसके अलावा, जब स्थानीय हाई-स्कूल के बच्चे छुट्टियों में ख़ाली होते हैं, तो वे यहाँ आकर पार्ट-टाइम काम करते हैं। मोमोको जैसे लोग यहाँ आम तौर पर नहीं होते।"

"काम मज़ेदार है?"

"कहना मुश्किल है। यही मेरी एकमात्र नौकरी है। जब छात्र यहाँ होते हैं, तो काफ़ी भीड़ हो जाती है। आप दोनों साथ-साथ सफ़र क्यों कर रहे हो? आपके बीच उतनी निकटता तो नहीं लगती," हारू ने पूछा, हालाँकि उत्तर में उसकी कोई ख़ास दिलचस्पी नहीं दिखाई दी।

"पता नहीं। निकलने से पहले लगा था कि शायद वे मुझसे कुछ कहना चाहती थीं, लेकिन अब लगता है, वह मेरा वहम ही था।"

"हूँ... अब जब आपने यह कहा, तो याद आया, जब वह यहाँ काम करती थी, तो उनका मूड काफ़ी ख़राब रहता था। लेकिन अब फिर-से उन्हें यहाँ देखकर इस बात से आश्चर्य है कि वहतो बहुत ही हँसमुख है।"

"सच?"

"हाँ। अपने आख़िरी दिनों में वह थोड़ी हल्की-फुल्की होने लगी थी, लेकिन जब मैंने यहाँ काम शुरू किया था, तब तो वह शायद ही किसी से बात करती थी। मुझे तो उनसे डर-सा लगता था।"

मैंने मोमोको के उस रूप की कल्पना करने की कोशिश की, लेकिन वाक़ई कर नहीं सकी।

"ख़ैर, मुझे भी समझ नहीं आता," उसने कहा, और सिगरेट को मन्दिर के द्वार के सामने बनी एशट्रे में फेंक दिया।

रात के आसमान में एक टूटता तारा चमकते हुए गुज़रा और ग़ायब हो गया। उसी क्षण हारू को ज़ोर की छींक आई।

"हम वापस चलें?"

हारू ने नाक सुड़कते हुए कहा, "ज़रूर।"

8

अगली सुबह, मैं अपने कम्बल से बाहर निकलने की ऊर्जा नहीं जुटा पा रही थी। मैं वहीं पड़े-पड़े टालमटोल करती रही। मोमोको ने कई बार कम्बल खींचकर हटाने की कोशिश की, लेकिन मैं उसे कसकर पकड़े रही और पूरी ताक़त से विरोध करती रही।

आख़िरकार, जब नौ से ज़्यादा बज गए तब मैं उठी, मुँह धोया और मोमोको को ढूँढ़ती हुई सराय में भटकने लगी।

"वो आँगन में होगी," सराय की मालकिन ने अपनी मुस्कान दबाते हुए कहा।

जब मैं बाहर गई, तो मैंने मोमोको को आँगन के बीच में खड़ा पाया। वह सुबह की धूप में नहाई हुई थीं। वह अभी भी पिछली रात वाली युकाता पहने हुए थीं और अजीब हास्यास्पद-सी मुद्रा बनाए खड़ी हुई थीं।

"क्या कर रही हो?" मैंने पूछा।

"ताई ची," उन्होंने कहा। उन्होंने बताया कि वह यह कई वर्षों से हर सुबह करती आ रही हैं। "यह वाक़ई सेहत के लिए बहुत अच्छा है। और करने में भी अच्छा लगता है। क्या तुम भी मेरे साथ कोशिश करोगी, सोतली रानी?"

क्या वह सचमुच बुकशॉप के सामने भी हर सुबह यह करती हैं? मुझे यक़ीन है कि अपने काम पर जाते हुए व्यापारी जब देखते होंगे कि पुरानी पुस्तकों की दुकान के सामने खड़ी एक अधेड़ महिला ताई ची कर रही है, तो उन्हें कैसा लगता होगा। इसकी कल्पना-मात्र से मेरी हँसी लगभग फट पड़ी।

नाश्ता करने के बाद, मोमोको और मैं अन्ततः अपनी चढ़ाई पर निकल पड़े। आज मैं पूरी तरह से तैयार थी, ऐसे कपड़े पहनकर जिनमें चलना बहुत

आसान था। बाक़ी मुसाफिर तो हमसे काफ़ी पहले निकल चुके लगते थे। जब मैंने मोमोको से कहा कि हमारे पास अब भी समय है, तो उसने मुड़कर मुझे ठण्डी निगाहों से देखा।

जब हम सराय से निकल रहे थे, तो मालकिन ने आवाज़ देकर कहा, "जल्दी लौटना!"

अगर आप रास्ते के दो पहाड़ों को पार कर लेते हैं, तो आप उस जगह पहुँच जाते हैं जहाँ से अद्भुत नज़ारा दीखता है। हम वहीं जा रहे थे।

पहाड़ पर मौसम ठण्डा और सुहावना था। हम देवदार के पेड़ों से घिरे थे, जिनमें से कुछ मुझसे पाँच गुना ऊँचे थे। जब मैं रास्ते में रुककर इधर-उधर उग आए जंगली फूलों को देखती, तो मोमोको हर फूल की ओर इशारा कर मुझे उसका नाम बतातीं। उन्होंने यहाँ कुछ ही साल बिताए थे, लेकिन वे यहाँ के जीवन के बारे में बहुत कुछ जानती थीं। वहीं मैं थी, जिसे प्राथमिक स्कूल में गर्मियों के कार्यक्रम में जाने के बाद से अब तक पहाड़ों पर चढ़ने का कोई अनुभव नहीं था। इस क़दर जानकार गाइड के साथ पहाड़ों पर चलना अच्छा लग रहा था। मुझे खो जाने की चिन्ता करने की कोई ज़रूरत नहीं थी। मन हल्का हुआ तो मैंने गुनगुनाना शुरू कर दिया, वही गीत जो हम सप्ताहान्त की ट्रिप पर गाया करते थे : "द बियर इन द वुड्स"।

लेकिन ये सब चढ़ाई की शुरुआत की बातें थीं। उसके बाद मैं कोई गीत नहीं गा रही थी। रास्ता, जो शुरू में समतल और चौड़ा था, धीरे-धीरे सँकरा और खड़ा होता गया। मानो वह मुझसे कह रहा हो, "यह पहाड़ कोई बच्चों का खेल नहीं है।" जल्दी ही ऐसी नौबत आ गई कि मुझे ठीक से पाँव जमाना मुश्किल हो गया, और मुझे डर लगने लगा कि अगर पलभर के लिए भी मेरा ध्यान हटा तो मेरा पैर फिसल जाएगा। अभी मिनटभर पहले मैं गा रही थी, "ऐण्ड दिस इज़ ह्वाट द बियर सेड!" और अगले मिनट पर मुझे लग रहा था कि मैं किसी अतल गड्ढे में फँस गई हूँ, जो इतना बेतरतीब है कि बाहर निकलने का रास्ता नहीं सूझ रहा है।

लेकिन मोमोको को रास्ता बिलकुल भी बुरा नहीं लग रहा था। वह तो निर्ममतापूर्वक फुर्ती-से अपना रास्ता बनाती हुई चली जा रही थीं। जब हमारे बीच की दूरी बढ़ जाती तो वह रुककर मेरा इन्तज़ार करतीं।

"अरे, मिस माउण्टेन गाइड, ज़रा धीरे चल सकते हैं क्या?" मैं बड़बड़ाई, ठीक उसी समय जब हम उस विशाल चट्टान के पास से गुज़रे थे जिसे टेंगु रॉक कहते हैं, क्योंकि उसका आकार उस लम्बी नाक वाले पौराणिक जीव जैसा लगता था।

"यह बताओ कि हमें किसकी वजह से समय कम पड़ रहा है? अगर अब जल्दी नहीं करेंगे तो लौटते वक़्त तक सूरज डूब चुका होगा। और रात में पहाड़ों पर घुप्प अँधेरा छा जाता है," मोमोको ने रूखेपन से कहा।

मेरे पास इसका कोई जवाब नहीं था।

"थोड़ा आगे जाकर कुछ देर रुकेंगे। बस थोड़ी हिम्मत और दिखाओ," मोमोको ने मेरा हौसला बढ़ाते हुए कहा और तेज़ चाल चलती हुई आगे बढ़ गईं।

आख़िरकार दोपहर ढलने पर हम एक साफ़-सुथरी पहाड़ी नदी के किनारे बैठकर थोड़ी देर सुस्ताए। सराय की मालकिन ने हमारे लिए जो खाना (ओनिगिरी) पैक कर दिया था, उसे हमने आधा-आधा बाँट लिया। पेड़ों के बीच से छनकर आती धूप और पानी की कलकल ध्वनि ने मेरे थके हुए शरीर को थोड़ी राहत दी। मैंने कई गहरी साँसें लेकर उस निर्मल पहाड़ी हवा को अपने फेंफड़ों में भरकर अपनी साँसों को सँभालने की कोशिश की। मोमोको अब भी पूरी तरह चंगी लग रही थीं। ओनिगिरी का टुकड़ा खाते हुए उनके चेहरे पर शान्त भाव था।

"मोमोको मामी, आपकी सेहत वाक़ई बहुत अच्छी है।"

"तकाको, इस उम्र में ही तुम्हारी सहनशक्ति इतनी कम है।"

मैं हँस पड़ी और उन्हें चिढ़ाती हुई बोली, "मोमोको मामी, आप तो शायद बूढ़ी दादी की उम्र में भी इसी तरह तन्दुरुस्त रहोगी।"

मोमोको हँसी। "सच कहूँ तो ऐसा कुछ होता नहीं लगता। मैं बीमार हूँ। और जल्दी ही मैं टूटने लगूँगी।"

"क्या?" मैंने कहा।

"ओके, अब विश्राम ख़त्म। बस, थोड़ा ही और चलना है," उन्होंने कहा और उत्साहपूर्वक आगे बढ़ गईं।

बीमार? मोमोको बीमार कैसे हो सकती हैं? वे तो कहीं से भी बीमार नहीं लगतीं...

मोमोको मुड़ीं और उन्होंने देखा कि मैं अभी भी वहीं खड़ी हुई हूँ। "अगर तुम आगे नहीं बढ़ीं तो मैं तुम्हें छोड़कर चली जाऊँगी!" उन्होंने आवाज़ लगाई। इस दूरी से वह पीछे से बहुत छोटी-सी लग रही थीं। मैं उनके पीछे दौड़ पड़ी।

इसके बाद, हमने अपना पूरा ध्यान चढ़ाई पर लगाया और आपस में कोई बात नहीं की।

एक बिन्दु पर, हमें नंगे पत्थर वाली एक खड़ी ढलान से नीचे उतरना पड़ा, फिर आधा चक्कर लगाकर दूसरी ढलान पर चढ़ना पड़ा। इस तरह हम रास्ते भर बार-बार नीचे-ऊपर होते रहे। मेरे बेचारे पैर दर्द के मारे चीख़ रहे थे।

तभी अचानक हमारे सामने आकाश खुल गया और चोटी दिखाई देने लगी। उस शिखर पर बना हुआ दर्शक-मंच किसी प्लेट पर रखी कचौड़ी (फ़्लान) जैसा लग रहा था। लाल-बादामी ज़मीन पर कुछ चीड़ के पेड़ इधर-उधर खड़े थे। हमारे सामने ही एकदम सीधी खड़ी ढलान थी। एकमात्र दूसरा पर्यटक एक अधेड़ आदमी था, जो चट्टान पर बनी बेंच पर बैठा हुआ था। हमारे चारों ओर ख़ामोशी और शान्ति व्याप्त थी। हम दोनों जाकर उस अधेड़ के सामने वाली बेंच पर बैठ गए। सामने से आती हल्की हवा हमारे तपते शरीर को ठण्डक देने लगी।

चोटी से दिखने वाला दृश्य सचमुच प्रभावशाली था। जहाँ तक नज़रें जातीं, हर तरफ़ हरियाली बिखरी हुई थी। दूर-दूर तक पहाड़ एक-दूसरे से सटकर खड़े थे। और आकाश अविश्वसनीय रूप से क़रीब नज़र आ रहा था। अन्तहीन और निर्मल। अगर मैं देर तक उसे देखती तो लगता जैसे वह मुझे पूरा निगल जाएगा।

आँखें सिकोड़कर देखा तो दूर कहीं टोक्यो शहर नज़र आया। वह इतना छोटा था कि एक बिन्दु जैसा दिखाई देता था। मैंने कल्पना करने की कोशिश की कि कल से मैं फिर उसी छोटे-से बिन्दु में अपनी ज़िन्दगी जी रही होऊँगी, लेकिन यहाँ पहाड़ पर मुझे विश्वास नहीं हो रहा था कि वह ज़िन्दगी वास्तविक है। क्या यह बेहतर नहीं होगा कि बस यहीं रह जाऊँ और ऐसे ही ज़िन्दगी बिताऊँ? मुझे तो ऐसा ही लगा। मैं सोचने लगी कि जब मोमोको यहाँ पहली बार आई होंगी, तब क्या उनके मन में भी ऐसा ही ख़याल नहीं आया होगा।

"मोमोको मामी?"

"हाँ?"

"आपने सातोरू मामा को छोड़ने का फ़ैसला क्यों किया था?"

यह सवाल मैंने इसलिए नहीं पूछा था, क्योंकि मेरे मामा ने पूछने को कहा था, बल्कि ख़ुद मैं जानना चाहती थी। और इस बार मुझे उम्मीद थी कि मोमोको मेरे सवाल का जवाब देंगी। अचानक से मुझे लगा कि वह बताएँगी।

"हूँ..." उन्होंने सीधे सामने की ओर घूरते हुए सिर हिलाया। मैं भी उनके जवाब का इन्तज़ार करती हुई बिना कुछ कहे सामने देखने लगी। हमारे ऊपर से एक अबाबील ख़ामोश उड़ती हुई गुज़र गई।

"मैंने तुम्हें उस आदमी के बारे में बताया था, जिससे मैं बहुत पहले प्यार करती थी, है ना?" उन्होंने अब भी सामने की ओर देखते हुए कहा।

"हाँ।"

"तो जब मैं उसके साथ थी, मैं गर्भवती हो गई थी। चूँकि मुझे हमेशा से एक परिवार की चाह थी, इसलिए जब मुझे यह पता चला तो मैं बेहद ख़ुश हुई। हालाँकि, वह मेरी इस ख़ुशी में ज़रा भी शामिल नहीं हुआ। इसलिए क्योंकि उसके पास पहले से जापान में बीवी और बच्चा था। यह बात मुझे बाद में पता चली।"

तेज़ हवा का एक झोंका उठा और धूल का गुबार उड़ाकर चला गया। कुछ ही पलों में फिर सब शान्त हो गया।

"अगर मैं और मज़बूत होती, तो शायद मैंने कम-से-कम बच्चे को बचा लिया होता। लेकिन मैं नहीं थी। मुझमें इतना आत्मविश्वास नहीं था कि मैं किसी और को इतनी पीड़ा देकर अपनी ख़ुशी ढूँढ़ सकती, ना ही मुझमें इतना साहस था कि उस क़ीमत को चुकाकर आगे जी पाती। बाद में, मुझे इतना पछतावा हुआ कि मैं मर जाना चाहती थी। लेकिन तब तक बहुत देर हो चुकी थी।" उन्होंने हल्की-सी साँस छोड़ी और फीके-से ढंग से मुस्करा दीं।

"उसके बाद मैं सातोरू से मिली और हमारी शादी हो गई। सातोरू भी बच्चे के लिए उतना ही तड़प रहा था। लेकिन हमें कभी यह सुख प्राप्त नहीं हुआ। दस साल गुज़र गए और फिर हमें आख़िरकार एक बच्चा मिला। सातोरू ख़ुश था। मैं भी इतनी ख़ुश थी कि रो पड़ी। लेकिन वह बच्चा जन्म लेने से पहले ही मेरे भीतर मर गया। मुझे लगा जैसे मुझे सज़ा दी जा रही हो। और मुझे इसलिए वह सज़ा दी जा रही थी, क्योंकि मैंने पहले अपने एक बच्चे को मर जाने दिया था। मुझे लगा कि मुझे बच्चे को जन्म देने का हक़ ही नहीं है। सातोरू ने मुझे दिलासा देने की पूरी कोशिश की। मैं जानती हूँ कि उसके लिए भी यह बहुत कठिन रहा होगा। वह हास्यास्पद रूप से दयालु है। यह तो तुम पहले से ही जानती हो ना, तकाको?"

मैंने सिर हिलाकर हामी भरी।

"उसके बाद, मैंने किसी तरह ख़ुद को सँभाला, और हम दोनों ने मिलकर ख़ूब मेहनत की और मोरीसाकी बुकशॉप को फिर से खड़ा किया। सातोरू ने पूरा ध्यान रखते हुए बच्चे की बात कभी नहीं दोहराई। और धीरे-धीरे वह बुकशॉप को चलाने में पूरी तरह डूब गया। मुझे दुकान पसन्द थी, और मैं चाहती थी कि मैं सातोरू को उतना ही प्यार करूँ, जितना वह मुझे करता था। लेकिन इतना काफ़ी नहीं था। कितना ही समय गुज़रता गया, लेकिन वह दुख गया नहीं। मैं उस अहसास को लगातार ढो रही थी- मानो मेरे भीतर कोई गहरा गड्ढा हमेशा के लिए खुला रह गया हो। मेरे भीतर का वह ख़ालीपन ख़त्म होने की बजाय दिन-ब-दिन और बड़ा होता चला गया। मुझे लगा कि इस अहसास के साथ उसके साथ रहना ही मानो एक धोखा है। फिर एक दिन आँख खुली और मुझे अहसास हुआ कि मैंने हालात को किस हद तक बिगड़ जाने दिया है।" मोमोको ने एक गहरी साँस छोड़ी। लगा, जैसे

वह जब तक अपनी कहानी सुना रही थीं, तब तक अपनी साँस रोके हुए थीं। "अगर वह मुझे इसलिए कमतर समझता है कि मैंने स्वार्थीपन का परिचय दिया, तो मैं क्या कर सकती हूँ? मैं उससे बहस नहीं कर सकती। इसीलिए मैं उससे इस बारे में बात करने से डरती हूँ। तुम्हीं को लो, तुम कितनी हैरान लग रही हो।"

मैं भला कैसे जवाब देती? मुझे समझ में नहीं आ रहा था कि क्या कहूँ। अपने जीवन के इस मोड़ पर मैं उस पीड़ा की कल्पना नहीं कर सकती थी, जो उन्होंने भोगी थी। मैं केवल उस अहसास की तीव्रता को ही समझ सकती थी। ऐसी स्थिति में, मैं जो भी कुछ कहती, वह बेमानी लगता। मैं सिर्फ़ उनके बगल में बैठकर चुपचाप सिर हिला सकती थी।

कुछ देर बाद, मोमोको उठ खड़ी हुईं। "इन तमाम बातों से तुम्हें उबाने के लिए माफ़ी चाहती हूँ। चलो, जल्दी वापस चलते हैं।"

पहाड़ की चोटी से लौटते हुए सराय के रास्ते में, मोमोको इतनी तेज़ चलीं कि वे फिर-से मुझसे आगे निकल गईं। मेरे दिमाग़ में इतना कुछ चल रहा था कि मैं रास्ते भर विचारों में खोई रही। इसी वजह से कई बार मेरा पाँव फिसला और मैं धड़ाम से गिरी।

जब तक हम सराय वापस पहुँचे, मैं बुरी तरह थक चुकी थी। बाहर पर्याप्त अँधेरा हो चुका था, और किसी वक़्त हल्की बूँदाबाँदी शुरू हो चुकी थी। डिनर का समय होने में अभी भी एक घण्टा बाक़ी था, इसलिए हम सीधे नहाने चले गए।

मैं देर तक छत की ओर ताकती गर्म पानी में भीगती रही। यह वाक़ई काफ़ी लम्बा दिन रहा था। जब मैंने खिड़की से बाहर देखा, तो बाहर का नज़ारा गहराते अँधेरे में डूब रहा था। बाथ से उठती दूधिया सफ़ेद भाप कुछ इस तरह बाहर चली जा रही थी, जैसे रात उसे निगलती जा रही हो।

तभी दरवाज़ा ज़ोर-से खुला और मैं चौंक गई। देखा, मोमोको वहाँ भाप में घिरी एकदम निर्वस्त्र खड़ी थीं। अब जबकि वे अपने सारे कपड़े उतार चुकी थीं, वे और भी छोटी लग रही थीं।

"क्या मैं अन्दर आ सकती हूँ?"

"उँ... हाँ... हाँ, ज़रूर," मैंने कहना शुरू ही किया था कि वह मेरे पूरे जवाब का इन्तज़ार किए बिना ही अन्दर आ गईं।

"तुम कितनी जवान हो, तकाको। तुम्हारी त्वचा कितनी ताज़ी और सुन्दर है," उन्होंने मुझे देखते हुए कहा।

मैंने स्वचालित से ढंग से अपनी पीठ उनकी ओर कर ली। "मैं उतनी जवान नहीं हूँ," मैंने कहा।

"ओह, अभी तो तुम्हारे सामने लम्बा जीवन पड़ा है। मेरा मतलब है, ज़रा अपनी गर्दन से छाती तक के उस ख़ूबसूरत घुमाव को देखो। जैसे-जैसे औरत बूढ़ी होती जाती है, उसकी उम्र वहाँ दिखने लगती है। लेकिन तुम्हारी त्वचा अभी भी कितनी कोमल और चमकदार है। मुझे तो ईर्ष्या हो रही है," उन्होंने हल्की-सी बनावटी मुस्कराहट के साथ कहा।

"ये तो पूरी तरह से यौन उत्पीड़न कहलाएगा," मैंने कहा।

"अरे, चिन्ता मत करो तकाको," उन्होंने ज़ोर-से हँसते हुए कहा। उनकी हँसी बाथरूम की दीवारों से टकराकर सुखद ढंग से गूँज उठी।

जब वह अन्दर आईं थीं, तो मैंने उनके पेट पर ऑपरेशन का लगभग दस सेण्टीमीटर लम्बा निशान देखा था। हालाँकि, उन्होंने उसे छिपाने की कोई कोशिश नहीं की थी, तब भी मुझे लगा था कि मैंने एक ऐसी चीज़ देख ली थी, जिसे मुझे नहीं देखना चाहिए था। मैंने वहाँ से नज़र हटा ली थी। इससे मुझे दिन में उनकी कही वह बात याद आ गई कि उनके साथ क्या हुआ था और वह अन्दर कितना ख़ालीपन महसूस कर रही थीं। मुझे बात करना मुश्किल लग रहा था, जैसे मेरे गले में कुछ अटक गया हो।

नहाने के बाद मोमोको पानी में मेरे बगल में आ गईं और सन्तुष्ट भाव से आँखें बन्द कर लीं। "आह," उन्होंने कहा, "बहुत अच्छा लग रहा है। जैसे ही मैंने उनके चेहरे को देखा, मेरे अन्दर उन्हें अपनी बाँहों में भर कर गले लगा लेने का विचित्र-सा आवेग पैदा हुआ। "वो देखो क्या है!" मैंने खिड़की की ओर इशारा करते हुए कहा। जैसे ही उनका ध्यान हटा, मैं उछल पड़ी।

लेकिन मोमोको शायद मेरी हरकत को पहले ही भाँप चुकी थीं, इसलिए वह फुर्ती से बच निकलीं।

"क्या? ये क्या कर रही हो?" वह चिल्लायीं।

"कुछ नहीं," मैं हँसी और पानी में छप-छप करती हुई उनकी ओर बढ़ती रही, जैसे कोई कुत्ता किसी भटकी हुई भेड़ को धीरे-धीरे कोने की ओर खदेड़ रहा हो।

"ये क्या है, तकाको? तुम्हारी आँखों में अजीब-सी चमक है।"

मैं उनकी आवाज़ में गूँजते डर को नज़रअन्दाज़ करती हुई झपट पड़ी। फिर मैंने अपनी आँखें बन्द कीं और उन्हें कसकर पकड़ लिया। उनके कन्धे बहुत छोटे और बहुत गर्म लगे।

"रुको... ये... तुम क्या..." वह बेतहाशा मेरी गिरफ़्त से छूटने की कोशिश करती रहीं। पानी चारों ओर उछल रहा था। बाथ की सतह पर लहरें फैल गईं। लेकिन मैंने अपनी गिरफ़्त ढीली नहीं की।

अन्त में लगा कि वह समझ गई थीं, इसलिए उनका शरीर ढीला पड़ गया और उन्होंने अपना सिर मेरे कन्धे पर टिक जाने दिया।

"ठीक है, मैंने हार मान ली। मुझे नहीं मालूम था कि तुम यह चाहती हो, तकाको," उन्होंने कहा और वे मुझसे टिक गईं।

"आप ध्यान नहीं दे रही थीं।"

हम दोनों हँस पड़े। लेकिन फिर भी हम बहुत देर तक वैसे ही बने रहे, उस बड़े स्नानघर के सिरे पर, एक-दूसरे को थामे हुए।

9

हमारी दूसरी रात पहली के मुक़ाबले ज़्यादा ख़ामोश थी। पिछली रात हम जिन मुसाफ़िरों से मिले थे, वे पहाड़ से नीचे चले गए थे। उनकी जगह एक पुरुष और एक स्त्री थी, जो उसी दिन आए लगते थे। डिनर के दौरान वे दोनों धीरे-धीरे बतियाते रहे। मुझे उनसे नफ़रत हो रही थी। उन्हें इस तरह के बोर्डिंग हाउस में आने की क्या ज़रूरत थी? उन्हें तो किसी हॉट स्प्रिंग इन में जाना चाहिए था, जहाँ वे जो मर्ज़ी चाहे कर सकते थे और अपने रिश्ते को गुप्त रख सकते थे।

सराय की मालकिन सर्विंग ट्रे लेकर अन्दर आई और हॉल के बीच में रखे पुराने टेलिविज़न को चालू कर दिया। मेरा ख़याल है, टी.वी. की आवाज़ में कुछ गड़बड़ थी, क्योंकि स्क्रीन पर लोगों के हँसने की आवाज़ अचानक बन्द हो जाती थी और टी.वी. की ट्यूब में ग़ायब हो जाती थी। जब ऐसा होता तो कमरे में और ख़ामोशी छा जाती। उस अजीब ढंग से कटती आवाज़ ने मुझे विचित्र भय से भर दिया, और अन्ततः मैं उठी और टी.वी. के पास जाकर, उसे बन्द कर दिया।

हम वापस अपने कमरे में गए और अगल-बगल पड़े अपने बिस्तरों में घुस गए। जैसे ही हमने बत्तियाँ बुझाईं, लगा जैसे भयानक ख़ामोशी छा गई हो। बारिश भी बन्द हो गई लगती थी। दूर से गिरते पानी की आवाज़ अब सुनाई नहीं दे रही थी।

"सुबह जल्दी निकलने की हड़बड़ी नहीं करेंगे," मोमोको ने धीरे-से कहा।

"ये तो अच्छा होगा," मैंने कहा, लेकिन मेरा दिमाग़ कहीं और था। मैं अँधेरे में छत को घूर रही थी। मोमोको ने मुझे पहले बताया था कि हल्की-सी

रोशनी भी हो तो उन्हें नींद नहीं आती, इसलिए कमरे में घुप्प अँधेरा था। और तब भी, जब मैं आँखें खोले हुए अँधेरे की अभ्यस्त हो रही थी, तो मुझे कमरे में रखी हुई चीज़ों की धुँधली परछाइयाँ दिखाई देने लगीं।

थोड़ी देर बाद मैंने हल्के-से मोमोको को पुकारा। मैं जानती थी कि वे मेरे बगल में लेटी हुई थीं, लेकिन वे मुझे दिखाई नहीं दे रही थीं। "क्या आप जाग रही हो?"

"हाँ," उन्होंने तुरन्त जवाब दिया, जैसे वह भी अब तक जाग रही हों।

"क्या हम कुछ देर बात कर सकते हैं?" मैंने छत की ओर देखते हुए दबे स्वर में कहा।

"बिलकुल। मेरा भी बात करने का मन कर रहा है।"

"इसका सम्बन्ध तुम्हारी दोपहर की बात से है..."

"हम लोग किस बारे में बात कर रहे थे?"

"बीमार होने के बारे में..."

"अरे हाँ।" जवाब देने के पहले वह पलभर ख़ामोश रही थीं।

"क्या वह - क्या यह वाक़ई बुरी है?" मैंने एक ही साँस में सवाल पूछ लिया, जैसे मैंने उसे किसी स्क्रिप्ट से पढ़ा हो। अँधेरे में मेरी आवाज़ असहाय-सी लग रही थी।

"हाँ। अगर तुम उसके बारे में इस तरह सोचो तो, वह बहुत बुरी है। लेकिन अगर दूसरी तरह से सोचो तो उतनी बुरी भी नहीं।"

"मतलब?"

"उम्म्..." मोमोको ने आवाज़ को इतना लम्बा खींचा कि वह कराह जैसी लगने लगी। "मेरा मतलब है, तुम जानती ही हो कि किस तरह लोग किसी दुर्घटना या किसी आकस्मिक बीमारी से मर जाते हैं, और उन्हें किसी से भी अलविदा कहने का अवसर नहीं मिलता। उनकी तुलना में, मैं वाक़ई ख़ुशक़िस्मत हूँ। मेरे पास इस सब के लिए वक़्त है।"

"तुम्हारा मतलब..."

"ना, इसमें चिन्ता की कोई बात नहीं है। ऐसा कुछ नहीं है कि मैं तुरन्त मर जाने वाली हूँ। कुछ समय पहले मैं अस्पताल गई थी, और वहाँ उन लोगों ने मेरा गर्भाशय निकाल दिया और कई और चीज़ें कीं, और अब मैं नियमित रूप से अस्पताल जा रही हूँ और वे मेरे ठीक-ठीक रोग का पता लगा रहे हैं। मेरा ख़याल है, मुझे कुछ वर्षों तक इस पर नज़र रखनी होगी।"

"और इसी वजह से तुम मामा के पास वापस आ गईं?"

"ऐसा नहीं है कि जैसे ही मुझे अपनी बीमारी का पता चला, मैंने वापस लौटने का फ़ैसला कर लिया। शुरू में तो यह ख़याल तक मेरे दिमाग़ में नहीं आया था। लेकिन तभी एक दिन जब मैं अस्पताल में थी और काफ़ी अवसाद की हालत में थी, मुझे एक सपना आया।"

"सपना?"

मैंने अँधेरे में करवट लेकर अपना चेहरा मोमोको की ओर कर लिया। लेकिन अँधेरा इतना था कि उनके चेहरे के भावों को देख पाना असम्भव था।

"उस सपने में, मैं एक नाव पर थी, जो बन्दरगाह से जाने वाली ही थी। नहीं, शायद मैं ख़ुद ही वह नाव थी। ख़ैर, मैं चप्पू चलाते हुए क्षितिज की तरफ़ बढ़ रही थी। मुझे दूर-दूर तक साफ़ दिखाई दे रहा था। मुझे निश्चित तौर पर मालूम था कि जैसे ही मैं वहाँ पहुँचूँगी, मैं कभी वापस नहीं आ पाऊँगी। मैंने मुड़कर देखा, तो मुझे बन्दरगाह पर खड़ा एक आदमी दिखाई दिया, जो मेरी ओर हाथ हिला रहा था। मैं उसे देखते ही समझ गई कि वह सातोरू था। मेरे मन में गहरे यह बात समाई हुई थी कि हम अब कभी एक-दूसरे से नहीं मिल सकेंगे, इसलिए मैंने भी वापस पूरी ताक़त से उसकी ओर हाथ हिलाने की कोशिश की। लेकिन मेरी नाव बहुत तेज़ थी - मैं जैसे-जैसे आगे बढ़ती जा रही थी, सतारू छोटे-से-छोटा होता जा रहा था। और फिर अचानक वह नज़र से ओझल हो गया, और मैं अकेली रह गई, समुद्र में तैरती हुई। यही सपना था।" मोमोको ने अपने बिस्तर पर मेरी ओर करवट ली तो उसकी सरसराहट मुझे सुनाई दी। फिर वह पलभर हँसती रही।

"ये थोड़ी झेंपाने वाली बात है, लेकिन अस्पताल के उस कमरे में जब मैं उस सपने से जागी, तो मैंने रोना शुरू कर दिया, और इतनी रोई कि मुझे ख़ुद

ही उस पर विश्वास नहीं हुआ। मेरा मतलब है, मैं जानती थी कि वह महज़ एक सपना था। लेकिन आँसू लगातार बहते रहे। अन्त में, मैं सिसक रही थी। मुझे याद भी नहीं है कि इसके पहले मैं कब रोई थी। मैं तो शायद ही कभी रोती हूँ, लेकिन उस दिन मेरी दिमाग़ी हालत बहुत बुरी थी। मैं बहुत, बहुत दुखी थी। वह असहनीय था। और तभी मुझे समझ में आया कि चाहे कुछ भी हो, मैं सातोरू को फिर-से देखना चाहती हूँ। अजीब है ना?"

"मुझे नहीं लगता।" जब मैंने उनके अकेलेपन की कल्पना करने की कोशिश की, तो मैं अपना सिर हिलाती रही। मुझे उनकी उस हालत की कल्पना भी मुश्किल लगी।

"यह निश्चय ही अजीब है," मोमोको ने ज़ोर देकर कहा। "लेकिन यही वजह थी कि मैं वापस आ गई, भले ही मुझे अब भी शर्म आती है।"

"तो ये हुआ... लेकिन आप अभी भी मामा से अपनी बीमारी के बारे में बात करने का इरादा नहीं रखतीं?"

'नहीं। ऐसा इरादा बिलकुल नहीं है," उन्होंने सपाट स्वर में कहा।

"क्यों नहीं?"

"इस मुक़ाम पर, मैं अब उस पर बोझ नहीं बनना चाहती।"

"वो उससे कहीं ज़्यादा मज़बूत हैं, जितना आप सोचती हो।"

"तुम्हारा कहना सही है। निश्चय ही, वह इसे सँभाल सकता है। लेकिन बात वो नहीं है। इसका ताल्लुक उसके जज़्बातों से है। मैं उसके साथ ऐसा नहीं कर सकती। जो कुछ भी हो चुका है, उसके बाद यह ठीक नहीं होगा।"

"लेकिन अगर आप उन्हें बताने की कोशिश नहीं करतीं -" इसके पहले कि मैं कहती, "क्या ठिकाना है," उन्होंने मुझे बीच में ही टोक दिया।

"यह फ़ैसला तो मैंने उसी वक़्त कर लिया था, जब मैंने वापस लौटने का निश्चय किया था।"

"लेकिन... लेकिन... आपने मुझे तो बताया ही।" मुझे अहसास हुआ कि मेरी आवाज़ ऊँची हो रही है।

“शायद मैं किसी से कहना चाहती थी,” मोमोको ने हल्के-से कहा। “मैं बस किसी के सामने खुलना चाहती थी... छोड़कर जाने के बारे में... बीमार होने के बारे में। और मुझे पता था कि अगर मैंने तुमसे कहा कि यह बात सातोरू को मत बताना, तो तुम मेरा राज़ रखोगी।”

“ये उचित नहीं है...” मैंने कहा। मेरी आँखों से आँसू बह निकले और मेरी आवाज़ टूट गई। “यह बिलकुल उचित नहीं है।”

“तुम्हारा कहना सही है। ये उचित नहीं है। आय एम सॉरी, तकाको। आज जब तुमने बाथरूम में गले लगाया था, तब मैं सचमुच बहुत ख़ुश हुई थी। सचमुच ख़ुश। तुम वाक़ई बहुत दयालु लड़की हो। यही वजह है कि सातोरू और मैं तुमसे इतना प्यार करते हैं।”

मैंने ख़ुद को कम्बल में छुपा लिया। मेरी आँखों से आँसू बह रहे थे। मैं लगातार उन शब्दों को दोहराती जा रही थी। यह उचित नहीं है, यह उचित नहीं है। मोमोको लगातार माफ़ी माँगे जा रही थीं। लेकिन मैं उन शब्दों को दर्जनों बार दोहराती रही। मैं उन्हें तब तक दोहराती रही जब तक कि मैं रोते-रोते सो नहीं गई।

अगली सुबह, बादलों से घिरे आसमान के नीचे, सराय की मालकिन और हारू ने हमें विदा किया। जैसा कि मोमोको ने आने के समय किया था, वैसे ही उसने दरवाज़े पर खड़े होकर सराय मालकिन के सामने झुककर औपचारिक अभिवादन किया। मालकिन उन्हें रोकने की कोशिश कर रही थी, लेकिन वे रुकी नहीं। “फिर मिलेंगे!” हारू ने सरसरी तौर पर कहा और हाथ हिलाकर अलविदा कहा।

सुबह मोमोको फिर अपनी ख़ुशनुमा हालत में लौट आई थीं। उतरते समय वह ख़ुशी-ख़ुशी बातें कर रही थीं। “अरे देखो, कमल खिल रहे हैं... वहाँ पत्तियों पर थोड़ी रंगत दिखने लगी है।” जवाब देते हुए मैं भी भरसक ख़ुश दिखने की कोशिश कर रही थी। मुझे समझ नहीं आ रहा था कि मैं और क्या करूँ।

उस शाम हम शिंजुकू स्टेशन पर अलग हुए। भीड़भाड़ के बीच, मोमोको टर्नस्टाइल के सामने खड़े होकर मेरे सामने पूरी झुकीं और बोलीं,

"शुक्रिया, तकाको। मैंने वाक़ई बहुत सुन्दर समय बिताया।" उनके चेहरे की मुस्कान लगभग चौंधिया देने वाली थी। मैंने उनकी ओर देखा और हिम्मत करके पूछा, "अब तुम क्या करने वाली हो?"

"मैं वापस बुकशॉप जा रही हूँ।"

"नहीं, मेरा मतलब यह नहीं था। मेरा मतलब है, उसके बाद।"

मोमोको ने कहा, "उम्म्..." और अपने हाथ बाँध लिए। "मैं कुछ-न-कुछ सोचूँगी।" उन्होंने बस इतना ही कहा। इसके बाद वे फुर्ती-से घूमीं और भीड़ में ग़ायब हो गईं।

मैं उनकी छोटी-सी आकृति के नज़रों से ओझल हो जाने के बाद भी, उस ओर ताकती हुई खड़ी रही। मैंने कल्पना करने की कोशिश की कि अब इसके बाद क्या होगा, लेकिन मेरे मन में जो भाव पैदा हो रहे थे, वे मेरी सहनशक्ति से परे थे।

10

सतोरू मामा ने मुझे दो दिन बाद दोपहर के पहले किसी वक़्त फ़ोन किया। जब मैंने अपने सेलफ़ोन पर उनका नम्बर देखा, तो मैं कल्पना कर चुकी थी कि क्या हुआ होगा।

"तुम्हें काम के वक़्त परेशान कर रहा हूँ, सॉरी," जैसे ही मैंने फ़ोन उठाया, उन्होंने धीमी सपाट आवाज़ में कहा। "दुकान पर एक ख़त तुम्हारा इन्तज़ार कर रहा है।"

तो वही हुआ। मैंने एक लम्बी साँस छोड़ी। मुझे उन्हें इस तरह नहीं चले जाने देना चाहिए था। लेकिन अगर मुझे पता भी होता कि यह होने जा रहा है, तब भी मैं क्या कर सकती थी?

मोमोको ने न्याय नहीं किया। मैं यह जानती थी। अपने सेलफ़ोन को हाथ में दबाते हुए मेरे अन्दर ग़ुस्सा उमड़ता हुआ महसूस हुआ।

"तकाको?" चूँकि मैंने इतनी देर से कुछ नहीं कहा था इसलिए मामा को लगा कि कहीं लाइन तो नहीं कट गई, इसलिए उन्होंने मुझे पुकारा।

"मैं अभी आती हूँ।"

"तुम्हारे काम का क्या होगा?" मामा पूछ ही रहे थे कि मैंने फ़ोन काट दिया।

ये उचित नहीं है। ये उचित नहीं है। और मैं मन-ही-मन इन शब्दों को दोहराती रही थी और ट्रेन मुझे जिम्बोचो की ओर लिए जा रही थी। ये उचित नहीं है। वयस्क लोग इस तरह आचरण नहीं करते। मैं समझ सकती थी कि वह क्या महसूस कर रही थीं। पाँच साल तक ग़ायब रहना और फिर अचानक लौटकर कहना कि मैं बीमार हूँ। मैं समझ सकती थी कि इस तरह की बात कहने में हिचक होती। लेकिन अगर वह अभी भी मेरे मामा को प्यार करती

थीं, तो यह और भी उचित होता कि वह उन्हें सच्चाई बता देतीं। और अब जब वे फिर-से मेरे मामा को छोड़ गई थीं, तो उनका क्या हाल होने वाला था? पिछली बार भी जब वे बिना कुछ ख़ास बताए चली गई थीं तो मामा को कितनी मुश्किल से गुज़रना पड़ा था।

मैं अपने मामा के पक्ष में थी, ठीक उसी तरह जैसे वे इस सारे समय मेरे पक्ष में रहे थे। और यही वजह थी कि मैं मोमोको को फिर-से ग़ायब हो जाने पर माफ़ नहीं कर पा रही थी। गुस्सा मेरे अन्दर घुमड़ता जा रहा था। मैं उसे रोक नहीं पा रही थी। मुझे इतना गुस्सा आ रहा था, जितना मैंने अपनी ज़िन्दगी में कभी महसूस नहीं किया था। मेरा शरीर गुस्से से काँप रहा था।

जब मैं बुकशॉप पर पहुँची, तो मामा ने मुझे वह ख़त दिखाया, जो वह मेरे लिए छोड़ गई थीं।

मैंने कहा, "शुक्रिया। अपना ख़याल रखिए।"

मैंने ख़त को फाड़कर टुकड़े-टुकड़े कर दिया और फ़र्श पर गिरा दिया।

मेरे मामा हक्काबक्का हो मुझे घूर रहे थे।

"यह उचित नहीं है। यह कायरता है। मैं उन पर विश्वास नहीं कर सकती। उन्होंने मुझे अपना उजला पक्ष ही दिखाया, और फिर वे चली गईं। वे भाग खड़ी हुईं।"

"तकाको?" मेरे मामा चिन्तित भाव से मुझे देख रहे थे। "अरे, तका -"

मैंने मामा को तुरन्त टोक दिया, और, अपना सिर ऊँचा उठाकर, ज़ोर-से कहा, "मैं अपना वादा तोड़ रही हूँ। असल में तो वह कोई वादा था ही नहीं। उन्होंने मुझसे बस इतना कहा था कि कुछ मत बताना।"

"क्या?"

जब मैंने मामा को संक्षेप में वह सब बता दिया, जो उस रात मोमोको ने मुझसे कहा था, तो मामा मुँह बाए उसे सुनते रहे। बेशक, मैं अच्छी तरह से जानती थी कि यह सब सुनकर उन्हें आघात पहुँचेगा, लेकिन उन्हें जानने का हक़ था। और अब मोमोको को रोकने वाला और कोई नहीं था।

लेकिन ऐसा नहीं लगा कि मामा को कोई आघात पहुँचा हो। जब मैंने अपनी बात ख़त्म कर दी, तो उन्होंने धीरे-से सिर हिलाया और कहा, "ठीक है।"

"आपको मालूम था?"

"बिलकुल नहीं।"

"लेकिन तब..."

मामा ने गहरी साँस ली और बैठने की कोशिश की और अपनी कुर्सी में लगभग गिर पड़े। "मैं जानता था कि उसके वापस लौटने के पीछे कोई बड़ी वजह होगी। जैसाकि मैंने पहले कहा था, एक बार वह फ़ैसला कर लेती है, तो फिर उससे डिगती नहीं है। इसके बावजूद उसका लौटना, ख़ैर... यही वजह है कि मैं उससे बहुत ज़्यादा सवाल पूछने से डर रहा था। इसीलिए मैंने तुमसे कहा था। मैं भी कितना बेवक़ूफ़ हूँ। मैंने उससे कभी सीधे-सीधे बात नहीं की, और उसका नतीजा यह निकला," उन्होंने कहा। उनकी आवाज़ में हार मान लेने का भाव था।

मैं उनके एकदम क़रीब जा खड़ी हुई, सीधे उनकी आँखों में देखा, और कहा, "अभी भी समय है। अगर आप उन्हें अभी जाने देते हो, तो आप सचमुच उन्हें कभी नहीं देख पाओगे। भले ही आप ना जानते हो कि आगे क्या होगा, फिर भी आप उन्हें जाने नहीं दे सकते। आप समझ रहे हो, मैं क्या कह रही हूँ? मामा आप ही एकमात्र वह व्यक्ति हो, जो उन्हें रोक सकता है।"

"ठीक है..." उन्होंने इतना ही कहा। लेकिन उनकी आवाज़ में ज़रा भी दृढ़ता नहीं थी।

"तो फिर जल्दी करो!" मैंने आवाज़ ऊँची करते हुए कहा। "मामा, याद है, आपने मुझसे कहा था कि हर चीज़ से भागना मत? अगर आप और मोमोको मामी भी ऐसा करते हैं, तो वह उतना ही बुरा है। आप उनके पास जाओ।"

"लेकिन मैं नहीं जानता कि उसे कहाँ ढूँढ़ूँ..." उनकी आँखों में अभी भी वही लाचारी थी, जैसे उन्हें यक़ीन ना हो कि वे उसे रोक सकते हैं।

"कुछ भी दिमाग़ में नहीं आ रहा है? कोई ऐसी जगह जहाँ मोमोको सबसे पहले जाने का सोचेंगी?" मैंने पूछा।

वे हक्का-बक्का हो पलभर मुझे ताकते रहे।

"ना।"

"ये नहीं हो सकता। कोई-न-कोई जगह तो होगी। मोमोको आपकी पत्नी हैं।"

"ये सही है, लेकिन मैं तुमसे कह रहा हूँ..."

"ऐसी जगह को याद करने की कोशिश करो, जो उनके लिए ख़ास हो।"

मेरे मामा मुझे काफ़ी देर तक ख़ाली नज़रों से देखते रहे, फिर अचानक बोले, "ओह! एक जगह है। शायद - नहीं, पक्का वही होगी।"

"समझ गए?" मैंने दोबारा पूछा।

"हाँ। शायद मैं वहाँ वक़्त रहते पहुँच जाऊँ।" इस बार उन्होंने ज़ोर-से सिर हिलाया।

वह अपनी कुर्सी से लगभग उछल पड़े। "तकाको, क्या मैं तुमसे एक और मदद माँग सकता हूँ?"

"ज़रूर।"

"मैं तुम्हें इन घण्टों के पैसे नहीं दे रहा हूँ..."

"मुझे पता है, बेवक़ूफ़!" मैंने चिल्लाकर कहा। अभी इस बेवक़ूफ़ी भरी औपचारिकता का वक़्त नहीं था। मामा आख़िरकार दुकान से इस तरह दौड़े जैसे मैंने उन्हें लात मारकर भगाया हो।

मैंने उम्मीद की कि शायद इस बार वे उन्हें जाने से रोक पाएँगे।

मैंने दुकान के दरवाज़े पर खड़े-खड़े मामा को साकुरा स्ट्रीट पर तेज़ी-से भागते हुए देखा। भागते हुए उनका क़द छोटे-से-छोटा होता जा रहा था। बदक़िस्मती से, उनकी कमर के दर्द की वजह से उन्हें बीच-बीच में रुककर अपनी पीठ के निचले हिस्से को थपथपाना पड़ रहा था, लेकिन यह तो उनकी आदत थी।

जब मामा नज़र से ओझल हो गए, तो मैं कुछ देर स्तब्ध खड़ी-खड़ी सँकरे आसमान की उस पट्टी को देखती रही, जो इमारतों के बीच से झाँक रही थी। यह वही शरद ऋतु का एक्का नीला आसमान था, जिसमें हल्के-हल्के बादल मछलियों के झुण्ड की तरह तैर रहे थे।

"क्या हुआ? दुकान खुली है, ना?" एक अधेड़ आदमी दुकान के सामने आकर रुका। उसने मुझे उत्सुक नज़रों से देखा और फिर अन्दर चला गया।

मैं भी उसके पीछे-पीछे अन्दर चली गई। "मोरीसाकी बुकशॉप में आपका स्वागत है," मैंने कहा। मैं अपनी भूमिका निभा चुकी थी। अब आगे का सब मामा पर निर्भर करता था।

मैं काउण्टर पर अपनी पुरानी जगह पर बैठकर मामा के लौटने का इन्तज़ार करने लगी।

11

जब वादा से मेरी मुलाक़ात फिर-से हुई, तब तक सड़क पर लगे पेड़ों के आख़िरी पत्ते झड़ चुके थे।

उस रात मैं लगभग एक महीने बाद पहली बार साव्यूर में रुकी। काफ़ी समय से वहाँ जाने का मेरा मन ही नहीं कर रहा था। यहाँ तक जब मैं उसके सामने से गुज़रती, तो सीधी निकल जाती थी। लेकिन जब मौसम दिनों-दिन ठण्डा होने लगा, तो मेरी इच्छा कॉफ़ी पीने की हुई।

मैंने दरवाज़ा खोला और मेरे मुँह से निकल गया, "ओह।"

वादा पीछे की तरफ़ एक मेज़ पर बैठा हुआ था। हमारी नज़रें सीधी टकराईं। उसने भी मुझे देख लिया था। मेरे मन में आया, ग़लती हो गई, अब बस जल्दी-से "हैलो" बोलकर निकल लूँ, लेकिन वह शालीनता से उठ खड़ा हुआ और मेरे आने का इन्तज़ार करने लगा।

"तुमसे मिलना अच्छा लग रहा है," मैंने कुछ हड़बड़ाते हुए कहा और उसके सामने बैठ गई।

"काफ़ी समय हो गया," उसने हमेशा की तरह ठण्डे स्वर में जवाब दिया।

वेट्रेस पानी लाई और ऑर्डर के बारे में पूछने लगी।

उस वक़्त भी मैं यह सोच रही थी कि उसको बस हाय बोलकर सीट बदल लूँगी और कॉफ़ी का ऑर्डर दूँगी, इसलिए मैंने कहा, "अभी नहीं।" उसने सिर हिलाया और मुस्कराती हुई चली गई।

कुछ देर की चुप्पी के बाद वादा बोला। "इस बीच कैसी रहीं?"

"उम्म्, ठीक ही रही। और तुम?" मैंने जवाब दिया।

"बस यूँ ही," उसने ख़ुशमिजाज़ ढंग से कहा और कॉफ़ी की चुस्की ली।

क्या वह अब भी अपनी पुरानी प्रेमिका के आने का इन्तज़ार कर रहा था? मगर उसने तो ख़ुद कहा था कि अब वह उससे मुक्त हो चुका है। लेकिन जब मेरे दिमाग़ में यह चल रहा था, तभी अचानक वादा बोला, "मैं तुम्हारा इन्तज़ार कर रहा था।" फिर उसने अपने बैग में हाथ डाला और उसमें से एक पेपरबैक पुस्तक निकाली। तभी मुझे समझ में आया कि वह सानेआत्सु मुशानोकोजी की पुस्तक थी, *फ्रैण्डशिप*, जो मैं अपनी यात्रा से पहले की रात वहाँ भूलवश छोड़ गई थी। इस बीच इतना कुछ घटित हो चुका था कि मैं उस पुस्तक के बारे में भूल चुकी थी।

मैंने तो कभी सोचा भी नहीं था कि वह वादा के पास होगी।

"तुमने इस पूरे समय यह मेरे लिए सँभाल कर रखी?" उसने मुझे पुस्तक थमाई, तो मैंने पूछा।

"उस रात तुम्हारे जाने के बाद मेरा ध्यान पुस्तक की तरफ़ गया। मैंने यहाँ के मालिक से पूछा कि क्या वह अगली बार तुम्हारे आने पर यह पुस्तक तुम्हें दे देगा, लेकिन उसने कहा, वह नहीं जानता कि तुम कौन हो। उसका कहना था कि उसने तुम्हें पहले कभी नहीं देखा।"

यह तो मुमकिन ही नहीं था कि मालिक मुझे ना जानता। हम दर्जनों बार एक-दूसरे से मिल चुके थे। बल्कि मैं तो वहाँ की नियमित ग्राहक थी।

"इसीलिए अन्ततः मुझे पुस्तक को सँभालकर रखना पड़ा। मेरे पास तुमसे सम्पर्क करने का कोई तरीक़ा नहीं था, इसलिए मैं समय-समय पर यहाँ आता रहा कि शायद तुम मिल जाओ। लेकिन लगता है, मैं कभी सही समय पर नहीं आया, क्योंकि तुमसे मुलाक़ात ही नहीं हुई। मुझे थोड़ा अपराध-बोध तो हो रहा था, लेकिन महज़ तुम्हारा इन्तज़ार करते रहना उबाऊ होता, इसलिए मैंने पूरी पुस्तक पढ़ डाली।"

मैं मुँह खोले उसकी बात सुनती रही। और तभी मेरी नज़र काउण्टर पर खड़े मालिक पर पड़ी और मैं अन्ततः समझ गई कि क्या हुआ होगा। मालिक काँच पर पॉलिश करते हुए ऐसा ढोंग कर रहा था, जैसे वह मुझे पहचानता ही

नहीं हो। मैंने उसे ध्यान-से देखा, और कुछ पलों के लिए हमारी नज़रें मिलीं। *ख़ैर यह बेवक़ूफ़ी थी। उसे शायद अन्दाज़ भी नहीं था कि वादा किसी और का इन्तज़ार करता रहा था। वह बेकार ही इतना परेशान हो गया।*

"माफ़ करना ये सब मेरी वजह से हुआ," मैंने वादा के सामने झुकते हुए कहा।

"नहीं, सच तो यह है कि मुझे एक ऐसी पुस्तक पढ़ने का अवसर मिल सका जो *अप द हिल* नहीं थी। शुक्रिया तो मुझे तुम्हारा अदा करना चाहिए।" उसने खिलन्दड़ भाव से हँसते हुए कहा।

बातचीत में आए इस अप्रत्याशित-से मोड़ के बाद, मुझे लगा मैं अब ख़ुद को और नहीं रोक पाऊँगी। मैं नीचे देखने लगी और मेरे कन्धे काँपने लगे।

"तुम ठीक तो हो, ना?" वादा ने मुझे चिन्ता के भाव से देखते हुए पूछा। लेकिन जब उसे अहसास हुआ कि मैं महज़ हँस रही हूँ, तो वह भी हँसने लगा। धीरे-धीरे हम एक-दूसरे के साथ सहज हो रहे थे। मुझे अहसास हुआ कि मैं अपने दिल की गहराई में सचमुच उससे मिलकर ख़ुश थी। यह सही है। उसे देखकर मुझे अपार ख़ुशी हुई थी। अब यह बात कोई मायने नहीं रखती थी कि वह मुझे लेकर क्या सोचता था। इसकी चिन्ता करना बेकार था। उस सचाई को मैं बदल नहीं सकती थी।

"उम्म्," मैंने एक बार फिर उसकी ओर देखते हुए कहा। "मुझे तुमसे मिलकर अच्छा लगा।"

मैं मालिक को धन्यवाद दिए बिना नहीं जा सकती थी। यह मैंने बहुत गहराई में महसूस किया। उसकी मदद के बिना शायद मैं वादा से दोबारा ना मिल सकी होती। मैं सौ कप कॉफ़ी भी ऑर्डर कर देती, तो भी उसका अहसान नहीं चुकता।

"मुझे भी तुमसे मिलकर अच्छा लगा," उसने कहा। "मेरा मतलब है, अगर तुमसे यह मुलाक़ात ना हुई होती, तो मैं चोरी का दोषी होता। नहीं, यह झूठ है। सच तो यह है कि मैं तुमसे फिर-से बात करना चाहता था।" वह शर्मिन्दगी से अपने सिर के पीछे खुजलाता हुआ हँस दिया। मुझे इतनी शर्म

आ रही थी कि मैं उसकी ओर देख भी नहीं पा रही थी। इसकी बजाय, मैंने खिड़की की ओर देखा, जहाँ हम दोनों का चेहरा आमने-सामने प्रतिबिम्बित हो रहा था। बाहर सर्द हवा ज़ोरों-से चल रही थी। लेकिन मैं गहरे कृतज्ञ थी कि हम दोनों फिर-से मिल सके थे।

"तो फिर," वादा ने ख़ुशी से हाथ फैलाते हुए कहा, "आज का बिल मैं चुका देता हूँ, पुस्तक उधार देने के लिए धन्यवाद के तौर पर। तुम्हें बुरा तो नहीं लगेगा?"

मैंने अँगुली उठाकर मुस्कराते हुए कहा, "अच्छा, ठीक है, एक कप की क़ीमत तक ही।"

"अभी भी इतना संकोच?" उसने नक़ली हैरानी जताई, और फिर हाथ हिलाकर वेट्रेस को बुलाया।

12

मोरीसाकी बुकशॉप पुरानी पुस्तकों की दुकानों से भरी एक गली के कोने पर अकेली खड़ी है। यह छोटी और पुरानी है और इसमें खोजने लायक़ कुछ नहीं है। यहाँ बहुत ज़्यादा ग्राहक नहीं आते। और क्योंकि उसका चयन सीमित है, जो लोग उसकी ख़ासियत में दिलचस्पी नहीं रखते, वे उस पर दोबारा नज़र भी नहीं डालते।

लेकिन ऐसे लोग हैं, जिन्हें यह दुकान बहुत प्रिय है। और जब तक वे इसके प्रति स्नेह रखते हैं, वह काफ़ी है। यही बात मेरे मामा सातोरू, जो दुकान के मालिक हैं, हमेशा मुस्कराते हुए कहते हैं। और मैं उनसे सहमत हूँ। क्योंकि मैं इस बुकशॉप और उसके मालिक, दोनों से प्यार करती हूँ।

आज मेरी छुट्टी है और मैं बहुत दिनों बाद जिम्बोचो जाने को निकली हूँ। पिछले हफ़्ते मेरे मामा का फ़ोन आया था। फ़ोन पर उनकी आवाज़ में जो उत्साह था, उससे मैं बिना उनके बताए ही समझ गई थी कि कोई घटना हुई है।

"उसने कहा था कि वह भी तुमसे मिलना चाहती है। बहुत समय हो गया," उन्होंने कहा था। उनकी हालत सुधर रही थी और उस समय सब कुछ ठीक लग रहा था। यह सुनकर कम-से-कम फ़िलहाल तो राहत मिली थी। इतने लम्बे अरसे बाद, दोनों से मिलने के ख़याल की वजह से उस भीड़ भरी सड़क पर मेरे क़दम और तेज़ हो गए।

उस दिन मामा जब उनके पीछे भागे थे, तो मोमोको बुकशॉप पर वापस नहीं लौटी थीं। लेकिन मेरे मामा उन्हें ढूँढ़ने में कामयाब रहे थे। वे उस मन्दिर में गए, जहाँ उन दोनों ने अपने मृत जन्मे बच्चे के लिए श्रद्धांजलि सभा आयोजित की थी। उन्होंने कहा कि जब उन्होंने उसे देखा, तो ऐसा लगा मानो

मोमोको मन्दिर के पीछे के झरने के पास बहुत देर से खड़ी थीं। मेरी हिम्मत नहीं पड़ी कि मैं उनसे पूछती कि उन दोनों के बीच क्या बात हुई थी। यह उन दोनों के बीच की बात थी। लेकिन वे उस जगह पर एक-दूसरे से झूठ नहीं बोल सके, जहाँ उनका बच्चा सोया हुआ था। जो चीज़ उनके लिए शायद सबसे ज़्यादा महत्त्वपूर्ण थी, वह यह थी कि वे एक-दूसरे के सामने अपनी सच्ची भावनाएँ रख पाए। यह भी मुमकिन है कि जब पाँच साल पहले वे उन्हें पहली बार छोड़कर गई थीं तो उनके दिल के किसी कोने में यह इच्छा दबी रही हो, कि तब भी मामा उन्हें उसी जगह आकर ढूँढ़ लेते।

"जब उसने मुझे आते देखा, तो वह वहीं गिर पड़ी। वह छोटे बच्चे की तरह फूट-फूटकर रोने लगी। उस पल मेरे दिल की गहराई से उसके प्रति प्यार उमड़ पड़ा। मेरी आँखों से आँसू बह रहे थे। मुझे लगा कि मैं अब जाकर उन तमाम चीज़ों का सामना कर पा रहा हूँ, जिनकी तरफ़ पहले मेरा ध्यान नहीं गया था, जिनसे मैं मुँह मोड़ता रहा था। मैंने मोमोको को अपनी बाँहों में भर लिया और उससे बार-बार कहने लगा, 'मत जाओ। मुझे तुम्हारी ज़रूरत है।' उससे पहले, जब तक मैंने उसे वहाँ नहीं देखा था, मैं इतनी सीधी-सी बात ना कह सका होता।"

जब वह उस रात अकेले दुकान पर लौटे, तो उन्होंने मुझे फ़ोन पर सारी घटना कह सुनाई थी। इस बात से उदास होने के बजाय कि वे उनके साथ नहीं थीं, वे काफ़ी ख़ुश लग रहे थे। "उसने वादा किया है," अन्त में उन्होंने कहा। "हम दोनों बात करेंगे, और फिर एक दिन वह वापस आ जाएगी। उसने वादा किया है।"

फिर पूरे एक साल बाद मोमोको लौटीं। उन्होंने कहा कि उन्हें पहले अपने विचारों को व्यवस्थित करना ज़रूरी है, वरना यह उनके साथ अन्याय होगा। उन्होंने मुझे बताया कि उस दिन अलविदा कहते समय मोमोको ने उनसे यही कहा था। उनकी इच्छाशक्ति हमेशा की तरह दृढ़ थी।

उस व्यस्त सड़क को पार करने के बाद, मैं साकुरा स्ट्रीट पर आती हूँ। इस तंग पिछली गली में, मैं पुरानी पुस्तकों की कई दुकानों के सामने से गुज़रती हूँ, और फिर ठीक सामने मुझे मामा की दुकान दिखाई देती है। दरवाज़ा

धड़ाम की आवाज़ के साथ खुलता है और पाती हूँ कि काउण्टर के सामने साबू विराजमान हैं। "अरे, तकाको," वह मेरी ओर हाथ हिलाकर कहता है।

"अरे साबू, आप यहाँ हैं? मेरे मामा कहाँ हैं?"

"यह वो गर्मजोशी भरा स्वागत नहीं है, जिसकी मैं उम्मीद कर रहा था," वह खिलखिलाते हुए कहता है। "वह अभी-अभी एक डिलीवरी पर गया है।"

पीछे से एक चहकती हुई आवाज़ सुनाई देती है। मैं मुड़कर देखती हूँ तो पाती हूँ कि एक छोटे क़द की छोटे बालों वाली स्त्री काउण्टर पर बैठी है।

"ये आपके बालों को क्या हुआ," मैं कहती हूँ।

मोमोको अपना हाथ उठाकर कान के ऊपर के छोटे कटे बालों को छूती हैं। "अरे, मैंने कटवा लिए। सच कहूँ तो पहले तो मेरा मन था कि पूरा सिर ही मुँडवा लूँ, लेकिन सातोरू ने रोक दिया।" वह ज़ोर-से हँस पड़ती हैं।

"आप पर यह फ़ब रहे हैं," मैं कहती हूँ और उनके बगल में बैठ जाती हूँ। वे वाक़ई उनपर अच्छे लग रहे थे।

"सच?" वह भौंहें सिकोड़ती हैं।

दुकान, लंच के समय, हमेशा की तरह सुस्त पड़ी है। सिवा इसके कि मोमोको वहाँ है, बाक़ी कुछ भी नहीं बदला है। और इससे मुझे हल्की-सी ख़ुशी होती है।

"अरे हाँ, तकाको, यह क्या सुन रही हूँ कि तुम्हारा कोई बॉयफ्रैण्ड है?" मोमोको हमेशा की तरह अचानक पूछ लेती हैं।

"क्या? तुमने ये किससे सुना?"

वह साबू की तरफ़ अँगुली उठाती हैं। "अभी-अभी, उनसे।"

"नहीं, मैंने साव्यूर के मालिक से सुना है," वह कहता है, और फिर-से हँसने लगता है, जैसे यह कोई मज़ेदार बात हो।

"क्या तुम उसको वह कुछ व्यंजन पकाकर खिला रही हो, जो मैंने तुम्हें सिखाए थे?" मोमोको मुस्कराते हुए पूछती हैं।

"नहीं - मेरा मतलब है, हाँ, पर ऐसा नहीं है..." मैं हकलाते हुए कहती हूँ।

मोमोको इससे सन्तुष्ट नहीं होतीं। वे मुझसे तब तक लगातार सवाल करती जाती हैं, जब तक मैं चिल्ला नहीं देती, "बस करो ना, क्या इतना काफ़ी नहीं है?"

उसी क्षण मैं दरवाज़ा खुलने की आवाज़ सुनती हूँ। मेरे मामा वापस आ गए हैं।

"ओह, तकाको, तुम तो जल्दी आ गईं," वह कहते हैं।

जैसे ही वे अन्दर आते हैं, मोमोको बोल पड़ती हैं, "सुना तुमने, सातोरू, तुम्हें पता है कि तकाको का बॉयफ्रैण्ड है?"

"क्या? मैंने तो ऐसा कुछ नहीं सुना। क्या ये सच है? तुमने मुझे बताया क्यों नहीं?" वे मेरे पास आकर मेरी आँखों में देखने लगते हैं। "तुम जानती हो, तुम इस बारे में मुझसे बात कर सकती हो, है ना?"

"बिलकुल," मोमोको ताली बजाते हुए कहती हैं। "और अगर तकाको उससे शादी कर लेती है, तो वह इस दुकान को सँभाल सकता है। आख़िरकार, हमें कोई तो उत्तराधिकारी ढूँढ़ना ही है।"

ना जाने क्यों, यह बात सुनते ही मामा बिफर जाते हैं। "ये मज़ाक़ की बात नहीं है," वह चिल्लाते हैं। "मैं क्यों उस आदमी को दुकान हथियाने दूँ?"

"अगर तुम उससे अभी मिले तक नहीं हो, तो तुम्हें क्या पता वह कौन है?" मोमोको ठण्डे स्वर में कहती हैं।

साबू हँस देता है। "ख़ैर, शायद अब मेरे घर जाने का वक़्त हो गया है," वह कहता है। "जल्दी मिलते हैं, मोमोको।" वह हाथ हिलाकर अलविदा कहता है और बेहद प्रसन्न मन से दुकान से निकल जाता है। उसने ना मुझे गुडबाय कहा ना मामा को।

जब साबू चला जाता है, तो मैं कहती हूँ, "ज़्यादा समय तो नहीं लगा आपको उसे अपने वश में करने में, है ना?" मैं आश्चर्य व्यक्त करती हूँ।

"अरे, मेरा ऐसा कुछ करने का इरादा नहीं था। मैंने तो बस उससे बातें कीं," मोमोको बेपरवाही से कहती हैं।

"ये लोग लगतार यही तो करते रहे हैं। मेरा मतलब है, ज़ाहिर है, उसने उसे अपने वश में कर ही लिया। साबू को तो कोई मौक़ा ही नहीं मिला।" मामा यह बात इतने सामान्य ढंग से कहते हैं कि हम दोनों, मोमोको और मैं, हँसी से फट पड़ते हैं।

फिर मोमोको अचानक खड़ी हो जाती हैं और मेरी ओर मुड़ती हैं।

"मोमोको मोरीसाकी घर लौट आईं है और ड्यूटी के लिए हाज़िर है।" वह फुर्ती-से सैन्य अन्दाज़ में सलामी देती हैं।

"स्वागत है," मैं कहती हूँ। "हम तुम्हारा इन्तज़ार ही कर रहे थे। और अब अगर तुम फिर-से ग़ायब हुईं, तो मैं तुमसे सचमुच नाराज़ हो जाऊँगी।"

"वादा तो तुमने तोड़ा है। लेकिन, सच कहूँ, तो तुमने जो किया, उसके लिए मैं तुम्हारी आभारी हूँ। शुक्रिया, तकाको। चलो फिर-से दोस्ती कर लेते हैं," वे कहती हैं और फिर हँसते हुए मेरे गाल में चुटकी काटती हैं।

इस मुकाम तक आते-आते मैं इसकी इतनी अभ्यस्त हो चुकी हूँ कि मैं अपने मामा की ही भाँति चिल्लाती हूँ, "बस, अब बन्द करो!" लेकिन अन्दर ही अन्दर मैं हार मानने लगी हूँ।

"हो सकता है, तकाको के प्रति आभार जताने के लिए मैं आज कुछ ख़ास पकाऊँ।" मोमोको गर्व से अपने सीने पर हाथ मारती हैं। "क्या तुम मेरे साथ शॉपिंग के लिए चलोगी?"

"बिलकुल, तुम्हारा पकाया खाना ही तो ख़ास वजह है कि मैं आई हूँ," मैं मुस्कराकर कहती हूँ।

"तकाको, जाने से पहले," मामा बीच में टोकते हैं, "मैं सोच रहा था कि जो हम पहले बात कर रहे थे..."

हम उन्हें नज़रअन्दाज़ कर देते हैं और सामने के दरवाज़े से बाहर निकल जाते हैं।

बाहर, आसमान साफ़ है। कुछ बड़े बादल सिर के ऊपर प्रसन्न भाव से तैर रहे हैं। मैं अपनी बाँहें ऊपर उठाती हूँ और कुछ पल के लिए आँखें बन्द कर लेती हूँ। मैं अपनी पलकों पर धूप की गरमाहट का दबाव महसूस करती हूँ।

"अरे, अगर तुम जल्दी नहीं करोगी तो मैं तुम्हें यहीं छोड़कर आगे चली जाऊँगी।"

उनकी आवाज़ सुनकर मैं आँखें खोलती हूँ।

मोमोको पीछे मुड़कर मुझे देखती हैं। धूप उनके नए कटे हुए छोटे-छोटे बालों पर चमक रही है और वह मुस्करा रही हैं।

"चलो, चलो," वह हाथ हिलाते हुए मुझसे कहती हैं।

मैं उन्हें आगे-आगे चलते हुए कुछ देर तक पीछे से देखती रहती हूँ। फिर मैं उनके पीछे दौड़ पड़ती हूँ।

अनुवादक के बारे में

मदन सोनी हिन्दी के लेखक हैं। आलोचना पर केन्द्रित उनकी अनेक पुस्तकें प्रकाशित हैं तथा उन्होंने विश्व के कई शीर्षस्थ लेखकों और चिन्तकों की लगभग ढाई दर्जन पुस्तकों के अनुवाद किए हैं। मंजुल प्रकाशन के लिए, उनके द्वारा किए गए अनुवादों में हरमन हेस्स का उपन्यास *सिद्धार्थ*, हारुकी मुराकामी का उपन्यास *नॉर्वेजियन वुड*, डैन ब्राउन का उपन्यास *दि द विंची कोड*, पाओलो कोएलो का उपन्यास *अल्केमिस्ट*, केइगो हिगाशिनो का उपन्यास *डिवोशन ऑफ़ द सस्पेक्ट एक्स*, युवाल नोआ हरारी की पुस्तकें *सेपियन्स : मानव-जाति का संक्षिप्त इतिहास*, *होमो डेयस*, *21वीं सदी के लिए 21 सबक़*, और *नेक्सस* और एण्ड्रयू एच. नॉल की पुस्तक *अ ब्रीफ़ हिस्ट्री ऑफ़ अर्थ* आदि शामिल हैं। आपको अनुवाद के लिए साहित्य अकादेमी का पुरस्कार प्राप्त हुआ है। आपसे madansoni12@gmail.com पर सम्पर्क किया जा सकता है।